COLLECTION FOLIO

Jean-Paul Demure

Aix abrupto

Gallimard

Jean-Paul Demure, né en 1941, en Auvergne, a débuté dans la vie active comme magasinier-chauffeur-livreur. Après un interminable séjour chez les tirailleurs marocains de Bourg-en-Bresse, il revient à la vie civile. Suit une série d'occupations alimentaires, telles que : barman, étudiant, facteur, animateur, représentant, crêpier, jardinier... Fort de ces enrichissantes expériences, il débute en écriture aux *Temps modernes*, à la revue des Éditions de Minuit et dans diverses autres publications. Son premier roman, influencé par le nouveau roman, est publié aux Éditions Oswald. Quelques circonstances et déceptions plus tard, il se tourne vers le roman dit « policier » avec un certain succès (Grand Prix de la Littérature policière), continue à écrire des nouvelles. Il se considère davantage comme un auteur de « roman noir », plus soucieux d'une certaine vision du réel que de la mécanique du suspense.

Quand la fiction invite la réalité, c'est pour mieux te manger.

Proverbe

TAMINO

O nuit sans fin, quand disparaîtras-tu ?
Quand mes yeux reverront-ils la
lumière ?

LE CHŒUR

Bientôt mon fils, ou bien jamais !

MOZART
La Flûte enchantée

1

Elle grimpe les escaliers à la volée, à partir du deuxième elle fouille dans son sac pour trouver sa clé toujours courant, de la main gauche, ce n'est pas pratique.

Elle croise Grossman qui efface sa bedaine avec un sourire complice, gobe l'air de sa bouche de carpe, plisse ses yeux graisseux, prêt à entamer le rapprochement, mais elle est déjà au quatrième. Elle ne lui a laissé que l'étincelle d'un genou blanc sous l'ourlet mauve de sa robe.

Grossman se penche en soupirant à la recherche de la marche suivante, puis s'arrête pour l'écouter fredonner. Il l'*entend*. Elle chantonne, sa divine, sans doute sur le pas de la porte, pendant qu'elle introduit la clé dans la serrure. Grossman retient son souffle, guette sa propre porte à travers la rampe au-dessus de lui au cas où... Elle fredonne, elle gazouille, il l'imagine tout là-haut, la gorge palpitante, et cette voix, cette voix... Grossman sent venir les larmes.

Elle ne peut pas s'empêcher de roucouler, c'est plus fort qu'elle, elle est si nerveuse, excitée, et la serrure résiste, elle tape du talon, elle-

— C'est ouvert ! dit la voix et en même temps la porte s'ouvre, elle se jette sur lui en criant : « Ça y est ! Ça y est ! Mon chéri, ça y est ! », elle s'agrippe à son cou et le pousse. Elle a tellement d'élan — tous les escaliers et cette joie explosive — qu'il ne parvient pas à résister, il recule, elle le pousse en l'embrassant comme une dingue.

Quand ils basculent, le lit sonne d'une voix de basse profonde.

— Tu es folle ! râle-t-il. Ça te prend souvent ?

— Je te dis que ça y est ! T'es sourd ou quoi ?

Elle a un visage d'illuminée ; à califourchon sur lui, elle le tient aux épaules et le secoue, et le sommier le leur rend au centuple.

Et maintenant, elle rit !

Il grimace douloureusement, d'abord le mal de mer, et puis ce rire, un rire unique, sur deux octaves, qui roule en torrent de montagne, tinte en cloche de troupeau, stridule en flûte de berger.

Il la déteste absolument quand elle rit ainsi (quand elle rit, quoi), ça lui met les poils à l'envers ; un jour, il va l'étrangler, est-ce qu'elle ne pourrait pas rire comme tout le monde ? « Ça abîme la voix. » Alors, qu'elle ne rie plus. Silence. Tombeau.

Allez dire ces choses à quelqu'un que vous adorez, qui rayonne de bonheur — folle de joie, oui —, jupe retroussée, à califourchon sur vous, qui rayonne tant et tant que vous commencez à... rayonner aussi et tendre la main vers un de ces seins qui se soulèvent, palpitent et vers cette cuisse fuselée qui...

— Ah non !

D'un seul élan, elle saute à bas de sa monture, la

main tendue comme pour se protéger, secoue sa tignasse brune...

— Non mon chéri, reprend-elle plus doucement, je ne pourrai pas, je ne... Excuse-moi, je suis tellement énervée, je suis dans un état ! Je ne réponds pas de moi.

— Tentons l'expérience, répond-il en croisant les mains derrière la tête, puis le pied gauche sur le pied droit. Et même, il cligne de l'œil.

— Mais tu vois bien, je suis, je ne, je ne peux même plus respirer !

C'est vrai. Elle est hors d'elle. Ses joues habituellement pâles sont deux cerises, ses grands yeux noirs jettent des flammes rouges, elle cherche de l'air, les mains posées sur le ventre, la poitrine soulevée.

— Je ne tiens plus debout !

Elle se laisse tomber dans le fauteuil vert à haut dossier qu'ils ont un jour trouvé sur le trottoir, près des poubelles.

Elle se calme un peu. Elle s'adresse aux semelles de chaussures qui lui font face et, plus haut, à deux larges narines poilues.

— Quand même Gérard, tu y vas fort ! Je t'apporte la plus belle nouvelle de ma vie, et tu ne penses qu'à... Ça ne t'intéresse pas, alors ?

— Justement si.

— Arrête. Je veux dire, ce qui m'arrive.

— Mais puisque je te dis que je suis prêt-

— Tu te fous de moi ? Je suis bonne qu'à baiser ?

Elle a bondi et se campe au pied du lit, mains aux hanches. Il voit bien qu'elle a les larmes aux yeux.

— Allons, bébé, je te vois en forme, tu fais des bulles, je voulais trinquer, c'est sympa, non ? Prends pas tout mal. Alors, ajoute-t-il en s'appuyant sur les coudes, la grande nouvelle ?

— Bof ! C'est pas si important, après tout...

— Viens là. Viens là ! je te dis. Assieds-toi. Bon. Non, regarde, j'ai les mains dans les poches, d'accord ? Alors, c'est quoi, au juste ?

— Je viens d'être engagée, explose-t-elle. Dans un vrai opéra, je veux dire un grand.

— Où ça ?

— *La Flûte enchantée* ! Tu te rends compte, *La Flûte* ! C'est dingue, non ? Sandrine Pereire dans *La Flûte* ! Tu vois ça ?

— Hé bien ma petite ! C'est génial, ajoute-t-il poliment.

Il lui tend les bras, elle se jette sur lui, l'embrasse follement, le lit tangue, Gérard recommence à glisser des mains partout.

— Je t'ai dit non, Gérard, essaie de me comprendre, sois chou, implore-t-elle en se redressant.

— Et c'est quoi, ton rôle ? demande Gérard, un peu absent, pendant qu'elle lui croise les mains sur la poitrine. Et les décroise, parce que, avec ses joues creuses, il a tout d'un cadavre.

— Papagena, s'il te plaît !

— Ah oui, bien sûr.

Sandrine croit percevoir dans le ton de Gérard une sorte d'ironie un peu lasse. Malgré lui, il bouge ses gros sourcils noirs. Il n'ose pas avouer que ça ne lui dit pas grand-chose, cette histoire de Papagena...

— Mon petit vieux, je te dirai que ça n'est pas rien, et d'une. Les plus grandes ne se gênent pas pour le chanter, ce rôle, et de deux. Petit rôle mais grand succès. Et de trois, c'est comme ça qu'on démarre et toutes les copines sont folles de jalousie. Et Roger va me pousser, du coup. Les portes vont s'ouvrir, tu peux pas imaginer.

— Celui-là, pour ce qui est de pousser... Et après ?

— Ah non mais quel plouc ! crie Sandrine, exaspérée. Le Festival d'Aix. Moi ! Caissière de supermarché ! Engagée ! Et regardez-le : raide comme une planche, les godasses sur le couvre-lit ! Aix, c'est pas Juvisy !

— Aix quoi ?

— Aix-en-Provence ! MOZART ! Ça te dit quelque chose ? Pas Aix-la-Chapelle. Mais qu'est-ce que je fiche avec un type comme toi ?

— Wolfgang Amadeus, grommelle-t-il.

— Ah. Tu te réveilles.

— Ecoute, mon chou, ce qui me tracasse, c'est que... Non, tant pis.

— Mais si, dis-le, dis, profites-en, je suis gonflée à bloc. Un chêne.

— C'est ça qui m'inquiète. Je suis content pour toi, c'est chouette, mais tu t'excites, tu as dégotté une panouille et tu te vois Reine de la Pluie...

— De la Nuit. Reine de la Nuit.

— La nuit, la pluie, c'est toujours pas le soleil. Y a trop de temps que tu cours le cacheton, moi ça me fait peur. Pour toi. Chaque fois tu cries que c'est gagné et tu te retrouves dans une ville d'eaux pourrie devant trois tables de mémères à chapeaux. Et là, avec ton festival, tu croiras que c'est arrivé et tu vas tomber de trop haut.

— Dis-le, que tu me prends pour une minable ! Bien sûr, tu n'es jamais venu m'entendre, tu n'y connais que dalle ! Tu sais ce que c'est, la Reine de la Nuit ? Je peux le chanter aussi, figure-toi.

Dans son exaltation, Sandrine se dirige vers la fenêtre, se drape dans le vieux rideau de sombre peluche que lui a donné la concierge, et ferme les yeux. Gérard la regarde se gonfler d'air, se dresser sur ses ergots, élargir les narines...

Non !

Si !

O zitt're nicht, mein lieber Sohn !
Du bist unschuldig, weise, fromm.

Monsieur Grossman s'arrête pile, à quatre marches de son paillasson. Cette voix ! Cette voix pure aux sonorités éclatantes et cependant veloutées, ces graves descendus en souplesse, ce timbre clair qui tombe du ciel sur lui, pauvre Grossman. Quelle merveille, quelle splendeur ! Il donne toutes les Berganza, toutes les Caballe, il s'agenouille sur la marche, près de son panier à légumes, il se recueille. Il connaît les paroles par cœur :

Ne tremble pas, mon fils chéri !
Tu es pur, sage et bon.
Un jeune homme tel que toi
Saura consoler ce douloureux cœur de mère.

La reine paraît, resplendissante d'étoiles, au creux de ses montagnes béantes, dans la rougeur nocturne d'un feu sombre...

C'est un ravissement ! Les vibrations le pénètrent et le laissent pantelant, c'est grandiose, du bonheur pour le monde entier !

Ou presque.

Un malheur pour Gérard Santi, qui se repent d'avoir provoqué Sandrine. Il *déteste* l'opéra, il *déteste* ces femmes tendues à rompre, portées par une voix inhumaine, ces aigus douloureux, ces grimaces, ce visage ravagé par l'effort —, ce visage qu'il aime tant caresser —, ces yeux exorbités, ces bouches béantes jusqu'à la luette, cette langue qui se tord, ces joues bourrées de lentilles où cogne et se répercute le vacarme tonitruant qu'aucune trompette n'oserait exhaler.

Ça lui fait comme si on martyrisait un être cher, là, devant lui, et c'est justement le cas. Il se recroqueville, il a envie d'appeler au secours.

Sandrine continue bravement à s'autodétruire, drapée dans le rideau, elle tend devant elle un bras noble et suppliant, il peut voir gonfler des veines sur son front, à son cou se tendre des cordes et battre son cœur sous la paupière. Il la hait. Il pourrait la tuer, là, pour qu'elle cesse de souffrir.

Et s'il dit quelque chose, la petite idiote répondra qu'elle ne force pas. Seigneur Dieu ! Elle le sait par cœur et c'est interminable.

Il a les joues pleines de larmes, monsieur Grossman, il écoute la Reine de la Nuit, il voudrait pouvoir applaudir, crier son enthousiasme, il n'ose pas, à cause de Germaine.

Germaine Grossman déteste l'opéra. D'abord, parce que Grossman l'adore, ensuite, parce qu'elle a déjà eu des mots avec la traînée du dessus qui ne se prive pas d'embêter tout l'immeuble avec ses « u u u, a a a ». Aujourd'hui elle passe les bornes et Germaine est bien décidée à monter lui dire sa façon de penser. On n'est pas au harem !

Germaine a un mouvement de rage quand elle découvre cet imbécile de Grossman à genoux au milieu de l'escalier, son visage bouffi tourné vers les combles, en extase. Elle lui adresse un regard féroce puis s'élance en relevant son tablier.

Malgré ses 65 ans, Germaine a tôt fait de monter au sixième. Elle cogne à la porte de ses doigts osseux.

— C'est pas bientôt fini ? crie-t-elle. Il y a des gens qui travaillent, ici !

Le chant s'amplifie et rayonne, les anges du Bon Dieu penchent la tête sur le côté, intrigués, séduits. Germaine Grossman frappe avec les deux poings, les pieds s'il le faut, mais ça va cesser, j' vous l' dis.

Ça cesse en effet, d'un coup, qui frappe monsieur Grossman si douloureusement qu'il a un hoquet.

Sandrine a quitté le rideau, elle a les coudes sur la table dans la petite pièce qui sert de cuisine, juste à l'entrée, et elle pleure. Allons bon.

Gérard tire une chaise et s'installe près d'elle, il essaie de la toucher mais elle recule. Il a bonne envie de la planter là, mais, sans qu'il sache pourquoi au juste, il est retenu par le sentiment d'être allé un peu loin.

— Alors bébé ? Qu'est-ce qui te prend ?

Elle renifle, hoquette, il lui tend son mouchoir pour qu'elle s'essuie ; tout en soufflant, elle bafouille :

— Rends-toi compte... Je joue ma vie et toi tu... aussi ému qu'une horloge normande !

— Qu'est-ce que tu veux... Laisse-moi le temps... Tu me tombes dessus, tu me cries dans les oreilles, tu ris, tu pleures, j'ai pas ton souffle, moi. Faut que je me reprenne. Je sais plus où j'en suis. Raconte-moi, ajoute-t-il après un silence.

Sandrine lève un œil soupçonneux, Gérard lui offre un visage attentif, elle commence :

— Tu te rappelles, Roger m'avait fait passer une audition, à Lyon, devant la direction du Festival. Ce matin, il a reçu le contrat, je n'y croyais pas, lui non plus, on était fous ! Tu te rends compte ? Les copines faisaient une tête ! Et Simone pleurait !

— C'est formidable. Ah vraiment, c'est formidable.

Plus il insiste, moins il a l'air convaincu, Gérard. Il secoue la tête avec un enthousiasme laborieux, regarde sa montre, sursaute :

— Mais dis donc, t'es pas du soir ?

— T'as vraiment *rien* compris ! Fini, la caissière à Monoprix. Fini, la feuille de présence et fini, la main baladeuse de monsieur Trabuchin. Je laisse tomber *aujourd'hui.*

— T'as pas le droit ! Tu leur dois un mois de préavis !

— Tu rigoles ou quoi ?

— Et ton salaire ? Ils vont te le sucrer !

— Tu sais où ils peuvent se le mettre, mon demi-SMIC ?

Sandrine s'interrompt devant l'air effaré de Gérard. Gérard, l'anarcho-révolutionnaire qui défend les exploiteurs ?

— Gérard ! Gérard, mon chou, à partir de cette minute, je suis une cantatrice. Tu comprends ça ? Une *cantatrice* !

— C'est sérieux, alors ?

Gérard joue avec le tire-bouchon qui traîne sur la table, l'examine, l'ausculte, soupire :

— Aix... C'est une espèce de trou, non ?

— Je ne sais pas. On dit que c'est beau. Ça n'a aucune importance. Tu verras bien.

— Je verrai bien ?

— Un mois de répétitions, frais payés. Ça nous fera des vacances.

Gérard semble médusé. Il demande enfin, d'une voix pas franche :

— Et mon travail ?

A son tour, Sandrine reste bouche ouverte. Elle le regarde qui regarde le tire-bouchon comme s'il y était gravée la baie de Naples. Son travail ? Lui qui ne fait rien de la journée, sinon quelquefois disparaître pour de mystérieux rendez-vous d'où il revient fleurant le whisky ou le pastis selon le temps, quand ce n'est pas imprégné de parfum et taché de rouge à lèvres...

— Tu as trouvé du travail ? demande-t-elle prudemment.

— Mais enfin, bébé, il faut bien que je pense à ma carrière, moi aussi. Je ne peux pas me permettre de quitter Paris en plein mois de... quel mois, au fait ?

— Juin-juillet.

— Juillet, tu parles ! Juin, juillet, les meilleurs mois de l'année, tu es folle. Navré, bébé, il faut bien que je pense à moi.

Sandrine se vide d'un coup de toute sa joie. Qu'est-ce qui lui prend ? Quelle sorte de comédie est-il en train de jouer ? Une boule se forme dans sa gorge, elle se jure qu'elle ne va pas encore pleurer ; après plusieurs tentatives, elle parvient à articuler :

— Et ce serait dans quelle branche ?

— Quoi ?

— Ton travail.

Il se pince la base du nez, entre les yeux, comme un industriel fatigué.

— Je ne vais pas me lancer au hasard. J'ai un certain nombre de propositions à étudier, je veux avancer mes pions à coup sûr.

Ils restent sans bouger, l'un et l'autre accoudés à la table, regardant sans le voir le décor familier : l'évier-salle de bains, le buffet-penderie, les assiettes qu'il ne lave jamais, la lucarne-balcon, la pile de linge sale.

Gérard ouvre et ferme le tire-bouchon, puis la petite lame pour couper les capsules. Sandrine pose la main sur la sienne :

— Je te jure, je ne peux pas laisser passer une pareille chance. Dans ce métier on... Tu me crois, dis, chéri ?

Gérard se secoue, plante ses yeux dans les siens, sourit, royal :

— Il *faut* que tu y ailles, ma petite. La question ne se pose pas.

— Alors, viens avec moi.

— Impossible, soupire Gérard.

Peut-être, l'idée fugitive de la voir harnachée comme une jument de parade, ouvrir son gosier à tous ces regards avides...

— Mais je penserai à toi, reprend-il. Et ensuite... ensuite tu verras qu'on va s'organiser nos deux carrières avec... Fais pas cette tête ! Un jour pareil ! Pense à tes parents !

— Tu le fais exprès ou quoi ? T'as bien besoin de mettre ça sur le tapis !

— Je voulais dire, ça va leur clouer le bec !

— Tu me laisses tomber !

— Je ne supporte pas la chaleur, la foule snob et les épiciers.

— Et le chant des cigales ?

— Surtout le chant des cigales.

Sandrine fixe pensivement le brise-jet dont le caoutchouc craquelé laisse suinter des gouttes.

— Ça s'arrose ! dit brusquement Gérard. Ça, ma fille, ça s'arrose. Tu m'invites ?

L'invitation est permanente... Mais tout de même, Sandrine retrouve un peu le sourire. *La Flûte enchantée* ! Moi ! Sandrine Pereire au Festival d'Aix dans le rôle de Papagena !

— Qu'est-ce qu'elle t'a dit, la mère Vassot ? demande Gérard qui a choisi la conciliation.

— Elle s'est mise à pleurer, là, en pleine classe. Elle m'a embrassée. J'étouffais. Elle a une poigne... Elle voulait qu'on commence à travailler tout de suite ! Elle riait comme une folle !

— Des seins de béton. Ah les femmes ! Alors, tu te décides ? Qu'est-ce que tu m'offres ?

— Le Madrigal ?

— Ah non ! Avec tous tes vieux ténors qui chantent au dessert ! Merci bien. Paye-moi quelque chose de classe. Au Rabelais ! Je vais me fringuer.

Pendant qu'il disparaît dans la chambre, Sandrine reste à la table, rêveuse. Il sait bien qu'elle ne supporte pas ce resto éclatant et sa machine à rock. Et pourtant, elle n'a même pas râlé. Ça l'étonne elle-même.

Elle commence à prendre conscience qu'elle regarde Gérard et ses humeurs avec une calme indifférence, un peu de pitié, peut-être. Ses extravagances lui paraissent bien infantiles, fabriquées, pour tout dire, comme un masque qu'il se poserait sur le visage. Pauvre Gérard, pour si peu de temps...

Voilà ce qu'elle pense, surprise de sa propre désinvolture : pour si peu de temps... Elle n'en revient pas.

On gratte à la porte. Elle va ouvrir : le visage bouffi de Grossman, sa peau épaisse, ses yeux énamourés, son sourire par plaques. Il lui tend quelque chose d'un air de conspirateur, chuchote de sa voix précieuse :

— Mademoiselle ! Je vous en prie, mademoiselle, un grand plaisir ! Si vous pouviez, si vous vouliez enregistrer cette cassette, pour moi. (Il jette un regard traqué par-dessus son épaule.) Que je puisse garder votre voix ! C'est un tel bonheur !

— Vous voulez dire... moi ? demande Sandrine tout étonnée.

Monsieur Grossman se tourne encore du côté de l'escalier mais il ne voit pas la tête de sa femme qui se penche pour l'écouter gémir, ce porc, avec une indécence répugnante, obscène. Elle l'imagine, cet horrible gros pédé, minaudant sur le paillasson...

C'est comme qui dirait la goutte d'eau qui fait déborder la lessive.

Comme si c'était pas suffisant, cette molle promiscuité, ces regards de chien battu, ces soupes interminables qu'il lape grassement en faisant des manières avec le petit doigt ! Et ce gros corps poudré en cachette qui roule et coule de la chaise au fauteuil et du fauteuil au lit.

Comme si elle n'était pas assez écœurée de toutes ces années inracontables, voilà qu'il va se rouler aux pieds de créatures de théâtre, avec des grâces d'éléphant de mer !

Le moment est venu !

Cette fois, elle est décidée, Germaine Grossman. Très calme maintenant, apaisée, même, débarrassée d'un coup de ce poids qui l'étouffe depuis tant d'années ; soulagée par sa résolution, elle inspecte tranquillement l'armoire à pharmacie.

Elle imagine le visage bleui de la vieille tantouse, grimaçant pour toujours d'ultime convulsion sur la toile cirée. Elle voit l'ambulance, elle entend hurler Mme Sylvain, elle voit sa propre photographie, impassible, à la une de tous les journaux, elle imagine les titres : « Pour Se Venger, Elle Lui Prépare Un Bouillon Fatal. » Même la télé !

2

Jibé reste un instant la plume en suspens, suit des yeux le vol bruyant d'une mouche bleue, écoute Aline chantonner dans la pièce à côté, se penche à nouveau sur une feuille d'écolier à gros carreaux :

« En ce mois de juin, notre bonne ville va montrer son visage le plus laid, le plus secret, le plus authentique peut-être. Le visage de la passion et de la rancune, de l'envie et de l'appropriation.

Derrière les façades volontairement austères de ses hôtels dorés, sous le masque d'une sévérité de commande, à l'abri de ses lourds volets tirés sur des conciliabules de marchands de saucisses, le long de ses — de son boulevard, artère unique, décor de parade où se résume l'esprit de toute une ville : illusion, poudre aux yeux, exploitation mercantile d'un patrimoine qui n'est plus que *façade* (comme ces décors de théâtre où se concentrent de subtils éclairages pour faire oublier le carton, le plastique, la peinture en trompe l'œil) et derrière laquelle se traînent de suants machinistes, de frileuses divas rafistolant des robes fanées, de maigres figurants vendant des caresses furtives ; malgré le tintement de ses fontaines où flottent barquettes de frites et bouts de cageots, l'arrogance de ses édifices livrés sans pudeur à l'admiration contrainte et tarifée, malgré la foule bariolée qui déambule interminablement — flot montant, flot descendant —, suggérant une dolce vita de pacotille, un inusable bonheur poussiéreux et assoiffé, malgré les discours d'un lyrisme laborieux et d'incessantes références à l'Art mesuré à l'aune de la Boutique, la ville va se livrer pour la troisième fois à son sport favori, où elle peut révéler enfin sa vraie nature d'hypocrisie et de férocité : changer de municipalité.

Déjà, d'une tribune à l'autre, on se dispute de douteuses palmes, car les adversaires d'aujourd'hui sont les amis d'hier.

Sans honte, on invoque Jeanne d'Arc, pour avoir chassé vers Marseille, à grand renfort de milice municipale, de misérables immigrés sous-alimentés, afin de tartiner de rose leurs taudis avant de les livrer aux étudiants américains. Il y a de bons étrangers.

Sans honte, on se vante d'avoir bloqué tout ce qui bouge, arrêté tout ce qui vit, muselé tout ce qui parle : la réflexion n'est pas favorable au commerce.

Au hasard de la surenchère verbale, on apprend ainsi que l'un a supprimé les crédits d'associations suspectes, l'autre interdit un film, celui-là fermé des lieux de culture, celui-ci pourchassé jusqu'au bord du suicide tel pauvre bénévole, celle-là monté de toutes pièces une “ affaire ” en achetant de faux témoignages par un emploi à la mairie...

La ville ne rougit guère de ces remous nauséabonds : ce sont les renvois de sa digestion d'hiver, celle de la fourmi âpre au gain, méprisante et agressive, ordonnant ses greniers.

L'été est là qui va tout effacer, et les cigales professionnelles lui donneront bientôt son visage touristique, vantant ses placettes où coule le pastis, son accueil bon enfant quoique vieillot, et, apothéose suprême, l'excellence de son Festival dont l'aura vaut indulgence plénière pour l'année à venir, et absolution des hontes passées.

On y puisera des fards pour raviver la vieille boutiquière, des harnachements pour lui remonter les seins, rentrer le ventre, tendre les fesses, des parfums pour masquer son haleine charcutière, des oripeaux pour l'habiller en muse éthérée, et, dans les coulisses, on étouffera le bruit des caisses enregistreuses.

Hâtivement, on effacera les inscriptions racistes dans les rues de la vieille ville, celles que fréquentent les riches piétonnisés bourrés de pétrodollars.

On livrera la ville à la musique comme la vierge au soudard, pour le détourner du magot.

On ne chassera plus les chanteurs de rues, les bateleurs, guitaristes, flûtistes, violoneux, les coquins de foire : on les importera même de la Faculté, au besoin ; on les plantera au coin des places, entre barbe à papa et bracelets de cuir, pour qu'ils contribuent à étourdir le monde, voiler les miasmes, endormir le chaland.

Nos édiles, un peu mal à l'aise dans ce contre-pied pourtant institutionnel, promèneront leur rugosité d'hommes d'ordre dans les méandres des explosions spontanéisées ; perdus dans leurs discours, ils trébucheront sur des mots inusités tels que : divin, génial, sublime, libre, inspiré ; ils y prendront un mal de bouche qu'il faudra tout l'hiver traiter avec un vocabulaire approprié à leur vocation : assez, trop, terminé, pas question, jamais, inconcevable, inadmissible, dangereux, SUBVERSIF.

Le Festival est un miroir menteur où, chaque année, Aix-en-Provence se contemple et qui répète selon son désir : tu es belle, tu es cultivée, tu es intelligente, tu es *artiste*.

Hochant la tête, l'ancien porte-flingue de l'O.A.S., le truand au vert, le promoteur véreux, le ratonneur, le détourneur de biens publics se sent pousser les ailes de la vertu. Au balcon de l'Hôtel de Ville, il s'imagine, acclamé, perruque poudrée et bas de soie, ignorant, l'ignorant, qu'un bas de soie peut contenir bien des choses, et des plus malodorantes... »

— Entre, entre ! crie Jibé, s'interrompant dans la correction de l'article qu'il destine au *Canard acide*.

Vincent pousse timidement la porte, sourit, puis soudain ouvre des yeux effarés :

— Qu'est-ce qui se passe ?

La vaste cuisine sous les combles — d'autant plus vaste que meublée d'une table et trois tabourets — ressemble à une boucherie : sur la grande table, pendus à la place des casseroles, posés sur l'appui de la fenêtre, dans l'antique évier en faux marbre de la Sainte-Victoire, sur les tabourets recouverts de papier imperméable, accrochés à un sèche-linge et s'égouttant sur une serpillière rougie, sur des torchons à même les tomettes, pendaient des membres, des têtes, des poitrines, des arrière-trains écorchés, répandant l'odeur fade de la viande morte. A la chair rose et pâle adhèrent par endroits de fines touffes de poils que d'imperceptibles courants d'air font frémir. Les gros yeux fixes des têtes décharnées renvoient une lumière ternie. De rares mouches, attirées par le régal, succombent sous la tapette vigilante de la compagne de Jibé.

— Ah ça ? répond Jibé qui suivait le regard de Vincent de son œil doux de vieux malin, c'est les chevreaux. Mes copains du Luberon. Je t'inscris ? Ça fait moitié moins au kilo.

— Moi ? demande Vincent qui dissimule mal une grimace de dégoût.

— Ta mère.

— Je sais pas si elle sait cuire le chevreau, ma mère.

— Bien sûr, tu penses... intervient Aline, une authentique Provençale, œil noir de pie, peau sombre, nez berbère. Ça se cuit comme-

— On te force pas, hein, coupe Jibé, qui finit, dans le couloir-penderie, d'enfiler sa combinaison de travail. Nous, on rend juste service aux copains.

Vincent ne voudrait pas vexer, mais d'un côté, cette odeur de morgue animale, chairs blafardes, suintements, de l'autre, l'idée des petits chevreaux s'ébattant sur les pentes grises du Luberon...

— Et les fromages, là, vous les vendez ?

— Tu parles ! C'est des copains de Banon. C'est du vrai, goûte.

Jibé tend à Vincent un bout de tome à la pointe du couteau.

— J'ai déjà mangé, dit Vincent.

— Ça se mange sans faim.

Jibé se coupe une tranche de pain, se verse un verre de rosé — des copains de Rognes —, mastique pensivement pendant qu'Aline prépare une commande de chevreau, découpant, pesant, emballant.

Jibé secoue les miettes de sa barbe frisée, enfile un bonnet de laine tricoté maison, quand il y a mistral, il fait froid, le soir.

Il regarde Vincent, look lycéen ultra-léger :

— Tu veux un pull ? Ça caille, les mains dans la colle, avec ce putain de vent.

— Non, non, ça ira, merci.

Vincent passe gauchement d'un pied sur l'autre, regarde sa montre, ah ces gens du Nord !

— On y va, on y va. T'as déjà collé ?

— C'est la première fois.

— Pas d'affiches sur les panneaux officiels. Le reste... tu verras. Bon. Le seau, la colle, tu prends les affiches ? Je prends le balai. Tu vas te mettre dégueu, tu sais ?

Jibé porte une combinaison bleue couverte de taches de peinture et de traînées de colle séchée.

— Ça fait rien, répond Vincent.

Ah ces Parisiens !

— Tu prendras tes fromages en revenant ? demande Aline.

— Mes ? Ah, heu, non, je... il faut que je rentre directement, objecte Vincent.

— Je te les emballe, alors ? Combien ?

— Trois ?

— Quatre. C'est plus facile à serrer. Secs ?

— Frais, plutôt.

— Ah tiens...

Pendant qu'Aline place ses fromages, Jibé somnole, assis sur le coin de la table. Il a le teint blême et les yeux gonflés de quelqu'un qui ne dort pas souvent. Il faut dire qu'il est — outre ses activités d'instituteur, de détaillant bénévole et de menuisier amateur — spécialiste du collage d'affiches marginal et militant.

Aussi, quand s'est constitué le groupe « Brosse à Chiendent », a-t-il été désigné d'office comme responsable de l'affichage, lui qui connaît tous les coins, recoins, portes condamnées et magasins en faillite badigeonnables.

Brosse à Chiendent rassemblait un certain nombre d'individus qui tenaient à participer à leur manière à la campagne pour les municipales, glissant des fausses notes bien grinçantes dans le concert d'autosatisfaction par voie de tracts, proclamations, stands, affiches.

Sur le cours Mirabeau, les platanes agonisants sont ceinturés de panneaux. Il ne ferait pas bon recouvrir un candidat officiel. Mais il y a des panneaux inoccupés que Jibé s'empresse de tartiner de colle délayée à l'eau tiède d'une des fontaines, pendant que Vincent, les doigts poisseux, lisse les affiches vert et noir : « Les Savonnettes, ça sent mauvais. »

— C'est pas Giraudy, mais c'est pas trop vilain, approuve Jibé.

Passé les premiers instants de panique où il voyait, dans chaque blouson montant ou descendant le Cours, un nervi à matraque, Vincent commence à se détendre et se sentir — pourquoi pas — un vrai de vrai, grâce aux regards hargneux des bons citoyens.

On collait plutôt le soir, sous la protection involontaire de la foule, aux environs de 9-10 heures, laissant aux afficheurs rétribués les petites heures de l'aube.

On travaillait gratos, nous.

Si Jibé évitait de recouvrir la gueule des candidats, il ne se gênait pas pour barbouiller l'affichage des spectacles, bals, soirées étudiantes (gratuit pour les filles), vacances aux Baléares, tout ce qui fleurit sur le cours Mib et ailleurs, et fane dans les vingt-quatre heures.

Merde quoi, la révolution d'abord.

Sur la tête à Lama, une belle rouge et noir : « Aix ville-dards ». Sur l'affiche du Lazer, une belle bleue : « Aix, ville du CIDUNATI », et ainsi de suite, jusqu'à ce qu'ils se trouvent nez à nez avec une équipe de gros bras, trimballant dans une camionnette Avis de la colle dans des poubelles de cinquante litres, des montagnes d'affiches, des brosses tous modèles, de quoi faire rêver un passionné de la Quellyd.

— Tirez-vous.

— Quoi ?

Jibé, bras en l'air, s'interrompt. La colle dégouline le long du balai, lui coule sous la manche, froide et gluante. Vincent s'approche de Jibé dans le vain espoir de faire nombre, face à de gros tonneaux à bière menaçants.

— Pourquoi tu râles ? objecte Jibé. On colle pas sur vos trucs.

Ils sont cinq, vêtus de treillis, chaussés de bottes de saut, la tête carrée et le cul pesant. Ils sont chez eux et ils veulent le faire savoir.

Jibé n'est pas bien gros face aux pachydermes tatoués mais il reste calme. D'instinct, il se tient devant Vincent pour le protéger, serrant fort le manche de son vieux balai. Vincent est tout pâle, et son cœur commence à cogner un peu bien vite.

— Barre-toi, j'te dis, grogne un des viandus. On n'a pas besoin de pédés dans les pattes. On veut pas de vos merdes sur nos murs.

Sur le cours Mirabeau, à 10 heures, malgré le mistral qui énerve, il y a du monde. Quelques courageux émergent de la majorité silencieuse et s'attroupent, histoire de voir. Le gros bas du béret se rappelle les consignes : pas de vagues devant témoins. Et des témoins, il y en a bien une demi-douzaine maintenant, plus tous ceux qui passent, craintifs, mais on ne sait jamais.

— Me tombe pas dans les pognes, grogne-t-il.

Puis il siffle sa meute et l'entraîne vers d'autres joies.

— Ben dis donc, souffle Vincent, on a eu chaud !

— Vaudrait mieux être quatre ou cinq, en ce moment, soupire Jibé. Et les autres ?

— Ils ont pas pu venir.

Jibé finit calmement de tartiner le visage de Lalanne et colle dessus une belle affiche vert cru : « Les Savonnettes, c'est glissant. »

— Bon, dit-il, allons du côté de la prison, pas la peine de rester sous leur nez. Ils sont tellement cons, ces fachos.

Vincent est secrètement soulagé de quitter le Cours.

Les murs de la prison sont bien lisses et les affiches y restent parfois vingt-quatre heures. Avec l'affluence des jours de marché, tout autour, ça peut être intéressant. Par contre, le lourd bâtiment avec ses petites lucarnes cintrées n'attire guère le flâneur. On se sent un peu seul et les petites rues adjacentes paraissent bien obscures.

Ils se faufilent entre les voitures en stationnement, badigeonnent un bout de mur.

— Tu crois qu'ils nous entendent ? demande Vincent.

— Qui ?

— Les taulards.

— Je sais pas.

Il y a des barreaux épais, entrelacés, et par-dessus, du grillage fin. Ils regardent une vitre entrouverte : aucun signe de vie. Ils sont tous morts, là-dedans ?

— Personne le saurait, dit Vincent.

— Tout le monde s'en fout, dit Jibé.

Il y a une radio, peut-être, qui débite du rock.

— Et les bruits du marché, ils les entendent, tu crois ?

— Si ça se trouve. Ça les distrait.

— Si on appelait, pour voir ?

— Les matons les feraient chier, après, objecte Jibé.

— Alors on peut rien ?

— Colle, colle, le bon Dieu te l'rendra.

Vincent se trouve plus à l'aise dans ce travail nocturne que lorsqu'il s'agit d'aller place aux Herbes déployer le stand.

Ça tient peut-être au stand ?

Deux bouts de liteau réunis par un troisième perpendiculaire qui soutient une banderole plastique et crayon-feutre « BROSSE A CHIENDENT » et où pendouillent des bulles contenant des slogans au vitriol.

Ils arrivent devant le Palais de Justice, évitent la rue Thiers, remontent en direction de l'Alambic (le plus petit cinéma du monde), redescendent rue du Maréchal-Joffre, échangent deux, trois mots, de-ci, de-là, passe le balai, attends ça plie, remue un peu la colle, n'en mets qu'une, on est justes, comme de braves petits boulots, jusqu'à la catastrophe.

— C'est toujours comme ça, dira plus tard Jibé, on est cool, on fait pas attention, et on en prend plein la gueule. Remarque, c'était de not' faute.

Façon de parler.

— J'aurais dû faire gaffe, répète Jibé, regardant tristement les parents de Vincent de son œil bleu. L'autre disparaît sous un énorme coquard. Juste devant le

Palais des Congrès, je les voyais bien, c'est-à-dire, je les entendais plutôt, ça gueulait ferme, Mitterrand à Moscou, Colette au bordel... mais on se sentait bien, en sécurité, on n'avait pas peur, quoi, on voulait finir... pourtant... Je ne sais pas à quoi on pensait...

Bon, bref, comme deux cloches, ils se sont mis à coller, juste sous le nez du service d'ordre (on appelle ça comme ça) du premier candidat, leurs affiches de quat' sous à côté de la quadrichromie officielle...

— On ne les a même pas vus venir, ajoute Jibé.

Trop occupés à rabouter une affiche déchirée, la dernière et puis on s'en va, bing, bang, Jibé s'est défendu tant qu'il a pu à coups de balai-brosse : « Casse-toi, casse-toi, Vincent ! »

Il entendait le gamin couiner comme une souris chaque fois qu'il prenait un coup, il essayait de le protéger, et les autres salopards se régalaient à leur cogner dessus.

— C'est même pas vos affiches ! réussit à leur crier Jibé.

C'était pas pour les affiches, c'était pour le plaisir. Ils tapaient avec des hans de bûcheron, se lançant des phrases courtes : « Tiens-le-moi. Pas la gueule ! Attends, à moi. Le marque pas... »

Avant que Jibé s'écroule, Vincent a réussi à filer en laissant échapper une espèce de sanglot de terreur, trois ordures l'ont pourchassé jusqu'à la petite place Miollis, Jibé a encore entendu le cri de Vincent, il l'a toujours dans les oreilles, un cri de petit gosse qui a très peur et très mal.

— Des karatékas, oui, j'en suis sûr. Ils savaient ce qu'ils faisaient.

Il n'ose pas ajouter : « Ils auraient pu nous tuer

d'une pichenette », puisque Vincent est toujours dans le coma.

Quand il avait réussi à se traîner jusqu'à la place, une fois que les fumiers l'avaient abandonné en riant après un dernier coup de pied, il avait trouvé Vincent recroquevillé au pied d'un platane, avec du sang qui lui sortait du nez et des oreilles.

Les parents du gamin regardaient Jibé avec des yeux suppliants comme si par la magie du récit il pouvait effacer la suite. Leur fils ! si gentil, bon élève, violoniste assidu, sérieux, comme on dit. Et simplement assoiffé de justice.

— Ah ben oui, évidemment ! a répondu cet inspecteur, très occupé par sa chevalière, comme si tout, d'un coup, s'éclairait.

Evidemment ! Il doit répondre la même chose aux parents des drogués ou des fugueurs en haussant les épaules : évidemment ! Si vous traversez la rue, vous risquez de vous faire écraser.

— Mais, monsieur l'inspecteur, des karatékas ?

— Qu'est-ce que ça change ? Sans doute des brebis galeuses.

Dans les arts martiaux aussi ? Mais alors, il y en aurait partout ? Et on ne peut rien faire ? En pleine campagne ! Justement !

— Comment voulez-vous qu'on les retrouve ? Et puis, c'est votre version de l'affaire. L'affichage sauvage est illégal.

Evidemment. Pas les agressions sauvages ?

La police refusant d'enquêter, Jibé, soutenu par une forte délégation de la Brosse à Chiendent, était allé demander des comptes au premier candidat : sarcasmes, mépris, haine à fleur de peau.

— Brosse à Chiendent ? Vous travaillez pour les droguistes ? Nettoyeurs de parquets ?

Il avait fallu retenir Jibé, prêt, malgré son état, à appliquer la loi du Talion, dans une ruche couverte de portraits en pied où se bousculaient des porteurs de messages, des admirateurs, des bénévoles énamourés, des penseurs tranchants, des plieurs de tracts et des spécialistes en tout genre.

— Mon service d'ordre ? s'exclama le candidat. Des noms, des adresses ? Vous me prenez pour un délateur ! Et puis quoi encore ? Nous sommes en démocratie, messieurs. Vous croyez me faire céder au chantage, aux basses manœuvres ?

Sa voix enflait et commençait les effets de tribune. Son visage en pâte à modeler se formait aux traits de la colère et de l'indignation. Seules ses grosses joues tremblaient de manière autonome.

« Je ne me laisserai pas impressionner par des suppôts du K.G.B. Je ne répondrai qu'à la police, puisqu'il paraît que vous avez des preuves. »

L'état-major de sombres jeunes cadres gloussait d'aise et Jibé, tout d'un coup, se sentit ridicule avec son bonnet de laine et son velours râpé.

— On se tire.

Impuissants et furieux, ils s'étaient retrouvés dans la cave humide qui leur servait de local. Même maintenant, il y faisait froid. On aurait dit une conspiration bolchevique, l'humidité en plus.

— Qu'est-ce qu'on fait ? demanda quelqu'un.

Il fallait tout de même réagir : les flics ne voulaient pas de vagues, la presse non plus (les journaux locaux avaient fait semblant de ne pas comprendre, sourds à ce qui n'était pas l'intérêt immédiat de *leur* candidat), alors ? Un tract ? oui. Les journaux nationaux ? oui.

— Et Patrice ? demanda quelqu'une.

3

Monsieur Prosper était accoudé près de la caisse enregistreuse. C'était sa place. De là, il pouvait surveiller le ballet des serveuses en combinaisons métallisées, ornées de bandes fluo aux épaules et à la taille.

Des espèces de tenues de moto coupées dans du tissu ultra-léger à cause de la saison et du travail d'incessantes allées et venues entre l'intérieur du « Sidéral » et la terrasse qui débordait largement sur le cours Mirabeau.

Les filles pouvaient, selon leur humeur, l'état de leur poitrine — et de leur porte-monnaie —, descendre plus ou moins la fermeture Eclair, dans la limite de la décence. Ça attirait le touriste.

Le mobilier du « Sidéral », créé spécialement par un designer italien, était forcément spatial, de sorte qu'on ne savait trop par quel bout le prendre. Cela donnait lieu à des gags qui ajoutaient à l'ambiance.

Le bar évoquait vaguement une navette Challenger scratchée après un retour foireux. Derrière ce tas d'aluminium brossé officiaient les barmen : deux faux maigres aux cheveux ras, oreilles plaquées aux tempes, muscles roulant sous le tee-shirt métallisé, des yeux bleus comme des icebergs.

Inutile de dire que leur rôle ne se réduisait pas à tirer les mousses ou secouer les shakers : ils étaient là pour faire respecter la coutume.

Monsieur Prosper était donc installé — lui ou son fondé de pouvoir — au point crucial du café. A sa gauche, le bar et la caisse : pas un ticket, pas une consommation ne pouvaient lui échapper. Derrière lui, les toilettes. Pas un camé ne pouvait en franchir la porte.

Il était immobile, pas vraiment noyé de graisse, plutôt rembourré, cravaté malgré la chaleur de juin, ses larges mâchoires serrées sur un havane toujours éteint, un casque d'épais cheveux noirs mêlés de gris ondulant sur son crâne massif, et les reflets bleus d'une barbe dure pourtant rasée de près, n'étaient ses yeux vifs qui glissaient à l'affût de tous les petits incidents d'une dure journée : mains baladeuses, « oubli » d'enregistrement, scènes de ménage, détournement de mineure, bris de verre... et le respect de la coutume.

La coutume ?

Bien établie dans la plupart des établissements cotés de la ville, elle consiste bonnement à en interdire l'accès à tous ceux qui ne doivent pas leur bronzage à l'huile solaire ou aux rayons U.V.

Monsieur Prosper était, sur ce plan, incorruptible.

Hormis ces préoccupations, somme toute vénielles, on pouvait se demander quelles étaient les pensées que nourrissait monsieur Prosper, dans son immobilité, trônant sur un haut tabouret, le coude gauche sur le comptoir, la main droite étalée sur sa large cuisse.

Et ce qui pouvait bien entretenir sur son visage plein, non pas un sourire, mais une émanation de contentement sans phrases.

Lorsqu'il avait affaire à quelqu'un de sa classe, monsieur Prosper donnait sans rire la clé de l'énigme : « Je suis prospère. »

S'il s'agissait de quelqu'un de confiance — quelqu'un qu'il cherchait à impressionner — monsieur Prosper se laissait aller à quelques brèves confidences vérifiables, telles que : « Je suis en pourparlers en vue de l'achat de la Crêperie flamande. »

Il s'agissait du plus grand établissement de la ville, d'où l'on pouvait contempler les jeux d'eaux changeant selon la couleur du ciel de la célèbre fontaine de la Rotonde.

Mais encore ?

Quelque chose qui ressemblait à un sourire se dessinait au coin des yeux de monsieur Prosper. Il était un homme d'affaires, et un homme d'affaires ne chante pas sur les toits. Il voulait bien ajouter, cependant, car il était un peu affamé de considération et las d'être salué avec des pincettes : « J'ai trois pieds dans la campagne. »

Pour finir, de mauvaises langues laissaient entendre que monsieur Prosper rachetait des terrains ou fourbissait des capitaux pour un énorme projet urbanistique baptisé Les Savonnettes, du nom d'une usine désaffectée mais si bien placée. Au dire de la Brosse à Chiendent, « Les Savonnettes, ça pue ».

Avec tout de même cette objection que les terrains à faire baver ne se situaient pas à la campagne.

Alors ? Trois pieds dans quoi ?

Monsieur Prosper avait appris des hommes d'affaires qu'il prenait pour modèles l'art de s'absenter soudain, comme s'il n'avait pas entendu.

Monsieur Prosper était chargé de mission.

A côté de lui, sur le comptoir, le téléphone se mit à bourdonner.

Monsieur Prosper jeta un dernier coup d'œil à sa terrasse bourrée de monde, à ses serveuses virevoltantes malgré les plateaux surchargés, se tourna vers ses barmen, décrocha.

Son regard se fit aigu et ce qu'il pouvait y avoir de mou et de relâché dans son visage disparut aussitôt.

— Arrive, lâcha-t-il sobrement.

Il n'eut pas à attendre longtemps : il y eut un bruit à la porte de service et il fit signe aux barmen qu'il s'absentait.

Outre la coutume, il y avait une autre règle absolue : quand « ceux-là » montaient (ceux de Marseille), ils avaient interdiction de s'adresser à monsieur Prosper devant la clientèle et les relations.

Respect au négoce.

— Alors ? demanda monsieur Prosper une fois fermée la porte marquée « DIRECTION ».

Il avait en face de lui un rouquin plein de taches de son, avec des mâchoires hypertrophiées à l'américaine, pas grand, râblé, zyeux bleus, une espèce d'étudiant à ice-cream, en tennis et polo-blouson.

— C'est le Baron qui m'envoie.

— Assieds-toi. Bois quelque chose. Whisky ?

— Avec du Coca.

L'envoyé du Baron, ça ne se traitait pas comme un livreur. A l'appel du bouton parut une des fusées, fluorescente et blond platine, dézippée jusqu'au nombril. On attendit le retour de la commande pour entrer dans le vif. La jeune femme essayait de se prénommer Ermeline et ne ratait pas l'occasion de tendre une croupe docile à la paluche de monsieur Prosper. Quand on a des bouches à nourrir...

Monsieur Prosper profita de l'interruption pour téléphoner à Marseille afin de vérifier si le nommé... ?

— Alex.

... Alex était bien chargé d'un message... oui ? Bon, non, simple contrôle. Tchao. Avec des excuses au rouquin, mais la férocité de la concurrence... Alex appréciait la prudence.

— C'est assez frais ? Bien. Je t'écoute.

— Voilà. On a trouvé ça.

Le rouquin sortit de son blouson Tacchino une poignée de petits papiers blancs soigneusement pliés qu'il étala sur le bureau d'une main de croupier.

— Chez moi ?

Monsieur Prosper entendait : à Aix ?

Il se leva promptement pour fermer à clé la porte du bureau et revint s'asseoir en soufflant un peu.

— Oui.

— On a trouvé ça chez moi ? (Entendez : à Aix.) Tu rigoles ?

Personne ne rigole. Monsieur Prosper incrédule et massif se pencha pour déplier de ses gros doigts habiles un des petits paquets, huma la poudre blanche qu'il contenait, hocha une tête professionnelle.

— Pas fameuse.

— N'empêche que c'est de la blanche.

— Exact. Et où ?

— Au Salomé.

Le coup était encore plus dur. Monsieur Prosper et ses associés avaient des parts dans cette boîte sans prétention mais bien située. Comme dans les cinémas de village qui ne fonctionnent qu'en fin de semaine, on y donnait strip-tease le week-end.

Il suffisait de faire monter de Marseille trois ou quatre tapins pas trop usés : elles étaient bien reconnaissantes de la récréation artistique et ça ne coûtait pas cher.

On ne comptait pas que l'entreprise ferait des bénéfices mais c'est aussi cela le commerce : savoir occuper le terrain pour décourager la concurrence.

Or là, justement, ces signes évidents...

— Que dit le Baron ?

— Qu'y a pas de temps à perdre.

— Juste. Mais dis-moi, s'enquit monsieur Prosper qui soudain craignait pour ses prérogatives, pourquoi je n'ai pas été informé le premier ? Pourquoi d'abord Marseille ?

— On a trouvé les doses sur un type, et ce type, on l'a suivi depuis le Salomé jusqu'au... Lazer.

— Au Lazer ? s'indigne monsieur Prosper.

Ça devenait vraiment très grave. Le Lazer était une boîte superluxe, propriété du Baron lui-même, à travers un prête-nom. Le Lazer faisait partie de ce que le Baron et ses amis ou associés appelaient leur chaîne de blanchisserie.

Quoi de mieux adapté qu'une ville tout entière vouée au commerce et au tourisme (baptisée ville d'Art, de surcroît), pour nettoyer et virginiser un fric qui a roulé dans tous les égouts marseillais de la prostitution, drogue, contrebande d'armes et le reste...

On comprenait mieux pourquoi du haut de leur tribune certains concurrents et néanmoins amis pouvaient clamer que grâce à leur sage administration Aix n'a jamais connu le visage hideux du vice et de la débauche industriels, malgré les relents putrides de la pourrissante Marseille. Et pourquoi, sans vergogne, ils s'en attribuaient le mérite.

Bravo ! Les socialos au poteau !

D'où l'impérieuse nécessité d'éviter que cet heureux partage des tâches — à Marseille les mains sales, à Aix les gants beurre frais — soit remis en cause ; tout le système s'écroulerait. C'était cela, la mission de monsieur Prosper : veiller à ce que chacun joue la partition, sans fausse note ni improvisation.

Empêcher les demi-sel, les petits malfrats, les amateurs poussés par le chômage, de venir exercer leurs talents « chez lui ». Faire le ménage en somme (on n'osait pas dire : la police, par superstition), veiller à ce que tout soit calme, éviter d'attirer l'attention sur les juteux trafics, motus, silence, pas un bruit.

Aix, ville propre.

— Allons-y, dit monsieur Prosper, ouvrant le chemin dans les petites rues piétonnes grouillantes de touristes, guide à la main.

Le dealer était soigneusement gardé dans le sous-sol du Salomé, où, par délicatesse envers monsieur Prosper, on l'avait ramené.

Comme tout ce qui se veut original à Aix, le Salomé était installé dans une cave voûtée. La rugosité de la pierre apparente était tempérée de draperies, de voiles, l'humidité chassée par des radiateurs fonctionnant parfois en été.

A la lumière dure des plafonniers, cependant, le maquillage fondait : poussière, salpêtre, sièges avachis, rideaux troués, tables dépareillées, tout était fait pour la pénombre moite et le désir aveugle.

A droite de la « scène » (quatre planches sur des caisses), il y avait l'accès aux loges (un bout d'écurie fermé d'une cloison de contreplaqué gonflé) et, plus loin, une porte accédant à une deuxième cave, une dizaine de marches en dessous, encore plus fraîche et aussi humide.

Parmi les piles de caisses et les casiers à bouteilles, pendu à un crochet utilisé autrefois pour les jambons peut-être, les pouces anormalement étirés par le poids du corps, oscillait vaguement, au hasard de quelques spasmes, un homme maigre, torse nu.

— Qu'est-ce qu'il a dit ? demanda monsieur Prosper, après l'avoir contemplé pensivement.

— Il a appelé sa mère.

— Il a un nom ?

— Oublié.

— Une tête de mule, hein ? Bien payé, alors ?

Monsieur Prosper s'approcha, arracha le bâillon. Le type n'était pas beau à voir, d'aucune façon, et difficile de dire à quoi son visage avait pu ressembler.

— Je peux payer plus, proposa le patron du Sidéral. Hé ? Tu m'entends ? Je peux t'offrir des vacances et un bon petit paquet. Des vacances !

Il secoua le corps, tirant sur les pouces distendus, mais n'obtint qu'une espèce de gargouillis assez infâme. « On veut pas de vagues ici, tu piges ? Pas de place pour le truandage, t'es nouveau ou quoi ? Ici, c'est une ville tranquille, pas question de foutre la merde. »

Monsieur Prosper considéra le corps à nouveau, puis il poussa Alex dans un coin, murmura :

— Il faudrait pas qu'il nous coule dans les doigts. Décroche-le. Trouve-lui un matelas, une couverture, de la bouffe. Retape-le un peu, quoi. Et ensuite, retape. Il *faut* qu'il crache. Je vais t'envoyer des spécialistes. Ils font la campagne pour l'instant, mais je peux te les prêter une couple d'heures.

Monsieur Prosper essayait de dissimuler son inquiétude sous un apparent optimisme. Il s'attendait à trouver un petit dealer, un bougnoule égaré facile à éliminer, et voilà qu'il s'agissait d'un dur, capable de résister à pareil traitement. On ne résiste pas sans raison. Maigre, mais justement... *Qui* l'avait envoyé ? Ça puait le coup fourré soigneusement organisé. Comme s'il n'avait pas d'autres soucis, avec ces élections qu'il tient à bout de bras !

— Et s'il ne dit rien ? demanda Alex.

— Alors, il faudra enquêter sérieusement. Et tous mes hommes qui sont pris... soupira monsieur Prosper. Les affiches, les services d'ordre, le soutien moral...

— Vous voulez des renforts ?

Monsieur Prosper eut une moue dubitative :

— Je vois mal des Marseillais ici. Excuse-moi, Alex, mais ils vont se faire repérer tout de suite. Les chemises noires, les cravates blanches, les souliers pointus... Sous le nez de la magistrature... Non, il nous faut la classe.

Monsieur Prosper haussa les épaules, se dirigea lentement vers l'escalier, en jetant de fréquents coups d'œil à la maigre forme pendue avec l'espoir que le type allait faiblir.

— Fais-le durer, conseilla monsieur Prosper. Prends ton temps.

— O.K., répondit Alex.

— Tu peux négocier, au besoin.

4

Sandrine Pereire regarde Simone, assise en face d'elle. On ne choisit pas Simone Vassot, c'est elle qui vous choisit. C'est ainsi que cela s'était passé, au cours d'une « audition » en vue d'une série de récitals ringards dans des provinces sinistres. Simone était allée trouver Sandrine :

— Laissez tomber, avait-elle dit. Je suis Simone Vassot. Je vais vous apprendre le chant.

Le voyage depuis Paris a été à la fois pénible et excitant. Pénible, parce que cette chère Simone est à la ville comme autrefois à la scène : grandiose, énorme, fragile, névrosée, insupportable, adorable, charmante, à tuer.

Son rire incessant et mécanique a vidé le compartiment.

Si Gérard, qui s'est toujours plaint du rire de Sandrine... qu'est-ce qu'il lui a pris, à Gérard ? Il n'a même pas voulu venir à la gare, prétextant un rendez-vous professionnel. Il n'est même pas venu sur le palier. La porte a claqué, Sandrine était sur le (sur son...) paillasson, avec les valises, comme une idiote, furieuse, au bord des larmes.

Elle a traîné les valises de marche en marche, bling blang, que tout l'immeuble sache comment il la traite.

Seul, le brave et un peu répugnant Grossman a ouvert sa porte, le visage pâle et les yeux cernés.

— Vous nous quittez ? chuchote-t-il, effaré, en regardant fréquemment par-dessus son épaule.

— Le Festival !

— C'est merveilleux ! Vous nous reviendrez ?

— Bien sûr. Avec vos cassettes.

— Vous êtes divine... Excusez si je ne vous aide pas, je suis malade, ajoute-t-il en confidence, de son souffle court.

— C'est grave ?

— Je ne sais pas. Des douleurs au ventre. Horribles. Et puis ça passe.

— Il faut vous soigner.

— Madame Grossman s'en occupe. Elle est si dévouée.

— Hé bien, meilleure santé...

— Merci. Et vous, succès, succès, folie !

Il la quitte avec un petit geste si féminin qu'elle en est gênée. Voilà son dernier visage parisien : une vieille tapette attendrissante.

A y réfléchir, ça lui est un peu égal.

Il y a deux mois, aurait-elle pu vivre sans Gérard ? Aujourd'hui, elle n'y pense même pas. Enfin, pas beaucoup. Elle se répète Gérard, Gérard, et ça ne lui fait pratiquement rien. Non, non, rien.

Elle fredonne :

Nun, so sei mein Herzenstäubchen[1]*!*

1. *Alors, sois la colombe de mon cœur.*

Simone se réveille en sursaut, mêle aussitôt sa voix à celle de Sandrine et elles chantent le duo Papageno/Papagena.

Welche Freude wird das sein
Wenn die Götter uns bedenken[1]

— Non ma petite, surveille ton phrasé, quelque chose de plus sensuel, tout de même. Ce sont des amoureux. Le son bien dans la tête. Allez.

Docile, Sandrine reprend : *Welche Freude wird...*

Un contrôleur sévère tapote la vitre de sa pince, Simone fait glisser la porte.

— Que se passe-t-il ? demande-t-elle.

— Mesdames, il y a des plaintes.

— Ça ne m'étonne pas. Nous sommes horriblement secouées, tranche Simone.

— Je suis obligé de vous demander le silence, insiste le contrôleur, gainé de bon droit.

— A nous ? s'indigne Simone. Alors que la S.N.C.F. mobilise des wagons entiers pour des gratteurs de guitare ?

— Ils ont un contrat.

— Nous aussi ! Nous sommes Sandrine Pereire. Et c'est tout de même autre chose...

— Vous n'avez qu'à louer un wagon ! Si vous empêchez encore les enfants de dormir, je serai obligé de vous expulser à la prochaine gare.

— Nous expulser !

Simone se dresse et domine le contrôleur de toute son imposante masse.

1. *Quelle joie sera la nôtre*
Si les dieux pensent à nous...

— Voyez cet animal ! Ce béotien ! lance-t-elle d'une voix admirablement placée qui jamais n'accroche dans la vulgarité. Quelque chose comme une conque marine.

Sandrine ne sait plus où se mettre. Elle tend une main timide vers Simone en un geste apaisant mais nul ne sait jusqu'où peut aller la colère de cette Walkyrie.

— Nous sommes au service de l'Art, goujat ! lance-t-elle, une octave au-dessus.

— Et moi, du public ! crie-t-il.

Car il crie, lui, bien sûr. Il ne sait se servir ni de sa gorge, ni de son diaphragme, ni du voile de son palais. Il crie, bêtement, avec des efforts de larynx qui raclent, qui coincent, comme un fonctionnaire indigné, défié.

— Le public ? C'est vrai, vous aussi, vous connaissez le public !

Tout soudain, Simone roucoule. Une voix d'une légèreté de plume sort de ce coffre majestueux, elle s'adoucit, se fait complice :

— Ingratitude, n'est-ce pas ? concède-t-elle. Tantôt les louanges délirantes, tantôt des cris et des insultes, pour des broutilles. Girouette ! Ludion ! Ah, vous faites un métier bien délicat, ajoute-t-elle en agitant ses bracelets sous le nez du pauvre homme.

— Hé bien, c'est pas drôle tous les jours, convient le contrôleur, perdu dans les signaux.

— Je vous laisse à votre travail, coupe Simone. Merci de votre prévenance. Soyez gentil de nous avertir, pour Marseille, je suis si distraite.

Et elle lui claque la porte au nez avec un sourire indiscutable, se rassied, soupire :

— Cet imbécile était capable de nous gâcher le voyage. Que je t'embrasse ! ajoute-t-elle.

Ça doit bien faire la dixième fois que Simone serre Sandrine entre ses seins houleux. Ensuite elle pleure de joie (voilà, ça y est), et, parmi les sanglots, elle ajoute : « C'est le bonheur ! » (c'est fait) et, « Te voir chanter avant de mourir ! ». A quoi il faut répondre :

— Simone ! Je vous interdis de dire une chose pareille !

— Attention à ta gorge. Ne prends pas froid, il y a plein de courants d'air. Tu devrais mettre un foulard léger, de la soie, quelque chose. Un décolleté !

— Mais Simone, je vais très bien, je vous assure.

— Parfait, lâche-t-elle, sinistre œil noir et mouvements de mèche. On est toujours en bonne santé avant une angine. Tu auras assez d'occasions de les montrer, tes jolis seins !

Elle est gênante, parfois, Simone.

Ensuite, elle fait la tête. Elle arrange ses colliers (sur son décolleté), elle tend des mains gonflées, doigts écartés, pour vérifier bagues et vernis, elle essaie de lire :

— Mon Dieu, je n'y arrive pas ! Je suis comme à mes débuts. Nerveuse. Mais neerveuse ! A la Scala ! Un tas de poussière... Qu'est-ce que je donnerais pour pouvoir me rouler encore dedans ! Ah mon Dieu... Enfin, je ne regrette rien.

Et ainsi de suite, ad libitum, jusqu'à Marseille.

— Ah tiens ! On change de train ? Pour Aix ?

Certains événements anodins font à Simone l'effet d'une incongruité, d'une offense personnelle. Elle s'indigne calmement. Il n'y a jamais de porteurs, il n'y a jamais de chariots, et tous ces bagages !

Des valises usées, écornées, obèses.

— Jeune homme ! crie (chante) Simone. Oui, vous.

Un jeune Arabe cherche une issue du regard, mais il est coincé par l'impressionnante femme juchée sur des talons aiguilles. Merde ! Il a rien fait ! Epinglé par les yeux noirs.

— Aidez-nous, vous serez gentil.

C'est quoi, la combine à cette Française ? Il sort les mains de ses poches, guette les flics, gagne du temps :

— Moi ? (Il fait l'Arabe.) Ji comprends pas quest-ce qui ti dis.

— Soyez chou. Nous n'y arriverons pas.

Chou ? Si elle se paye sa tronche, alors là... mais l'autre petite Française est plutôt gironde, la peau blanche comme du lait de chamelle, elle sourit, quoi ; seulement, méfi ! Tu comprends, mon frère, rigole, rigole... et pan sur ta gueule.

— Je vous paierai, insiste la dame.

— Un travail ?

— Oui. Oui, oui, vous êtes adorable. C'est tellement charmant.

Elle a une voix, mon frère, tu dirais le rossignol. Ça monte, ça monte, ça se promène comme sur des fils, et toi, couillon mon frère, tu coltines les valises, les oreilles dans le loukoum, jusque sur les filets.

— Tiens ! dit Simone, de nouveau incrédule, c'est une micheline ? Tout de même... Voilà, tout y est ? Merci mon brave.

Moktar fait prestement disparaître le billet de banque et, en partant, adresse un clin d'œil à la gazelle. Belle journée, mon frère !

On ne peut pas dire que la gare d'Aix soit au niveau du Festival : si elle n'a pas le charme des gares de trous perdus, elle a cette désolation particulière des bouts de ligne.

— Attendez, dit Sandrine, je vais vous aider !

— Ne touche à rien, crie Simone comme si la jeune fille allait se brûler aux poignées des valises.

Le cri, porté et claironnant, fait se retourner une petite troupe d'étudiants, ravis de l'aubaine.

— A partir de maintenant, tu es une *star* ! ulule-t-elle. Je ne veux plus te voir peiner, te baisser, éternuer, transpirer. Personne ne rêve sur une bonne femme à la vaisselle.

— Mais Simone, objecte Sandrine rougissante sous les regards narquois, il n'y a rien de fait.

— A partir de cette minute, martèle Simone, tu *es* une diva. Si tu ne le crois pas, qui le croira ? Marche-leur dessus, passe comme une reine, flotte, tu es habitée de l'Art le plus noble. Je vais chercher quelqu'un, conclut-elle. Et ne t'assieds pas sur les valises, ou je t'abandonne pour toujours. Regarde ce banc et dis-toi que c'est le trône de la Reine de la Nuit.

Echarpe au vent, dans sa robe-chasuble turquoise, Simone appareille vers les taxis. Les étudiants lui font une escorte goguenarde mais fascinée.

— Tu crois qu'elle va y arriver ? demande l'un d'eux.

— Alors là, si elle réussit à bouger un seul chauffeur de taxi dans c'te putain de ville, je paie les Coca.

Simone n'attend même pas que le type ait fini son article : dans un envol de manches elle en est déjà à moduler sur le thème menaçant de plaintes aux services municipaux compétents, à la direction du Festival, à la Préfecture. Elle sort de son sac en perles de buis un calepin brodé pour noter le numéro du taxi.

Dompté, le gros rougeaud s'extirpe de son bahut en maugréant pour la forme et la suit à l'intérieur de la gare.

Sandrine marche comme dans un rêve, pendant que Simone tourbillonne et s'affaire, chignon croulant. Avant, c'était plutôt Sandrine qui s'affairait et Gérard qui flottait...

Simone répète son nom en confidence au chauffeur courbé sous le poids des bagages, ignorant les regards assassins qu'il lui adresse.

— C'est Sandrine Pereire, LA soprano. Mais si, je vous assure, Sandrine Pereire. Vous ne la croyiez pas si jeune, n'est-ce pas ? Et quel talent ! Ce sera la bombe du Festival. Vous verrez. Vous ne le regretterez pas.

Le taxi se demande ce qu'il ne regrettera pas, au juste ?

Simone s'empresse et tient la portière arrière comme un maître d'hôtel. C'est qu'elle s'installe à côté du chauffeur, laissant Sandrine trôner seule... Sandrine voudrait lui demander de cesser ce jeu ridicule, mais elle n'ose pas.

— Adresse ?

— Hôtel Pigonnet.

Du coup, le taxi jette un regard dans son rétroviseur pour détailler vite fait la brunette. Mine de rien, en se penchant sur son compteur, il interroge :

— Le Pigonnet ? Mais alors, c'est une vraie ?

— Sandrine Pereire ! C'est elle ! appuie Simone, d'un ton d'évidence.

Impressionné, le chauffeur leur épargne le monologue sur les Arabes bouffeurs de Sécurité sociale et fredonne mezzo voce ce qu'il croit être un extrait d'*Aïda*, faux, de surcroît.

Ils longent de grands immeubles moscovites, traversent un tunnel autoroutier, cuisent au soleil dans un entassement de bagnoles. Ah tout de même, il y a les platanes, les fameux platanes.

Le chauffeur descend un boulevard et montre d'un doigt mystérieux une bâtisse qui ressemble à une usine désaffectée : « Ça, c'est les fous, dit-il. Les fadas, quoi. »

Et tout d'un coup les voilà dans une cour fraîche ombragée de grands arbres, loin du boulevard, sur laquelle ouvre un vaste hôtel. Les voici entourées de grooms dirigés par un réceptionniste cérémonieux. Le taxi s'affaire, chuchote : « C'est Sandrine Pereire ! », un groom boutonneux hoche la tête d'un air entendu.

— Mon Dieu ! s'exclame Sandrine, ravie, comment avez-vous fait ?

— Je suis désolée, mademoiselle, claironne Simone, c'est tout ce que j'ai pu trouver. J'espère que les chambres sont convenables...

— Mais certainement, madame, s'indigne un employé triste et long. Vous aurez toute satisfaction, si je puis me permettre.

Simone s'arrête au milieu de la cour, immobilise d'un geste tout le monde malgré le poids des bagages :

— Qu'est-ce que c'est que ce bruit ? C'est horrible ! Mademoiselle Pereire a besoin de calme pour se préparer. Il faut arrêter ça, absolument.

On se tourne, on cherche, on n'entend rien, un bruit, quel bruit, les voitures au loin ? un avion ? Mais non, ce bruit, ce grincement, cette scie, là, partout, il y a des travaux ?

— Ah, ça ? Mais madame, ce sont les cigales !

— Hé bien, soupire Simone, ça promet !

Les voici dans la chambre de Sandrine, hautes

fenêtres sur jardin, volets tirés à cause de la lumière violente, il fait presque frais, fauteuils, coiffeuse.

— C'est moi qui vous embrasse ! dit Sandrine qui se jette au cou de Simone. C'est merveilleux ! Tout ce luxe, des moquettes, des vrais meubles, et les rideaux... C'est trop ! Qu'est-ce que ça vaut, des rideaux comme ça ?

— Sandrine, à partir de maintenant, *rien* n'est trop beau pour toi. On te pardonnera une fausse note, pas une faute de goût. Garde ces réflexions de boutiquière, je t'en supplie. Tu es Sandrine Pereire, et bientôt LA Pereire.

Sandrine se laisse glisser dans un fauteuil, la tête dans les mains. Elle ne bouge plus. Simone vient s'asseoir près d'elle sur le lit qui gémit. Elle pose la main sur son épaule.

— Sandrine ? Sandrine ?

Sandrine lève une tête de petite fille inquiète, on peut lire le désarroi dans son regard :

— J'ai peur...

— De quoi ? demande Simone d'une voix douce.

— De tout. Tout cet argent que vous dépensez pour moi... Et je n'ai pas encore touché un sou. Mon rôle. Vous avez l'air de croire que... et si je... et si je rate ?

Simone se lève si brusquement que Sandrine ébauche un geste instinctif, comme pour se protéger le visage. Simone marche de long en large dans la vaste chambre, pour se calmer.

— Ecoute-moi, dit-elle en faisant un effort pour se modérer. L'argent, je te l'avance, et n'en parlons plus. N'en parlons plus ! Pour faire ce métier, la voix ne suffit pas, il faut des épaules larges comme ça. Et tu les as. Le théâtre, ça commence aujourd'hui. Moi je me charge du décor, des costumes et du texte, en attendant que tu te trouves un style. Il te faut, comment dites-vous les jeunes (comme si elle ne le savait pas !), un look. On trouvera.

« Toi, tu arrêtes de t'écouter, de gémir sur ta petite personne. Ne pense qu'à ta voix.

— Mais c'est moi, ma voix.

— Non. Ta voix, c'est une petite bête...

Sandrine s'enfonce davantage dans le fauteuil et dissimule un sourire. Elle connaît le numéro par cœur. La voix est une petite bête jamais apprivoisée qu'il faut nourrir, choyer, surveiller, dompter, etc. Ça fait rire tout le cours, à Paris. Et qui vous échappe tout le temps. La force du lion. La douceur de la colombe. On ne doit pas vivre d'elle mais pour elle, et ainsi de suite...

— Tu m'écoutes, Sandrine ?

— Oui, oui...

— Je me charge de tout, et toi, tu gagnes. D'accord ?

— Oui madame.

— Et dis-toi bien une chose : je suis capable de t'y traîner par les cheveux, à leur fichu théâtre.

5

Monsieur le conseiller Pigasse s'est accordé un cigare, au sortir d'une réunion électorale mortelle, sur le thème Aix et la jeunesse, ou quelque chose comme ça.

Heureusement, il connaît le dossier par cœur, et tout, jusqu'aux empoignades avec les candidats de la gauche désunie (c'est ainsi qu'ils les appelle, chaque fois, lourdement : « Monsieur le candidat de la gauche désunie prétend que... »), s'était déroulé avec la perfection d'un ballet bien réglé. Il connaissait — depuis le temps qu'il roule sa bosse d'une liste à l'autre — d'avance questions et réponses, insultes et contre-insultes, menaces et parades.

Bien que la salle ait été bourrée de jeunes gauchistes chômeurs et surexcités (on était à la M.J.C., qu'en d'autres lieux il nomme : « Temple de la Subversion »), il n'avait pas changé son discours d'un iota, les défiant de son regard ennuyé, laissant mûrir lentement une de ses célèbres colères.

Il avait explosé à bon escient, non pas, comme on pourrait croire, sur un point de doctrine, mais au contraire, pour un motif tout à fait éloigné du débat, laissant ses adversaires sans voix.

Ayant mené à bien sa mission, le voilà détendu à l'arrière de sa CX, vitre ouverte sur la nuit étoilée, Alfred roulant à la lenteur convenue.

Monsieur le conseiller Pigasse consulte brièvement sa montre, et l'or du bracelet luit, confortable. Pendant les interminables débats, il a pu tranquillement échanger avec une gamine rousse au regard vicieux, assise au troisième rang, des promesses muettes qui ne seront jamais tenues.

Il faut être prudent, particulièrement en pleine période électorale.

En tout point satisfait, donc, il roule lentement vers sa Campagne où l'attend une petite réception, quelque chose de tout simple, paraît-il.

La petite route des Pinchinats ondule et serpente au creux d'une vallée fraîche (fraîcheur relative, bien sûr, en cette saison), touffue, parmi les bosquets de chênes verts et les pins parasols.

Le portail familier, le garde qui salue, les pneus crissant sur le gravier — musique dont il ne se lasse jamais — et, illuminée par des projecteurs discrets, sa chère bastide, une vingtaine de pièces, petite merveille d'architecture provençale, toute simple, génoises et grandes fenêtres cintrées, mais une harmonie, un équilibre...

Pour une bouchée de pain, une histoire d'héritage pas claire, un coup de fil d'un ami du conseil municipal, une visite clandestine, un notaire qui... que... Bon, bien, n'en parlons plus. Un coup de chance.

Sa Campagne.

Les grillons appellent doucement, mieux accordés à la nuit que la folie des cigales, les invités bavardent dans la cour dallée, près du bassin, la petite eau claire tinte dans la nuit chaude, le long buffet chargé de victuailles colorées, la veste blanche des extras sur la nuit bleue, des épaules nues brunies avec distinction, une gaieté feutrée, de bon aloi.

La voiture ne décrit pas la courbe habituelle que le conseiller trouve majestueuse : elle s'arrête au bord de la grande pelouse à cause de la foule qui se presse malgré la chaleur nocturne.

Monsieur Pigasse ne descend pas tout de suite : dédoublé par une satisfaction béate, il se voit, carré au fond de sa voiture étincelante, dans son costume clair, avec les yeux de ceux qui papillonnent sur les dalles de sa bastide.

Puis il tape sur l'épaule d'Alfred qui aussitôt vient lui ouvrir la portière, et il se regarde descendre, imposant malgré sa taille moyenne, avec le brin d'embonpoint qu'il faut, foulant son gravier d'un pas serein comme quelqu'un qui a l'habitude de réussir.

— Ernest !

Tous se tournent vers lui et accourent pour le congratuler : « Ernest, Ernest, ta campagne est magnifique, tu les enfonces tous. Ernest ! prends mon verre. Ernest ! Ernest ! »

Monsieur le conseiller Pigasse grimace amicalement. Il n'aime guère ces familiarités à l'américaine, introduites dans les mœurs municipales par le premier candidat, qui traîne derrière lui une meute de bouchères hystériques échevelées et de légionnaires transis d'amour.

Il préfère un peu plus de dignité, et, pourquoi pas, de réserve, bien qu'il ait, lui aussi, dans sa jeunesse, poussé la brouette et gâché le mortier. Raison de plus. C'est aussi pourquoi il a déjà préparé son passage sur la liste du deuxième candidat, pour le second tour, sachant très bien que le premier n'a plus aucune chance, grillé par des manières par trop avides.

— Ernest ! Tu sais la nouvelle ? (Ce tutoiement d'un gamin qui le tient par la manche !) Le troisième candidat se désisterait pour nous ! C'est un tract du deuxième candidat. Tiens, lis, j'ai souligné, ce culot, hein ?

— Ernest ! Figure-toi que...

Le conseiller Pigasse répond distraitement mais prudemment à toutes les petites rumeurs de campagne qui viennent mourir à ses pieds tout en cherchant de l'œil Béatrice.

Son sourire automatique devient un peu tendu, ses réponses moins patientes : il ne trouve pas Béatrice mais Mathilde, madame Pigasse, ainsi qu'il la nomme avec le respect qui lui est dû. Debout près du buffet, elle agite la main dans sa direction.

Elle est vêtue d'une robe noire un peu campagnarde endimanchée, avec un collier de perles de jais et ce... quoi ? jabot de dentelle qui...

Voilà Béatrice. La petite garce s'est cachée sans l'être près d'un massif de lauriers-roses. Non. Elle ne se cache pas de lui mais des autres afin de lui adresser quelques messages tellement obscènes qu'il retrouve, ma foi, comment dire, une vigueur soudaine, bien entamée par le travail électoral.

Il lui répond comme il peut, de loin, sans lâcher le bras de l'horripilante madame Berger. Quelle haleine, pour parler d'un petit neveu diplômé et méritant.

La foule empressée, les bouteilles qui se vident, les plateaux chargés qui circulent, les « Ernest » familiers et obséquieux, et la silhouette voluptueuse de Béatrice lui donnent envie de crier : « Il est loin de la brouette, votre Ernest ! »

Il s'approvisionne au passage en toasts au saumon, écoute bravement les conseils décousus des uns et des autres, calcule combien il lui faudra encore patienter pour rejoindre Béatrice, jouer à qui-perd-gagne en poursuivant la jeune fille dans les enfilades de pièces poussiéreuses et peut-être la posséder tout debout, dans un placard inconnu.

Il y aura son souffle haletant, ses dents qui chercheront à le mordre, et la musique parviendra jusqu'à eux, étouffée, lointaine. Ils riront en pensant aux invités.

« C'est toi, ma foule », dira-t-il au rythme de leur étreinte, ma foule. Ma foule. Il entendra son rire moqueur devenir une plainte continue et ce sera comme s'il les possédait tous...

— Monsieur Pigasse...

La voix métallique de Jean-François le tire de sa rêverie. Il se tourne vers le visage maigre, toujours gêné par le regard fixe des yeux noirs.

— Ecoutez mon petit, ce soir, repos. J'ai eu une journée crevante et ennuyeuse. Buvez quelque chose, détendez-vous pour une fois, trouvez une fille et terminé, la politique. Jusqu'à demain.

— Je crains bien que ça ne soit pas possible, monsieur.

— Ernest ! coupe un militant rougeaud, vous avez vu les affiches du troisième candidat ? Opposition unie ? C'est un scandale, il n'a pas...

— Je vais lui téléphoner, vous avez raison.

Le militant se rengorge, ouvre la bouche pour ajouter tous les détails.

— Excusez-moi, heu... ?

— Marcel.

— Excusez-moi, mon vieux Marcel, vous connaissez Jean-François, mon secrétaire ? Nous avons encore des problèmes à régler, paraît-il.

Le conseiller municipal se demande s'il a déjà vu la tête en œuf et les yeux tombants du prénommé Marcel pendant que celui-ci, radieux, serre la main de Jean-François.

Enfin, monsieur Pigasse et son secrétaire parviennent à décrocher, s'éloignent lentement vers la bastide, avec une bonne parole pour chacun, et même pour Mathilde qui se trouve sur leur passage.

— Mathilde ! Chère amie... Ta réception est une réussite.

Mathilde regarde son mari en souriant, fière du compliment. Quand elle a épousé monsieur Pigasse (l'Ernest, à cette époque), elle n'hésitait pas à conduire la camionnette bourrée de parpaings. Déjà, elle le regardait avec une admiration sans faille : elle savait qu'il réussirait. Alors, aujourd'hui...

Monsieur Pigasse se penche pour lui baiser la main comme à une dame, devant tout le monde. Mathilde rougit de plaisir et les larmes lui viennent aux yeux.

— Vous voyez, mon petit Jean-François, tout ça (il désigne la pinède, la pelouse entretenue à grands frais, les massifs, Sa bastide, la foule heureuse, et peut-être même, quelque part, la silhouette provocante de Béatrice), c'est à madame Pigasse que je le dois. Elle m'a toujours soutenu, aidé, elle n'a jamais douté de moi. Elle a fait de moi un homme, Jean-François.

Les invités les plus proches applaudissent gentiment à cet hommage un peu emphatique. Les autres, plus loin, qui ne savent pas, applaudissent aussi. La manifestation de tendresse s'enfle jusqu'à l'ovation. Jean-François apprécie en connaisseur.

Madame Pigasse cache son bonheur dans ses mains. Elle n'est pas bavarde, mais ses doux yeux bruns parlent pour elle. Et son sourire radieux.

— Monsieur le conseiller, on nous attend dans le bureau, rappelle Jean-François.

— Va, va, dit Mathilde.

Elle le regarde s'éloigner de ses yeux humides avec une volupté poignante. Son mari sera toujours l'enfant qu'elle n'a jamais eu. Quel homme. Quel bonheur.

— Alors Jean-François ? demande monsieur Pigasse tandis qu'ils entrent dans le grand hall où luisent doucement les belles dalles rouge foncé et les vieux meubles provençaux ornés, chantournés.

— Un envoyé de monsieur Prosper.

— Vous perdez la tête ! C'est une folie ! Vous savez bien qu'il n'est pas question...

— Il y a urgence, coupe Jean-François.

Monsieur Pigasse ne s'habituera jamais aux manières métalliques de cette jeunesse sans émotions. Il a pourtant besoin de s'appuyer sur cette ambition glaciale s'il veut un jour ceindre l'écharpe de maire. Maintenant, les bonnes paroles ne suffisent plus et Jean-François, avec une constance farouche, écarte de son chemin tous les obstacles ; rien ne le rebute. Il assume le vilain rôle, les lâchetés, les compromissions, les tractations sordides. Quelquefois, monsieur le conseiller s'inquiète d'un tel dévouement mais il est vite repris par le tourbillon des affaires.

— Vous n'auriez pas dû le faire entrer dans mon bureau, observe monsieur Pigasse.

— Non, non, ils sont dans la petite pièce, derrière.

— J'aime mieux ça. Personne ne les a… ? Qui d'autre, au fait ?

— Di Pozzo.

Le conseiller privé du premier candidat, une sorte de Jean-François incompétent. Les choses seraient donc sérieuses.

— Quoi, au juste ? interroge monsieur Pigasse, tandis qu'ils traversent l'immense salle à manger (il a réuni trois pièces), follement meublée à l'italienne, inimitable mélange de néoflorentin et d'échafaudages arachnéens.

— Ils n'ont rien voulu dire.

— Ça promet.

Dans la petite pièce située sur l'arrière de la maison et curieusement garnie de meubles de jardin, monsieur Pigasse trouve Di Pozzo qui salue d'un clignement de paupières et une espèce d'individu roussâtre, mâchoires féroces et tenue criarde, qui saute sur ses pieds :

— Je suis-

— Je ne veux pas le savoir, coupe sèchement monsieur Pigasse.

— Le patron m'a chargé de-

— Ecoutez-moi, jeune homme : je ne vous connais pas, ni vous ni votre patron. Vous répondrez quand on vous interrogera, et pour le reste, je ne veux pas vous entendre.

Monsieur Pigasse a pris ce que Mathilde appelle sa voix de chantier, elle suffit à tenir en respect le petit truand désappointé. Il se voyait sans doute déjà lancé dans le beau monde.

— Ne restons pas là, reprend monsieur Pigasse.

Allons plutôt vers la piscine. Jean-François, faites donner de la lumière.

Le secrétaire décroche le téléphone. Alors que les trois hommes sortent dans le jardin, sur l'arrière de la bastide, marchant prudemment dans la nuit bleue, tout s'illumine soudain.

Il y a des projecteurs sur les pelouses, dirigés vers le sommet des pins qui se balancent légèrement sur leurs longs troncs craquants, des lumières dans la piscine même, luisant comme une grosse émeraude, et d'autres plaquées contre la façade ocre pâle.

Jean-François les rejoint et ils s'installent sur des transats. Un majordome ouvre du champagne et dispose des assiettes de toasts. Ils le regardent faire en silence, et lorsqu'il est parti :

— Di Pozzo ?

Di Pozzo lève vers monsieur Pigasse son visage chafouin, tire sur son long nez, glisse de sa voix creuse :

— Il y a eu un... accident.

Monsieur Pigasse et son secrétaire échangent un coup d'œil : la démarche de Di Pozzo confirme bien que personne à Aix, pas même son conseiller privé, ne parierait une allumette sur les chances du premier candidat.

— C'est-à-dire ? demande le conseiller.

— On ne sait pas au juste, je veux dire, avec précision, mais trois hum, membres de notre service d'ordre ont hum, été pris à partie par des colleurs d'affiches, ces, voyons, Brosse à Reluire ?

— A Chiendent. Appréciez la différence. Si vous en veniez au fait, Di Pozzo ?

— L'un des jeunes est à l'hôpital, dans le coma. On

ne sait pas s'il s'en tirera. Vous voyez l'exploitation que nos adversaires...

— Jeune ?

— Dix-sept, dix-huit ans.

— Pas fameux. Une famille ?

— Des professeurs. Militants de gauche, bien entendu.

— Il y a des témoins ?

— L'autre colleur. On lui a hum, proposé un dédommagement, il a refusé.

— On peut le... suggère le petit truand en faisant glisser son index tendu le long de son cou.

Il reçoit de monsieur Pigasse un regard gris acier qui lui coupe le souffle.

— Il a donné un signalement ? demande Jean-François.

— Vague. Très vague. J'ai eu un inspecteur-chef au téléphone, le colleur ne les a pas vraiment vus. Il n'a pas eu le temps, ajoute Di Pozzo avec un sourire acide.

— Bon, approuve monsieur Pigasse. Ce sont de nos supporters ?

— Ce sont des... renforts, répond Jean-François en désignant du menton le petit truand qui aussitôt prend son élan pour intervenir.

— J'ai compris, dit monsieur Pigasse en l'arrêtant de la main. Ça, c'est ennuyeux.

Il contemple les bulles qui montent doucement dans sa coupe, regarde Jean-François, Di Pozzo...

— Bien, finit-il par dire. (Puis il se tourne vers le truand et lui parle comme s'il s'adressait à un fauteuil vide.) Vous allez me mettre ces types au vert. Envoyez-les à Toulon ou à Nice. Demain, je téléphonerai à l'inspecteur ?...

— Durbé, dit Di Pozzo.

— Pas de problème. Vous avez appelé maître Fayard ?

— Bien sûr, souligne Di Pozzo.

— Parfait. Je vois que toutes les précautions sont prises. A ceci près, mon cher Di Pozzo : la présence de ce... monsieur, ce soir, en pleine réception. Ou vous êtes naïf, et c'est grave, ou vous me *croyez* naïf, et c'est encore plus grave...

— Mais pas du tout, proteste Di Pozzo à sa manière souterraine, je vous assure. Ce monsieur représente le responsable de notre service d'ordre et c'est en tant que tel...

— Je ne veux plus le voir ici, coupe monsieur Pigasse. C'est bien entendu ? Sinon, j'en viendrai à croire que quelqu'un cherche à me compromettre. Jean-François aura des ordres stricts.

Le petit truand gonfle ses muscles avec fureur, se lève lentement, blanc de rage, et s'approche de monsieur Pigasse, les mains dans les poches de son blouson. Jean-François glisse la sienne sous la veste bleue de son smoking. Dans le silence et la tension soudaine, l'homme politique et le gangster se dévisagent. Des rires et de la musique roulent jusqu'à eux, par vagues brèves.

— Je sais pas si monsieur Prosper il aimera ça, lâche le voyou.

Puis il fait demi-tour, invitant Di Pozzo à le suivre d'un mouvement de tête, comme on siffle un chien.

— Fais-les sortir par-derrière et éteins les lumières, glisse le conseiller.

Jean-François s'élance à la suite des deux hommes, le gravier craque sous leurs pas.

Monsieur Pigasse remplit pensivement sa coupe, grignote un toast. Il arrive ce qu'il redoutait : la main tendue de monsieur Prosper commence à ressembler à un poing.

Le bruit court qu'il répète un peu facilement : « J'ai trois pieds dans la campagne », manière point trop subtile de laisser entendre qu'il subventionne généreusement les trois premiers candidats. Les trois autres — messieurs de la gauche désunie — commenceraient à agiter le grelot — dans la faible mesure de leur grande prudence.

Et bien entendu, arrive ce qui doit arriver : ses gros bras confondent service d'ordre et règlement de comptes. Que disait le deuxième candidat en riant, à propos de « l'amitié » de monsieur Prosper ? Ou était-ce le premier, à la campagne précédente ? « C'est facile et ça peut rapporter gros. »

Gros d'ennuis, si ça continue.

L'idée qu'il serait sage de prendre des distances vis-à-vis de monsieur Prosper l'effleure. Mais l'argent n'est pas commode à trouver, en ces années de vaches maigres, et il aurait bien du mal à convaincre ses colistiers... à plus forte raison le deuxième et le troisième candidat.

Quand bien même, resterait le problème des Savonnettes, un projet immobilier énorme, dont on dit que monsieur Prosper, et, au-delà, une sorte de heu, hem, consortium, à l'abri d'un certain nombre de sociétés, tireraient les ficelles. Rien n'est vraiment prouvé, mais allez vous mettre à dos ces gens-là, à une période où le bâtiment meurt tout debout.

Soudain, les lumières s'éteignent. Le conseiller retrouve avec soulagement l'obscurité. Les pins exsudent une chaude odeur de résine, il y a comme un souffle frais qui descend de la nuit étoilée, bleu sombre au-delà de la brosse noire des arbres.

Monsieur Pigasse doit faire vivre une bonne centaine d'ouvriers. Les familles sur les bras. Des investissements en matériel, centrales à béton, bulls, toupies, il faudrait tout laisser rouiller ? Mettre les gens à la rue ? Mathilde en mourrait.

Quand on est chef d'entreprise, il faut assumer ses responsabilités, faire face, quoi qu'il arrive. Il a toujours fait face, monsieur le conseiller, pris les problèmes à bras-le-corps. L'Etat socialiste veut les étouffer, les réduire à merci ? Alors, vive monsieur Prosper.

A cette réserve près qu'il a parfois le sentiment — pour des détails comme la visite de tout à l'heure — que les choses leur échappent un peu, qu'ils ne sont plus tout à fait maîtres de leurs décisions, que certaines forces incontrôlables exercent des pressions sans qu'on sache bien au juste sur qui, ni comment, ni d'où, et que pour finir, il ne leur resterait guère que l'illusion du pouvoir. Dans ces conditions, cela en vaudrait-il encore la peine ?

La fatigue, la chaude nuit provençale, les soucis professionnels rendent monsieur le conseiller mélancolique. Il soupire et s'allonge dans son fauteuil, regardant la lueur des étoiles qui traverse faiblement la masse noire des pins. Il a besoin de se détendre, voilà tout.

Soudain un léger clapotis le fait sursauter. Une pensée fulgurante le cloue à son fauteuil, lui fait cogner le cœur : les hommes de main de Prosper ! Ça devait arriver ! Et Jean-François qui n'est pas là !

Monsieur Pigasse ouvre la bouche pour crier mais il ne peut émettre aucun son. Une peur horrible lui tord le ventre. Il se voit, la tête fracassée, baignant dans son sang, pendant que la fête continue... Le murmure de l'eau se fait plus précis, plus fort, il se rapproche comme une menace. Monsieur Pigasse serre désespérément les accoudoirs du fauteuil. Il y a le bruit de cascade d'un corps qui sort de l'eau : Béatrice !

Evidemment, Béatrice !

Deviendrait-il gâteux ?

Béatrice !

Béatrice nue, impudique, impudente, dont le corps brille des reflets argentés de la lune.

Béatrice qui roucoule de ce rire animal dont elle sait si bien vous griffer les nerfs !

Elle vient tout près de lui, il respire son odeur mouillée, un peu âcre, et quand il veut lui mesurer la taille, presser sa tête contre la mousse humide qu'elle lui offre, elle glisse de ses mains comme une truite, file vers la maison, qui perd gagne !

« Petite salope ! » murmure-t-il gaiement tandis qu'il s'élance pour la rejoindre, imaginant déjà le corps luisant doucement dans les pièces obscures et abandonnées, le chuintement furtif de ses pieds humides sur les dalles fraîches. « Petite putain ! »

6

Maginus se regarde une dernière fois dans la grande glace : tout est épatant.

— Maman, j'y vais !

— Déjà ? Fais voir.

Maman se recule un peu, regarde son fils, hoche sa tête grise :

— Je crois que c'est bien. Tourne-toi. Oui. Je pourrais peut-être reprendre la pince, là ?

— Oh non maman. C'est épatant. Tu as bien travaillé, tu sais ? Ça va marcher hein ?

— Mais oui mon grand, tu vas voir. Le succès.

Maginus se penche pour embrasser sa mère, elle serre fort son grand gars contre son corps replet, elle sent bon le savon de Marseille.

— Je te rapporterai un beau cadeau.

— Je te défends, bêta ! Si tu dépenses tes sous avant de les gagner... D'ailleurs, à cette heure, les magasins sont fermés.

— Il y a toujours des vendeurs sur le cours. Tu es sûre, tu ne veux pas venir avec moi ?

— Tu sais ce qu'ils ont dit : tu dois te débrouiller tout seul maintenant.

— Oui, m'man.

Maginus prend son panier d'osier tressé qu'il a peint en blanc, soulève le couvercle pour vérifier s'il y a bien le masque et la flûte. Il ne peut pas s'empêcher d'admirer le masque, une fois de plus. Les yeux fendus sur le côté, les paillettes argentées, les plumes blanches, les narines fines, délicates. Dommage qu'il ne puisse y avoir de bouche : au milieu de tout ce blanc, il l'aurait voulue d'un rouge terrible, sanglant.

Maginus ouvre la porte palière, envoie un dernier baiser à sa maman qui ferme les yeux pour une grimace confiante et affectueuse.

Il pousse doucement la porte pour ne pas faire de bruit et se penche pour écouter dans la cage d'escalier. L'idée lui vient qu'il aurait dû passer un imperméable, mais tant pis, il n'y a personne.

Maginus serre son panier contre lui, et, à pas de chat, descend l'escalier jusqu'aux caves. Il n'aime pas les caves et le noir, il y a toujours des bêtes qui frôlent ou qui se sauvent et même des rires. La minuterie dure si peu qu'il n'a pas le temps d'arriver au prochain bouton et sa gorge se serre.

Et puis voilà, il est au soleil, pris d'un coup par la chaleur qui plombe la cour poussiéreuse du H.L.M., son vélo à la main. Il l'a peint en blanc aussi, et il a décoré les roues avec des miroirs.

— Vise le fada !

— Hé bé, Magirusse, c'est carnaval ou quoi ?

Maginus ne répond pas et file sur son vélo. Les deux gamins regardent partir, morts de rire, la grande silhouette dégingandée, avec ses trognons d'ailes dans le dos, ses grandes pattes dans une culotte plumeuse, ses mollets maigres dans des bas en fausse broderie.

— On dirait le flamant blanc !

— Hé ! Flamant blanc ! hé, écoute voir ! Flamant blanc ! Flamant blanc ! scandent-ils jusqu'à ce qu'il disparaisse.

Maginus appuie sur les pédales et gagne la pente où il file à toute vitesse. Les miroirs, sur ses roues, crachent des éclats de lumière qui font grimacer les automobilistes.

En bas de Solari, il traverse le boulevard de ceinture et se réfugie en zone piétonne pour échapper à la triple file de voitures qui gronde sans répit.

Il zigzague tranquillement entre la foule pressée et les touristes qui badaudent, guide vert à la main et coup de soleil au front. Il freine bruyamment et s'arrête devant les portes de la cathédrale qu'un guide délivre cérémonieusement de leurs vantaux de protection. Bouche bée, il admire les personnages de bois bien ciré : si sa mère... Mais le guide lui adresse des gestes furieux pour qu'il s'en aille. Les touristes n'ont plus d'yeux que pour l'escogriffe emplumé qui tend son long cou pour apercevoir les sibylles.

Les appareils-photos sont déjà en batterie, il y a des exclamations dans toutes les langues : Maginus hésite pourtant à commencer là son premier concert, ce n'est pas ce qu'il avait prévu. Interpellé de toutes parts, ahuri, il consent cependant à enfiler son masque et prend des poses contre son vélo, hanché sur une jambe. Un Japonais, derrière un énorme téléobjectif, émet des sons qui pourraient passer pour un rire.

Malgré les consignes sévères, le guide abandonne carrément les précieuses portes, et, tandis que d'une main il empoigne Maginus à le faire hurler, de l'autre il glisse une poignée de pièces dans le panier blanc et chuchote d'une voix furieuse :

— Tire-toi. Ils sont à moi. Si je te revois traîner ici, j'appelle le collègue. Parole, tu revois plus la lumière.

Ravalant ses larmes, Maginus saute sur son vélo et s'enfuit, les moignons d'ailes battant dans son dos, tandis que le guide victorieux rameute son troupeau.

Place des Cardeurs, il y a trop de monde, trop de jeunes, trop de chiens qui lui aboient après, trop de pigeons, trop de bruit, trop de fauchés. Il descend jusqu'à la place des Tanneurs, s'assied sur le bord de la fontaine en tenant son vélo d'une main, regarde les terrasses des restaurants. A la pizzeria qui pue la frite officie déjà un guitariste, genre Dylan, vêtu de jean cloûté qui aboie en américain devant les joues gonflées et les cuisses rouges des dîneurs en shorts sous le soleil brûlant.

C'est vrai qu'il fait chaud.

Son joli costume blanc le gratte un peu partout, la sueur sans doute, le tissu neuf, les incrustations de perles.

Le rosé de Provence embue les verres, les filles transpirantes courent d'une table à l'autre dans un brouhaha de voix et un fracas de vaisselle.

— Et une royale pour trois, une !

— Envoyez deux demis et un panaché bien blanc !

— La niçoise, c'est pour qui, la niçoise ?

Maginus regarde faire le guitariste qui crie plus qu'il ne chante et bat la mesure comme s'il leur tapait sur la tête. Jamais une flûte ne parviendra à dominer le vacarme.

Maginus regarde dans son panier la poignée de pièces : et s'il rentrait chez lui ? Mais jamais sa mère ne voudra croire qu'il a gagné si peu et il n'aime pas la voir pleurer.

Le guitariste plaque maintenant des accords dans un ordre tout à fait arbitraire tandis qu'une fille maigre en jupe bariolée va de table en table sur ses pieds nus, tendant un bonnet de laine. C'est ce qu'il lui faudrait : une fille qui ferait la quête. C'est humiliant tout de même, pour un musicien. Si sa mère avait voulu...

Il déroule la grosse chaîne de dessous la selle du vélo et la cadenasse autour d'un poteau. Ici, même un vélo blanc avec des miroirs ne reste pas cinq minutes. Puis il se prépare, ajustant son masque, montant sa flûte, faisant quelques exercices avec les lèvres pendant qu'il la chauffe sous son bras. Voilà. Il s'essaie un peu en retrait à une démarche sautillante d'oiseau, voilà, c'est lui, Papageno, gai comme un pinson, léger comme une plume.

Deux, puis trois, puis cinq fourchettes chargées de victuailles luisantes s'arrêtent à mi-chemin de bouches entrouvertes, des verres restent en suspens, des yeux incrédules le fixent puis se détournent pendant qu'il s'avance sur ses longues pattes comme s'il sautait des mailles invisibles, écartant les coudes pour un envol.

« Et maintenant, pense-t-il, indifférent au silence soudain, le divin Mozart ! »

Il n'a pas encore exhalé la première note qu'un gros type en large ceinture rouge et toque blanche de bazar vient le prendre par un bras. Il a aussi une force, celui-là !

— Ecoute, mon gars, chuchote le patron qui sent l'aïl et la sueur, pas tous en même temps, d'accord ?

— Mais je suis Papageno !

— C'est pas une raison. Faut me les laisser respirer, explique-t-il en désignant les tables où le vacarme a repris.

Maginus ôte son masque, tourne de tous côtés sa petite tête affolée et ses gros yeux noirs globuleux :

— Mais, insiste-t-il, Papageno, c'est moi.

— Ce que j' m'en fous ! Tu serais le pape... Tu prends ton tour où j'appelle les flics, c'est clair ?

Devant l'air de totale incompréhension de l'échassier, le patron hausse un peu le ton :

— Reviens dans une heure ou je te botte le cul. Point final.

— Dans une heure ? Ah bon, merci monsieur.

En face, il y a un restaurant « Salades à Gogo », avec des dessins naïfs de villages alpestres, de ruisseaux et de vaches, une terrasse plus modeste bourrée de babas maigris broutant de la verdure. Queues-de-cheval et oripeaux. « Ceux-là ne sont pas méchants, pense Maginus. Et maintenant, le divin Mozart ! »

Il hésite tout de même avant de commencer, pris par le trac.

Un type sale et pas rasé, vêtu d'un short effrangé et d'un grand tatouage qui représente un dragon, suivi d'un chien squelettique, s'approche, une bouteille à la main.

— Minute, mon pote, dit le type à Maginus.

Maginus craint quand on lui parle fort et qu'on le regarde durement, il craint les hommes pas rasés et sales, les ivrognes qui s'en prennent toujours à lui.

— Je n'en ai pas pour longtemps, objecte-t-il timidement.

— Fais pas chier, ou j' te crache à la gueule, ricane le type.

Maginus ne comprend pas tout de suite ce qu'il veut dire mais se tient prudemment en retrait ; ses paupières commencent à battre nerveusement sur ses yeux saillants. L'ivrogne se campe au milieu de la ruelle, porte le goulot à sa bouche et puis soudain, avec une espèce de torche qu'il a enflammée, expédie devant lui une longue flamme éphémère, rouge et fumeuse, comme un dragon. Je te crache à la gueule !

Derrière, les voitures n'osent pas klaxonner.

Il recommence, deux, trois fois, dans une écœurante odeur d'essence.

Il quête de sa main noire, planté contre les tables, avec son chien maigre à grosse gueule. A force, tout le monde lui donne, et même du pain pour le chien.

Qu'est-ce qu'il doit gagner comme argent !

Maginus voudrait le prévenir d'attendre une heure pour aller en face, lier conversation, et peut-être demander comment cracher le feu. Mais il n'ose pas et se résigne à quitter la place.

Il range sa flûte et son beau masque dans le petit panier, détache son vélo en vitesse parce que le tatoué est juste en face de lui maintenant et déjà approche de sa bouche la torche enflammée.

Maginus s'enfuit à toutes pédales, le cœur battant.

Pour commencer, il lui faudrait un endroit tranquille, où il n'y ait pas trop de monde et pas de commerces. Un peu loin du Cours.

*

Cette fois, il a bien réussi son entrée, il récite entre les tables, d'une voix un peu inaudible peut-être : « Oui je suis l'oiseleur, toujours joyeux, hola, hoplala ! »

comme sa mère lui a appris dans la cuisine. Avec de petits saluts, hop lala, si j'avais un filet pour attraper les filles, hop lala, je suis l'oiseleur, je connais tous les sifflets, gai comme un pinson, léger comme une plume.

Sa voix tremble, son cœur bat mais il se sent à l'abri derrière son masque, les gens mangent tout de même, ils ne le regardent pas trop, d'une certaine façon, il préfère.

Et maintenant, Mozart, le divin !

Sa mère lui a dit : trois morceaux, ça suffit.

Et s'il y a un bis ?

Tu rejoueras un bout.

Gai comme un pinson, léger comme une plume.

Il escamote les trilles qu'il ne sait pas rendre, c'est trop rapide pour ses doigts, il y a quelqu'un qui dit « Aïe, aïe, aïe », mais qu'est-ce que ça prouve ?

Tout jouant, il se penche sur une table, sur l'autre, pas trop longtemps, il reçoit des bouffées d'odeurs, victuailles et crème solaire ; quand il s'approche, les gens s'affairent, se concentrent soudain sur leur nourriture, l'air absent, ou bien parlent plus fort.

Voilà. Terminé. Un salut, une courbette jambe tendue, et puis la sébile.

Il s'approche des tables en sautillant comme convenu, certains mangent comme s'il n'était pas là, d'autres lui tendent une pièce du plus loin pour le tenir à distance. Personne n'a applaudi.

— Mais c'est Papageno !

— Sandrine !

Sans se soucier du regard réprobateur de Simone, Sandrine Pereire fait signe à Maginus d'approcher. Maginus rougit violemment pendant que Sandrine note d'un bref coup d'œil la petite tête sans menton et les gros yeux de poussin. Elle commence déjà à regretter son mouvement de sympathie, mais Simone insiste :

— Voyons Sandrine, nous avons rendez-vous !

— Asseyez-vous, dit Sandrine, défiant Simone du regard. Vous aimez Mozart alors ? demande-t-elle à Maginus.

Celui-ci hésite un peu, regarde autour de lui, s'assied, répond :

— Maman surtout.

Il laisse passer le silence, et à cause du regard perçant de la dame en face de lui, il ajoute :

— C'est elle qui m'a appris.

La belle jeune fille sourit rêveusement, chipotant dans son assiette. « Si j'avais un filet... » pense Maginus. Mais la jeune fille ne le regarde plus, et la dame terrible le fixe, tout en relevant son gros chignon gris-noir. Maginus ne sait plus s'il doit rester ou partir.

— Vous aussi ? demande-t-il à la jeune fille.

— Moi ? C'est mon préféré. Je vais chanter *La Flûte...* ajoute-t-elle d'un ton de confidence mal assuré.

Cette fois, Maginus est tout à fait bouleversé. Tout avait si mal commencé et voilà le plus beau jour de sa vie !

— C'est maman qui sera contente ! dit-il en extase. Je vous reconnais, dit-il soudain d'une voix claire qui fait sursauter Simone, vous êtes la Reine Resplendissante d'Etoiles !

— Pourquoi pas ? répond Sandrine avec un sourire ambigu.

Simone Vassot fourchette ses spaghettis bolognaise

en adressant à sa protégée des messages clairs, tels que : ça suffit comme ça, tu perds ton temps, finissons-en.

Maginus n'a jamais été très sensible aux atmosphères : il est perdu dans la contemplation béate de la Reine Resplendissante d'Etoiles qu'il pourrait, oui, toucher de la main s'il osait. Il se contente de humer son parfum et de la savourer méticuleusement des yeux, tout à son impensable bonheur.

Sandrine commence à trouver la plaisanterie un peu pesante et cette adoration muette la met mal à l'aise. Elle ne peut pas quémander l'assistance de Simone après l'avoir outrageusement défiée et ne sait pas comment faire comprendre à ce grand oiseau maigre qu'elle aimerait pouvoir manger.

— Vous savez ce que nous pourrions faire ? demande-t-il enfin.

Sandrine profite de ce que les yeux saillants la quittent une seconde pour avaler une bouchée : c'est froid.

— Vous pourriez chanter et moi je jouerais.

— Mademoiselle Pereire n'a pas une seconde à elle, tranche la grosse dame d'une voix sans réplique.

— C'était pour maman, dit Maginus d'un ton d'excuse.

— Pas une seconde, insiste Simone Vassot.

Elle obtient de Sandrine un bref et honteux regard de reconnaissance.

Il semble que le jeune homme pailleté de blanc va se mettre à pleurer, puis il se lève à demi, comme emporté par le balancement de ses moignons d'ailes, et se rassied en dévisageant l'homme qui se dirige vers eux.

— Sandrine Pereire ? Je vous ai téléphoné.

Un jeune type embroussaillé, en jean et chemise bariolée, pousse les plats et pose ses appareils.

— Je suis venu pour les photos, précise-t-il. Je peux m'asseoir ?

Et il s'assied, regarde le contenu des assiettes, lorgne du côté du rosé tout embué dans le seau à glace. Forte de sa précédente victoire, Simone opte pour la fermeté :

— *Provençal* ou *Méridional* ? Vos explications n'étaient pas claires, ce matin.

— Vous n'êtes pas du pays ? demande le journaliste qui tripote un verre vide.

— Evidemment non.

— Alors, ça va être difficile à expliquer.

— Nous aimerions tout de même savoir à qui nous avons affaire, insiste Simone d'un ton froid d'imprésario. Au moins pour la forme.

Le photographe hoche la tête, embarrassé, tandis que sa main gauche glisse du côté de la bouteille.

— Je travaille pour les deux. Ça marche ensemble. Comment vous dire... c'est plutôt compliqué comme histoire.

Son œil mal réveillé se stabilise sur le col du château-lacoste et le voilà vide de toute pensée. Il y a un silence pesant. Les deux femmes échangent des coups d'œil où passent l'exaspération et la crainte de rater une publicité bénéfique.

— C'est pourtant simple, lance Maginus de sa voix retrouvée de ténor-trompette, agacé d'être tenu pour rien. Tout le monde connaît l'histoire : un jour, à l'imprimerie, ils se sont trompés : sur le journal *Méridional*, ils ont posé le titre *Provençal*, et le contraire, bien sûr. Et vous savez ce qu'on raconte ? Personne dans la région ne s'en est aperçu. Voilà.

Les deux femmes sourient, le photographe fait la

tête, Maginus se rengorge, et en rajoute, soucieux que chacun comprenne bien :

— Il y en a qui disent que l'erreur a été rectifiée, d'autres que non. Depuis les gens ne sont jamais trop sûrs d'acheter le bon. N'est-ce pas monsieur ?

— C'est votre hem, boy-friend ? interroge perfidement le journaliste, avec un regard de mépris pour l'olibrius.

— Un admirateur de passage, répond Sandrine avec un sourire ironique.

Quand elle le veut, Sandrine Pereire sait regarder les hommes d'un regard qui leur fait oublier leurs humiliations. L'individu bariolé se détend.

— Excusez-moi, dit Sandrine d'une voix caressante, je ne vous ai rien offert. Voulez-vous du rosé ? Vous me direz s'il est bon. Vous devez vous y connaître.

Le journaliste hoche une tête vague et résolue, boit comme s'il se rinçait les dents, ferme les yeux :

— Il est bien frais, dit-il.

Les deux femmes se regardent, inquiètes de savoir s'il va rester jusqu'au dessert ? Il compte peut-être sur une coupe glacée ? En attendant, il s'étale dans le fauteuil, gratte son menton mal rasé, décolle sa chemise de son torse poisseux, leur sourit comme s'il leur faisait cadeau de sa présence.

— Un dessert ? demande le garçon rose et suant qui empile les assiettes sales avec un dégoût évident.

— Non, dit Sandrine. Nous avons terminé. (Pas de photos, pas de glaces.) Il faut que je fasse attention, glisse-t-elle avec un battement de cils au photographe qui profite de l'autorisation pour détailler en connaisseur son corps parfait, sous une veste pâle à larges épaules qui en fait ressortir toute la grâce.

Simone se laisse aller contre son dossier avec un soupir de déception.

Maginus, qui n'interrompt sa contemplation de la Reine Resplendissante d'Etoiles que pour jeter des regards acides au goujat, comprend que la Reine ne s'intéresse plus à lui. Il se lève, dépité :

— Je m'en vais, dit-il. J'ai mon travail.

L'éblouissante jeune femme lui adresse un sourire qui fait plutôt mal.

— Attendez ! crie le photographe en se redressant sous le coup de l'inspiration. Attendez, attendez, on va faire des clichés avec le jeune homme, d'accord ? Je vois le titre : Prélude impromptu, ou quelque chose de moins compliqué. Enfin, une astuce, quoi.

— C'est vous qui rédigez l'article ? s'inquiète Simone.

— Non. Moi je suis photographe. Mais mon copain a pas pu venir.

— Comment va-t-il faire ?

— Oh, je lui raconterai, et puis voilà. C'est pas comme si c'était une célébrité, hein ? Mettez-vous là, comme ça, dit-il en manipulant Sandrine Pereire et ce Papageno d'occasion. La lumière est bonne, et au fond il y a la fontaine.

On pourrait en effet entendre depuis la terrasse le friselis de la grande fontaine si elle n'était pas engloutie sous un flot de carrosseries bariolées et grondantes qui la contourne sans fin.

Maginus essaie de prendre des poses d'oiseleur léger et joyeux, il tire sur son long cou et ses gros yeux saillent davantage. Il se contorsionne pour mettre en valeur ses moignons d'ailes. Sandrine essaie de sourire tout de même.

Cette fois, les conversations s'interrompent, s'il y a la Presse, hein ?

— C'est qui ?

— Tu la connais, toi ?

— Elle est gironde.

— Dis donc Marcel, c'est les vacances, mais exagère pas, hein ? avertit l'épouse avec un veule rire complice.

— C'est Sandrine Pereire, la cantatrice, elle va triompher au Festival, glisse Simone qui surveille la foule et les opérations depuis la table.

Elle a réussi à se commander une banana-split.

— Ah ? Elle est déjà passée à la télé ? demande une blonde à lunettes papillon. Le type, je crois que je l'ai vu.

— Pas encore, mais elle...

— Ah bon, coupe la femme, qui se sent autorisée à replonger dans sa pizza.

La séance est terminée et le photographe a bien gagné une glace — du moins peut-on l'espérer — et Papageno aussi ; mais celui-ci refuse, à cause de l'hygiène.

— Hé bien jeune homme, merci de votre aide. Il faut nous excuser, mais nous avons à parler avec ce monsieur.

Maginus comprend très bien ce que signifie le ton sec de Simone Vassot, il se lève avec une moue, sans regarder personne, et se tourne vers son vélo.

— Attendez ! dit Sandrine.

Il revient vers elle, de nouveau tout sourire. Sandrine ouvre son sac et lui tend une pièce de dix francs. Le visage de Papageno exprime alors une fureur si violente que la jeune femme recule un peu sur sa chaise. Elle cherche appui du côté des autres, désemparée, craintive.

Simone lui tend alors une photo de scène, celle où Sandrine est habillée en Chérubin. Sans un mot, Maginus avance la main, puis s'arrête :

— Et la signature ? demande-t-il d'une voix rogue.

Sandrine écrit au dos de la photo : « A mon Papageno d'un jour. »

Maginus regarde la photo, puis Sandrine, puis la photo à nouveau et hoche la tête de contentement.

— Elle est plus belle que vous, dit-il à Sandrine avant de rejoindre son vélo.

Le photographe est déjà venu à bout d'une énorme coupe bourrée de chantilly et d'ersatz de framboise qui lui laisse une bouche luisante.

— Mademoiselle Pereire va à sa répétition, ment Simone, importante. Mais je peux rester avec vous pour les détails au sujet de l'article que vous...

— Oh non, c'est pas la peine, coupe le photographe qui suit des yeux les fesses bronzées d'une étouffante brune dans un short seconde peau. On fait juste la tournée de la distribution, la routine. Pour les articles, ils préfèrent les têtes d'affiche, vous pensez bien.

Il se tourne vers Sandrine, pour réparer sa goujaterie : « Ça viendra, vous en faites pas », lui dit-il d'un ton protecteur. Il va même jusqu'à essayer de lui tapoter la main, mais il ne rencontre que la nappe en papier.

— Bon, dit-il. Ben, faut que j'y aille.

Il ramasse ses appareils et disparaît en roulant des épaules dans la foule colorée.

— Ni au revoir, ni merci, ni merde, ni mâche ! explose Sandrine en cognant la table du poing.

Ses yeux noirs lancent des éclats féroces. Simone Vassot sourit, maternelle :

— Ce sera comme ça tout le temps, ma petite. Jusqu'à ce que tu les obliges à se traîner à tes pieds, tous ces minables te piétineront à cœur joie. Si j'ose dire. Et pas seulement les minables.

7

« Ici Radio-Puce, la radio qui gratte où ça vous démange. Rappelez-vous, tous et toutes, que nous avons déménagé. Un généreux mécène nous a offert un beau matos qui brille, un grenier au-dessus de chez lui, et des ronds en attendant la pub. C'est pas du gâteau ? Je n'en sais pas plus aujourd'hui, mais vous me connaissez, chers branchés, il ne faut pas trop me titiller la curiosité. Enquête en cours ! Pardon ! Pour les nouveaux, j'oublie comme toujours de dire que c'est votre dévoué Patrice qui susurre dans vos petites esgourdes et qu'il était vingt et une heures il y a déjà un bout de temps... »

Patrice fait signe et Sylvain qui est à la console envoie l'indicatif de l'émission Hebdo-Déclics. Patrice guette la porte en verre du studio, dans l'espoir de voir apparaître un sauveur anonyme, comme souvent, mais ce soir, rien.

— ... et que vous êtes à l'écoute de Radio-Puce, enchaîne-t-il, la radio qui démange où ça gratte, 92 mégahertz. Ce soir, je crois bien qu'il vous faudra vous passer de votre ration hebdomadaire de chasse aux cafards et autres blattes, vous savez, ces charmantes petites bestioles qui se mettent à grouiller dès qu'on soulève les vieilles pierres, les vieilles tapisseries et les vieilles rancunes. De la semaine, je n'ai rien eu à me mettre sous la dent. En pleine campagne électorale ? Allons mes frères, dormez-vous ?

« Ah oui, tout de même ! L'ami Sylvain agite une enveloppe pour me rappeler la correspondance fabuleuse... En cent comme en mille, je vous préviens, il s'en passe de drôles à la fac de Lettres. Alors, quoi, les binoclards chébrans, vous n'avez rien su ? Rien vu ?

« Moi j'ai vérifié, et c'est vrai, vu de mes yeux vu, un élevage de canards, des vrais, colverts pour être précis. On leur a creusé un joli bassin plastifié dans vos pelouses chéries. Mon correspondant et moi on se pose, on vous pose la question : qui est le Lorenz de ces canards ? Y a-t-il une expérience top secret en cours de réalisation ? Un futur génie hante-t-il nos murs ? Allons, les psychologues, dites-nous tout. Ces canards, dix, douze, au moins, qui gigotent du troufignon sur vos espaces verts, à quoi servent-ils ? Etude de comportement de groupe ? Courbe de sociabilité ? Emergence du leader ?

« Je vais vous faire un aveu : je n'y crois pas trop. Qui les nourrit, le resto-U ?

« Là, je me tourne vers tous ceux de la S.P.A. Laissez-les-vivre et autres citoyens d'amour : il y a de l'incongru ! A vos fusils ! Les malheureuses bestioles ne seraient-elles pas futures victimes d'un Nimbus sadique, pour des expériences innommables ? Je crie au secours ! Vous tous, les défenseurs des canards, en chasse contre la vivisection ! Ne laissez pas ces délicieux compagnons finir sur les cruels établis d'une science dévoyée : tous à la fac, sauvez les joyeux coin-

coins. Ecrivez au président de l'Université, au ministre, au Président, dénoncez cette barbarie ! Rendez à nos canards français le droit de vivre dans la dignité et de mourir selon leur nature : chaudement entourés de navets pour la joie des familles... !

De nouveau, sur un signe, Sylvain envoie du rock. Patrice pose son casque, allume une cigarette.

— T'en veux une ? demande Patrice, hors antenne.

— J'aime pas les blondes, répond Sylvain.

— Ecoute, dit Patrice, ce soir, ce sera rock.

— Tu as pas donné la nouvelle adresse, ni le téléphone.

— Ça fait une semaine qu'on les rabâche...

— Ils ont la tête dure. Ça fera gagner dix minutes.

— Si tu veux. Mais laisse un fond musical. Et puis j'enchaînerai tout de suite sur le nouveau Scorpion. Il t'a plu ?

— Mouais. Tu trouves pas qu'i baissent un peu ?

— T'es fou ? C'est dingue, ce disque ! Du Supertramp fluo, mon pote ! Bon. J'y vais ?

Sylvain shunte et fait signe à Patrice : vas-y.

— Ce soir, mes gazelles, ce sera tout rock ! Cramponnez-vous, on va grimper aux murs. Que je vous dise encore : on habite maintenant au 8, rue de l'Opéra, si madame, tout en haut sous les toits, un peu pourri, on crève de chaud. Amis loubards, vous fatiguez pas, le matos est derrière une porte blindée, attention à la marche et gardons la foi. Pour nous engueuler, vous faites le 23-41-81, comme d'habitude. Et maintenant, le pote Sylvain va nous envoyer la dernière cire des Scorpions, on en parlera après, mais croyez-moi, les kids, c'est pas du yaourt !

A peine le long gémissement qui constitue l'intro de

Bicycle's Knight a-t-il enflé aux limites de l'intolérable, que Patrice aperçoit derrière la vitre une espèce de barbu coiffé d'un bonnet de laine, qui fait irrésistiblement penser à un des nains de Blanche-Neige. Il a le physique de Grincheux et la mine avenante de Joyeux, malgré un œil droit poché. Il parle par gestes à cause de la lumière rouge et Patrice lui fait signe qu'il peut entrer.

— Tu peux même parler, dit Patrice, on est hors antenne.

— Ah bon. Salut. Je suis... je fais partie de Brosse à Chiendent, tu connais ?

Pour que le portrait soit parfait, Jayeux parle avec le délicieux accent provençal — pas l'horrible accent marseillais qui traîne comme une valise de galets — mais l'accent de l'intérieur, aérien et noble, dansant.

— Je connais, bien sûr, tes copains sont venus à l'émission, mardi dernier. Michel, Fanny, et je sais plus...

— Et Vincent. Il est dans le coma, à l'hosto. On s'est fait tabasser par le service d'ordre du premier candidat.

— Mais personne n'en parle !

— C'est pour ça que je suis là.

— Les journaux ?

— Il ne faut pas envenimer la campagne...

— Ah bon ? C'est sympa, ça. Déontologique, même ! Tu t'appelles comment ?

— Jibé.

— D'accord. Je vais te présenter aux auditeurs, et après, tu racontes ton histoire. Ça va ?

— J'ai rien préparé.

— On n'est pas à R.M.C., ici. Sylvain, tu y es ? On

y va ! Excusez, les kids, si on vous sucre ce morceau de béatitude explosive, mais figurez-vous qu'il se passe drôlement du nouveau dans notre campagne-exemplaire-et-démocratique. Nous avons déjà parlé la semaine dernière avec nos amis de la Brosse à Chiendent. Je dis « amis » parce que j'ai l'impression qu'ils grattent dans le même sens que nous, à contre-poil évidemment...

Jibé a sorti son paquet de tabac et se roule une clope, paisible, avec ses gros doigts de menuisier-instituteur. De temps à autre, il jette un regard circonspect au nommé Patrice, essayant de comprendre ce qui l'intrigue dans ce visage rose et lunaire, sous le casque de cheveux blonds frisottés, peut-être les yeux gris qui ne disent pas la même chose que le sourire de poupon, ou plutôt, voilà, ça y est, les deux canines qui saillent en haut de la bouche, retroussant la lèvre, dents de diable, visage d'ange. Tout jeune et très vieux.

Quand vient son tour, Jibé raconte sa nuit de collage avec le jeune Vincent. Il répète son regret d'avoir eu l'idée idiote de coller juste en face du Palais des Congrès, pendant une réunion publique du premier candidat...

— Ça ne les excuse pas pour autant, coupe Patrice.

— Bien sûr, non.

— Alors ils t'ont poché un œil ?

— J'ai une côte fêlée aussi, mais moi c'est rien, depuis le temps que je colle... c'est le petit.

Il dit le petit avec une émotion simple, comme s'ils n'avaient pas seulement cinq ou six ans d'écart...

— Il est dans le coma ?

— Depuis trois jours.

— Et la police ?

— On a porté plainte. Mais il n'y a pas de témoins. Et puis, on nous a dit que ça troublerait la campagne.

— Décidément ! D'abord les journaux, ensuite les flics ! Les auditeurs apprécieront. Ce sont les victimes qui troublent l'ordre ! Combien étaient-ils ?

— Six ou sept. Des professionnels.

— Qu'est-ce que tu veux dire ?

— Ben tu sais, j'ai l'habitude. Je colle beaucoup pour des groupes, ça arrive qu'on se bouscule avec des cons, mais comme ça quoi, parce qu'on s'énerve. Mais là, les types, des balaises, i savaient cogner, tu vois ? Juste pour faire mal.

— Sauf pour Vincent.

— Oui. A l'hosto, on dit qu'il s'est tapé la tête en tombant dans les vapes. Mais ça pourrait aussi bien être un coup de matraque. Il est pas tombé tout seul. Et ça n'explique pas les lésions abdominales.

— Tu pourrais les reconnaître, toi ?

— D'après la police, i se sont déjà planqués. Le premier candidat crie partout qu'il ne les connaît pas, que c'est un coup monté.

— Ton copain Vincent se serait tapé sur la tête ?

— Dans ce genre, oui. Mais moi, j'ai un petit souvenir...

— Fais voir !

— Le plus balaise. Il ne m'a tapé que deux ou trois fois, il regardait faire les autres et ensuite, il a couru après Vincent, quand le petit a essayé de se tailler.

— Ça alors ! Tu l'as montré aux flics ?

— Pour qu'ils me le perdent ?

— Fais voir ! Il le faisait sauter dans la main ? comme ça ?

— Exact.

— Excusez le suspense involontaire, chers amis, je crois qu'on vous a un peu oubliés. Alors je vous explique : Jibé vient de me montrer un porte-clés, un porte-clés que beaucoup d'amateurs de vie nocturne connaissent pour l'avoir vu sauter dans la main d'un videur de boîte. D'une boîte très célèbre à Aix, installée sur un terrain appartenant à... chut !, la plus belle, la plus riche, au sujet de laquelle courent des bruits étranges jamais démentis. Vous y êtes les chébrans ? Une boîte qui, vue de l'extérieur, ressemble à un blockhaus ? Ça vous dit quelque chose ? Inutile d'appeler le standard, il n'y a rien à gagner. Nous poursuivons l'enquête en direct, le secret de l'instruction en prend un bon coup. Je me tourne vers le témoin Jibé et je lui demande : mais encore ?

— Un type au visage carré, blond à cheveux courts, le genre facho, tu vois. Ah ! Et une cravate. Par cette chaleur.

— Une cravate sur une chemise à manches courtes ? Couleur fluo ? Horrible ?

— Exact.

— Blond, facho, tête carrée, porte-clés à fleur de lys, Sylvain, vous êtes avec moi ? Qui voyez- vous ?

— Roro, articule muettement Sylvain, pour ne pas se mouiller.

— Roro ! parfaitement. Karatéka réputé, videur notoire, hargneux professionnel, garde du corps occasionnel et service d'ordre en tout genre. Même les flics le connaissent. Oserai-je dire, *surtout* les flics ? Bien entendu mes biches, je suis prêt à fournir toutes excuses publiques si le dénommé Roro démontre que je galège. Je lui propose un face-à-face. Mais attention, les mains dans les poches. Jibé lui donnerait la réplique. Vous voyez, chers fidèles, qu'il y a toujours à glaner à Hebdo-Déclics. Quelque chose à ajouter ?

— Non. Merci de m'avoir laissé parler. Je retournerai voir les flics mais j'y crois pas.

— Pour replacer les choses dans leur contexte, j'aimerais rappeler que le deuxième candidat était troisième adjoint du premier candidat, pour ceux qui aiment la clarté ! Vous les avez tous deux entendus parler sur nos ondes, quand je les ai chatouillés à propos de la fermeture de lieux culturels chéris (qui n'employaient pas de videurs !), de démocratie, de liberté d'expression, de Droits de l'Homme et puis quoi encore ? Mais l'heure est passée, c'est toujours comme ça, le moment est venu de vous dire à mardi prochain. Vous pensez bien que, d'ici là, je ne vais pas rester les deux pieds dans la même tennis. Je vous embrasse. C'était Patrice, Hebdo-Déclics !

8

La mission de monsieur Prosper était délicate. Il s'y était préparé, aux mains de Rosette, par un bain chaud, une douche froide, un massage sérieux (il y en avait d'autres), un ultime rasage, une eau de toilette.

Il avait laissé passer la grosse chaleur peu propice aux négociations, allongé, nu, sur une chaise longue, pour « réfléchir ». Les gardes, rassurés de l'entendre ronfler, avaient sorti les cartes et les canettes.

Monsieur Prosper s'était réveillé et levé d'un seul coup comme il faisait toujours, prêt à l'action.

Rosette, qui l'avait entendu, a enfilé précipitamment une longue chemise grand-père : le patron n'aime pas voir ses femmes s'exhiber, même par cette chaleur.

— Tu m'emmènes ce soir, mon chou ? pleurniche Rosette en se pendant à lui.

— Tu verras bien. Laisse-moi, j'ai à faire.

Rosette l'abandonne aussitôt pour aller bouder dans le patio. Elle devra passer encore la journée entre ces quatre murs, espionnée par ces deux vicieux de gardes. Un de ces jours, elle va se mettre à hurler. Si elle osait, elle retournerait à Marseille vite fait, n'importe quel bout de bitume plutôt que de rester là à attendre, attendre, que môssieur ait envie de tirer un coup. Et c'est pas souvent !

Heureusement !

Monsieur Prosper, habillé de sombre, cravaté comme à l'habitude, va porter le salut rituel aux quatre chiens-loups qui cuisent au soleil, dans leur cage. Il est salué par un concert d'aboiements et de gémissements amoureux. Il les appelle par leur nom, bavarde avec eux pendant qu'Alex sort la voiture. En voilà sur qui on peut compter, au moins.

Monsieur Prosper s'installe à l'avant de la Chevrolet, les roues écrasent le gravier blanc, un des gardes pousse le lourd portail qui ouvre entre de hauts murs et ils quittent la grosse villa basse à flanc de colline, les rocailles de son jardin desséché.

— Ce n'est pas une bonne idée... soupire monsieur Prosper mâchonnant un cigare éteint. Ils ne se rendent pas toujours compte, en haut lieu...

Appeler ses patrons marseillais « en haut lieu » lui donne l'impression de parler d'un conseil d'administration. Il tourne la tête vers Alex qui serre sa mâchoire carrée. Monsieur Prosper a apprécié que le Baron lui prête Alex pour cette période où tout le monde est sur les dents. Et il apprécie le mutisme d'Alex, signe de prudence, de finesse peut-être.

L'idée lui vient que le muet jeune homme a sans doute pour mission de le surveiller accessoirement. Il reconnaît bien là la manière du Baron : on n'a jamais assez de garanties.

— On va le braquer, cet homme, soupire monsieur Prosper.

— Ah bon ? s'étonne Alex, quittant un instant la route des yeux. C'est que je suis guère enfouraillé.

Monsieur Prosper se gratte le sommet du crâne du bout de l'ongle, à travers sa tignasse dense. Depuis qu'il est chargé de mission à Aix, monsieur Prosper a dû abandonner ce qu'il a appris à nommer « le jargon », non sans malentendus. Il se penche vers Alex avec un léger sourire :

— Braquer, ça veut dire contrarier, buter.

— Le Baron a pas donné d'ordres ! Qu'est-ce qui se passe ? Du nouveau ?

Autre sourire :

— Mais non, buter, pour s'obstiner, s'entêter. Tu piges ?

— Ah bon ?

Alex lui jette un œil soupçonneux à cause de ce qu'il prend pour une reculade.

— On ne braque personne, on ne bute personne, insiste monsieur Prosper, percevant la réticence. Je voulais dire : si on en fait trop, il risque de plus marcher, le Pigasse.

— Justement. Faut le coincer.

— Justement, soupire monsieur Prosper.

Ils ne se rendent pas compte, en haut lieu, qu'on ne peut traiter ce genre d'affaire comme un vulgaire racket. De ce côté-ci du système, les Italiens l'ont compris depuis longtemps, la circulation des capitaux a besoin de vaseline. Le Français est trop primaire. Un banquier, un magistrat, un archevêque doit en toutes circonstances garder une bonne image de marque. Sinon, à quoi serviraient-ils ? Le Baron est un peu rudimentaire, sur ce plan.

— Un évêque, ça se braque pas, ça se prie.

— C'est pas un évêque, objecte Alex.

— C'est la même combine, explique patiemment

monsieur Prosper en se laissant aller contre le moelleux dossier. (Convaincre Alex, c'est un peu convaincre le Baron.) Imagine une nana de la haute qui en pince pour toi. Tu vas lui dire : j'ai trois compteurs qui tournent pour mézigue à l'Opéra ? Même si elle s'en doute, elle veut pouvoir se dire qu'elle en sait rien. Voilà. Psychologie ! C'est des gens qui ont des *principes*, mon gars.

— Ah ben dites donc...

Alex ouvre de grands yeux devant la profondeur du raisonnement. « Ah ben dis donc ! » ajoute-t-il au bout d'un moment de réflexion. Il en a dans la calebasse, monsieur Prosper.

— Arrête-toi, commande monsieur Prosper après que le garde-jardinier les a laissés entrer dans la bastide de monsieur le conseiller Pigasse. La Chevrolet stoppe mollement au milieu de l'allée qui s'arrondit dans la pinède pour aboutir, près d'un vaste bassin, au pied de la terrasse.

Une violente odeur de résine surchauffée pénètre dans la voiture malgré la climatisation. Les cigales crissent en enfer. La bastide, volets fermés, lutte farouchement contre le soleil brûlant. Rien ne bouge.

— Ah ben dis donc ! lâche Alex admiratif, pour la troisième fois.

— Tu commences à comprendre ?

Ils vont garer la voiture dans un renfoncement, à gauche de la terrasse, à côté d'une CX métallisée.

Prudemment, Alex glisse la main sous son blouson blanc orné d'un cheval au galop. Il la referme sur la crosse de son .45.

— Pas d'énervement, dit monsieur Prosper qui crache son cigare mâché pour le remplacer par un neuf.

Lorsqu'ils atteignent le seuil, la porte s'ouvre sur un jeune homme maigre en complet clair qui les regarde de ses yeux fixes. Sa figure est immobile comme un masque. Lorsqu'il parle, on voit à peine bouger ses lèvres.

— Monsieur Prosper ? Je suis le secrétaire de monsieur Pigasse. Monsieur le conseiller regrette, mais il a dû s'absenter. Un problème urgent concernant la campagne. Entrez, je vous en prie, il m'a laissé des instructions.

Pendant qu'ils franchissent le seuil, monsieur Prosper jette à Alex un regard qui signifie clairement : « Qu'est-ce que j'avais dit ? »

9

— On s´arrête ?

— Oui oui, bien sûr.

Cela fait partie de la tradition. Chaque fois que le conseiller Pigasse se rend à Cassis, Albert, le chauffeur, marque un arrêt sur le parking de l'autoroute qui domine la baie.

Monsieur Pigasse sort de la voiture pour contempler les terres boisées qui dégringolent dans la mer, coupées de vignes, mais aussi les lourds immeubles plantés parmi les pins. Il a bien fallu en construire quelques-uns.

Par temps de mistral, on peut voir moutonner les vagues. Cet après-midi, tout est calme, la mer luit comme une tranche de mica, avec des étincellements brefs, léchant les brisures des hautes falaises. L'horizon est brouillé d'une vapeur grise, des voiliers glissent comme des plumes, une grosse vedette en route vers les calanques laisse une traînée blanche qui s'estompe en s'élargissant.

— Si je pouvais... soupire monsieur Pigasse. (Puis il regagne la voiture :) Allons-y, dit-il à Albert.

Bien que terriblement envahie par les Marseillais, Cassis a su garder, grâce à une inexplicable faute d'inattention, des allures de port de pêche pas trop réhabilité. Les ruelles fraîches ont une authentique odeur d'égout, le linge à sécher bariole les fenêtres, traverse les venelles, et quelquefois, sur le port, le vrai patron d'un vrai pointu vend dans la minute deux ou trois sards garantis frais pêchés, une douzaine d'oursins et peut-être une daurade.

Dans un des immeubles qu'il a édifié aux temps bénis du boom de la construction, monsieur Pigasse s'est gardé une garçonnière-balcon, avec vue sur la baie. Il peut y rencontrer à l'aise la petite Béatrice, mais aussi, et surtout, il est à deux pas du Casino.

Par prudence, monsieur Pigasse préfère fréquenter le Casino de Cassis, d'autant que celui d'Aix semble maintenant voué aux Marseillais, et pas du meilleur monde.

Lorsqu'il est fatigué, comme à la fin de cette campagne, soucieux, déprimé, il vient tranquillement s'installer à la roulette. Il en aime les bruits feutrés, les mouvements retenus, les chuchotements, le claquement sec de la bille sur le plateau, le cliquetis des jetons, l'appel des croupiers, les lumières tamisées. Il reste jusqu'à ce qu'il ait perdu 5 000 francs.

Les croupiers le voient arriver avec le sourire et un hochement de tête discret ; il est le seul client à lancer d'abord un jeton « pour le personnel » au moment où il s'installe devant le tapis. Il aime le glissement des plaques bariolées sur le feutre vert, il se vide de toute pensée, attentif seulement aux bruits étouffés et au murmure des voix. Il se perd dans la contemplation des épaules dorées de quelque belle jeune femme en quête de mâle, et de ses seins libres sous un tissu léger.

Il lui sourit paternellement.

Il attend sans hâte que peu à peu ses jetons disparaissent d'un coup de râteau orné et élégant. Gagner, c'est pour lui simplement prolonger cette béatitude douce et recueillie, ce délassement d'église.

Lorsqu'il sort du Casino, assailli par la chaleur agressive et le soleil immuable, il se dirige parfois vers le port en traversant le petit jardin public où des enfants lancent du pain aux canards.

Il jette un œil aux massifs et aux arbres d'essence rare, passe devant la petite mairie sur la place ombragée de vieux platanes avec un sourire attendri : il préférerait de loin être maire de Cassis que de se battre pour la mairie d'Aix. Hélas, quand la roue est lancée, nul n'est maître de son destin.

D'abord, un coup d'œil sur la plage : il y a toujours de belles filles, c'est une consolation. Ensuite, un air de pétanque : de vieux malins s'y font une retraite complémentaire aux dépens de naïfs touristes.

Et peut-être une bière au Boucanier, tant pis pour le régime.

En longeant le port, il est interpellé par les patrons de vedettes qui proposent la visite des Calanques, un peu vexé d'être pris pour un vacancier.

Le premier candidat, maire sortant, va être éliminé, le deuxième candidat sera élu. Dans quatre ans, malgré le soutien des rapatriés, parachutistes et autres O.A.S., le deuxième candidat aura fait preuve de son incapacité vulgaire. Alors, Ernest Pigasse, demain premier adjoint, deviendra maire de la ville. C'est mathématique.

Il suffit d'être patient, de tenir bon.

Il suffit de rassembler les derniers fils, d'engranger le bénéfice des inévitables bourdes du futur maire. Il a déjà commencé : pas un de ses discours qui ne plonge la partie un peu éclairée de son auditoire dans la consternation. Sa seule méthode : alimenter la haine farouche de ses supporters pour le « bolcho-socialisme ». Là semble s'arrêter son programme. Il faut dire qu'Aix ne manque pas d'excités, dans cette veine.

Monsieur le conseiller en est là de ses réflexions lorsque son regard, qui a effleuré la terrasse du Boucanier, revient sans qu'il sache pourquoi et s'arrête : maintenant il sait.

Il lui semble qu'il va se vider, s'écrouler sans forces au milieu de la foule, ses pensées lui échappent, le petit port tangue comme un voilier dans la tempête, il reste là, planté comme un imbécile à regarder Béatrice vautrée à la terrasse dans les bras d'un gamin ; tous deux se fourragent la bouche de leurs langues sans vergogne. Elle, cuisses écartées sur un maillot de bain en timbre-poste, lui dans un pantalon blanc moulé exhibant avec complaisance son excitation.

Béatrice !

Passé la première faiblesse, son sang circule à nouveau et une rage salutaire le prend. Une de ses fureurs qui font tout plier sur les chantiers en grève, chez les banquiers réticents l'emporte, le gonfle comme une vague.

Il s'avance vers le couple, fixant délibérément leur échange spéléologique tandis qu'il laisse monter en lui le besoin de frapper.

Lorsqu'il arrive à côté d'eux, il intercepte la lumière du soleil. Béatrice est la première à réagir, elle se détache de son goujat avec un bruit spongieux et se tourne vers l'intrus, plaçant ainsi son visage sur la trajectoire d'une magistrale baffe.

Le gamin sursaute, s'insurge, se lève à demi :

— Dites donc, le vieux, ça ne va pas, non ?

— Toi, tu la fermes, merdeux, prévient monsieur Pigasse de sa voix de chantier.

Le gamin, brisé dans son élan, retenu par Béatrice, se recroqueville sur sa chaise, jette à sa compagne immobile et dont la joue tourne au violet des regards inquiets.

— C'est ton père ? demande-t-il d'une voix alarmée.

— Dégage, si tu veux pas morfler, ordonne le conseiller.

— Laisse-nous, dit froidement Béatrice qui fixe férocement monsieur Pigasse.

Le gamin, frisé et noiraud, retient un geste vers elle, hésite un peu, considère le corps massif qui le domine, les gens sur la terrasse qui lui adressent des regards hostiles, puis se laisse glisser de son siège et rejoint la foule des promeneurs. Il s'arrête à quelque distance, indécis.

A la terrasse du café, personne ne dit mot, même lorsque monsieur Pigasse se penche, et, saisissant Béatrice par le bras, d'un seul mouvement l'arrache de son siège. Il la serre d'une poigne de fer et la tire dans la rue, bousculant tout sur son passage. Elle n'a pas desserré les lèvres.

Deux fines sandales à lanières dorées sont restées sous la table.

— Flanque-lui une bonne rouste ! crie pour tous un mâle solitaire et bronzé.

Un peu en arrière de lui, monsieur Pigasse entend claquer les pieds nus de Béatrice sur le goudron sale, et son souffle précipité. Dans sa grosse main il sent le poignet fragile, le bras mince, le balancement chétif du corps et les chocs, lorsqu'ils traversent un paquet de flâneurs.

« Avec un gamin ! » pense-t-il furieusement, chassant cette autre pensée qu'elle est aussi une gamine.

Lorsqu'ils arrivent devant l'immeuble, il se tourne vers elle :

— Arrange-toi, dit-il.

Qu'elle boutonne au moins son chemisier diaphane sur ses seins brunis ; elle ne va tout de même pas se montrer ainsi au concierge.

Une fois à l'appartement, elle se dégage rageusement, jette son sac de plage dans un coin, claque les volets contre le mur, délivrant par la grande baie un flot de soleil et de chaleur sèche. Puis elle se retourne et le défie, silhouette chétive et teigneuse dans le contre-jour éblouissant :

— Alors ? demande-t-elle.

Les poings de monsieur Pigasse se serrent, une veine gonfle sur sa tempe et bat au rythme de pulsations violentes. Et puis, brusquement, encore cette faiblesse indigne dans les jambes qui ne peuvent plus le porter. Il se laisse tomber sur le canapé, comme assommé.

— Béatrice ! dit-il d'un ton de reproche veule.

Elle va s'asseoir sur l'accoudoir du fauteuil en face, elle le regarde avec une détermination froide et combative. Ses longs cheveux sont tout poisseux de sel.

— Bon, ben vas-y ! lance-t-elle avec mépris, comme si elle venait de décider qu'il n'est pas à la hauteur.

Monsieur Pigasse a le sentiment de se pencher au-dessus d'un gouffre. Il voudrait pouvoir fermer les yeux, abandonner la partie, regarder Béatrice avec la même indifférence que des jetons de roulette, négocier tranquillement. Mais ce n'est pas possible. Il y a trop de choses en jeu, à commencer par une certaine idée de lui-même...

— Ça fait longtemps ? demande-t-il d'une voix qu'il voudrait dure.

— Qu'est-ce que ça change ?

— Tu connais pourtant nos conventions : pas de partage, sinon la porte.

— Pourquoi j'aurais pas le droit de baiser, moi aussi ? demande-t-elle méchamment.

— Ah ? Parce que nous... ?

Béatrice hausse les épaules, détourne ses yeux violets, se perd dans la contemplation d'une reproduction de Matisse.

Cette fois, le conseiller est atteint de plein fouet. Il n'a jamais cru que Béatrice l'aimait (ça l'aurait même embarrassé), mais il croyait lui plaire, lui donner du plaisir.

— Tu n'es qu'une pute, alors ? dit-il, féroce.

— Tu payes, non ?

Il se sent vieux, tout à coup, il se voit avec ses yeux à elle, dégoûtés maintenant. Tout ce qu'ils ont fait ensemble et qui pouvait passer pour des jeux érotiques — joyeux échanges de libidos sans complexe — tourne au sordide.

— Non ! lance-t-il en se levant pour se servir un verre, non, non, tu ne me feras pas marcher.

Mais il s'arrête, soudain honteux. Qu'est-ce qu'il pourrait dire ? Qu'elle était bien dans ses bras ? Qu'ils avaient pris du plaisir ensemble ? Qu'il le *savait* ? Est-ce qu'on peut affirmer une chose pareille sans être aussitôt grotesque ? Alors, il change de ton :

— Non, crie-t-il, il n'est pas fini, le père Pigasse ! Qu'est-ce que tu veux au juste ? lance-t-il en se penchant sur elle qui ne bouge pas, hein ? En pleine campagne ! Petite garce. Me ridiculiser ? Pigasse ridiculisé par une pouffiasse ! Mais qu'est-ce que tu crois ?

— J'en ai marre de toi.

— Ça tombe bien, moi aussi. Te gêne pas, la porte est ouverte.

Voilà. Trancher dans le vif.

— Oh non, dit Béatrice, trop facile. (Elle se mord les lèvres et reprend :) Tu penses que tu vas t'en tirer comme ça ? Je veux des compensations.

— Compensations ! dit le conseiller qui éclate de rire. Mais tu devrais me remercier ! Je t'ai formée, je t'ai appris toutes les finesses du métier, grâce à moi tu t'en tireras partout ! C'est ton petit mac qui sera content, il fait une bonne affaire. Je t'ai même appris à te tenir à table, ajoute-t-il.

Béatrice saute sur ses pieds, lève la main pour le gifler, il lui attrape le poignet mais elle ne plie pas et lui crache à la figure :

— Tu me dégoûtes ! Qu'est-ce que tu crois qu'on peut apprendre d'un tas de bidoche pourrie comme toi ? Tu sais ce que tu m'as jamais donné, comme envie ? Dégueuler, dégueuler, dégueuler ! Ton gros bide plein de plis, ton odeur de cadavre, ton foutu dentier, à DE-GUEU-LER ! Tu me paieras jamais assez ! Jamais !

— Je t'interdis de parler sur ce ton !

— Tu me feras pas taire ! Une bête vicieuse, voilà ce que t'es, un vieux tordu. J'en ai à raconter, elle va sauter au plafond, la mère Pigasse !

Violet de fureur, le conseiller lâche Béatrice, se jette

dans ce qui a été leur chambre et revient en brandissant une cravache :

— On va voir si tu vas faire semblant, cette fois ! rugit-il.

Béatrice le fixe avec des yeux étincelants. Son fin visage est déformé de rage : elle rejette ses longs cheveux en arrière, surveille la main brandie, se déplace prudemment jusqu'à son sac, y plonge la main, en tire un paquet qu'elle lance sur la table basse.

— C'est pour vous, dit-elle froidement sans le quitter des yeux.

Le bras du conseiller retombe lentement, il considère alternativement l'expression haineuse de Béatrice et le paquet, sur la table. Au-delà de la rage, il y a sur le visage de la jeune fille une certitude triomphante qui l'inquiète.

— Allez-y. Comme ça, on pourra parler affaires.

Il se laisse tomber sur le canapé, la cravache roule sur le sol de marbre, il déplie lentement le papier : il a deviné ce qu'il contient. Des photos de lui et de Béatrice, Béatrice et lui, dessus, dessous. Il avait gardé de cette soirée folle un souvenir ébloui, ç'avait été une nuit où il avait failli lui dire : « Je t'aime », il n'avait pas osé. Voilà ce qu'elle en avait fait ! Il y a des choses qu'on ne pardonne pas.

— J'ai compris, dit-il sèchement.

— Les négatifs sont-

— A l'abri, bien sûr.

Il la regarde maintenant comme il regarde un délégué syndical ou un adversaire politique.

— Combien ?

— Je ne... je ne voulais pas en parler aujourd'hui. Je ne sais pas. Très cher.

— Quand ?

— Je vous téléphonerai.

— Tu te rends compte que si ce... si cette histoire s'ébruite, je n'ai plus *aucune* raison de racheter les négatifs ?

— Je ne suis pas idiote.

— Bien. Maintenant tu m'excuseras, mais j'ai du travail.

Béatrice ramasse son grand fourre-tout et se dirige vers la porte.

— Il y a des affaires à toi dans la chambre. Tu les laisses ?

— Gardez-les pour la prochaine.

Lorsqu'elle parvient sur le seuil de la porte, elle se retourne et dit d'un ton d'excuse dont il ne comprend pas vraiment le sens — est-ce pour lui ou pour elle ?...

— Quoi que je vous demande, ça ne paiera jamais.

Monsieur Pigasse se tient parfaitement immobile, un bloc de béton, jusqu'à ce qu'elle ferme définitivement la porte. Aussitôt, il se précipite sur le téléphone : si Albert astique la voiture, il y a une petite chance qu'il entende sonner le radiotéléphone.

— Albert ?

— Oui patron.

— Béatrice sort de l'immeuble. Suis-la. Ne te fais pas voir et prends tout ton temps. C'est grave. Je veux tout savoir. Ne la lâche pas d'une semelle. S'il y a un noiraud frisé avec elle, tâche de le localiser.

— J'y vais.

Monsieur Pigasse repose le combiné, soulagé. Albert et lui se comprennent parfaitement. Ils se sont connus au maquis, toujours ensemble pendant deux ans si bien qu'ils ont renoncé à savoir lequel avait le plus sauvé la vie de l'autre. Séparés ensuite, parce que Albert, avec son raisonnement fruste, n'avait pas compris que le meilleur moyen de tourner la loi est d'apprendre à l'utiliser.

Quelques années plus tard, Albert était venu sonner à la porte du conseiller : à voir son teint gris et ses joues creuses, ses cheveux ternes, pas besoin de lui demander d'où il sortait. D'ailleurs, Albert n'aimait pas parler de lui. C'est ainsi qu'il était devenu chauffeur et garde du corps, sauf lorsqu'ils partaient tous deux en bordée, et là : ni Dieu ni maître.

Une à une, monsieur Pigasse brûlait les photos dans l'évier : les petits seins de Béatrice se tordaient, et ses longues cuisses, et son cul pommé, ironiques et malfaisants.

Il reste une semaine de campagne. Elle a le temps de faire beaucoup de dégâts. Elle le hait, elle veut se racheter à ses propres yeux, elle pense qu'ainsi elle retrouvera un peu de dignité.

Il faut absolument la neutraliser jusqu'à ce qu'elle revienne au réalisme qui a toujours été sa première qualité.

Il y a une autre raison qui rend cette mise hors circuit indispensable, et voilà qu'il ne sait plus quoi au juste, mais cela résonne avec insistance. C'est vrai alors ? il serait en train de devenir vieux ? A soixante ans ?

La Preguntas ! La Preguntas qui va débarquer chez lui, avec armes et bagages — et il paraît que c'est quelque chose ! —, chez Ernest Pigasse, mélomane, protecteur des Arts. L'ancien artisan maçon héberge la fille du bourrelier, la grande, massive, incomparable Preguntas-Rescate.

Il aura fallu des mois de tractations jusqu'à ce qu'il ait l'idée de lui envoyer une vue de sa bastide. La cantatrice a renoncé aussitôt à toutes ses objections. Il a été convenu qu'il y aurait reportage et photos en exclusivité sur le thème : le mécénat existe, ou quelque chose de plus accessible.

Béatrice est tout à fait capable de venir piétiner cet échafaudage de chantilly : les femmes les plus terre à terre sont indécrottablement sentimentales.

Monsieur Pigasse se rafraîchit le visage à la salle de bains, ordonne soigneusement ses cheveux clairsemés, interroge son visage de ses yeux gris et froids avant de commander un taxi. La perspective de l'action lui a fait retrouver son énergie quotidienne. Vieux, lui ? Il faudra l'enterrer d'abord !

10

Maginus n'a plus peur. Plus beaucoup. Après quelques jours, il avait déjà ses petites habitudes, un itinéraire, des restaurants à éviter parce que le patron est une brute, d'autres où il est bien accueilli. On lui a même dit : « Ah, te revoilà, toi. » Il va devenir célèbre.

Des touristes — bermudas et casquette à longue visière — le photographient et quelquefois lui donnent la pièce pour ça. Sa maman est fière et contente de l'argent qu'il gagne. Ils vont le déposer à la Caisse d'épargne, pour son avenir.

Sa mère voudrait qu'il joue en nocturne, mais il refuse : il dit que la ville est trop dangereuse, avec tous ces drogués, et les clochards qui se vautrent sur les bancs, qui boivent du vin et dorment dans leur vomi.

Maginus ne va pas toujours à vélo (surtout dans les côtes !), il ne court pas partout comme les premiers jours, il prend son temps, arpente les petites rues. Aix, c'est la ville des restaurants. Dès qu'un garage ou une vieille remise se libèrent dans la ville ancienne, quelqu'un ouvre un restaurant.

Maintenant qu'il connaît la question, Maginus explore les petites rues à la recherche des gargotes où il n'y a pas grand monde : il ne s'y fait pas bousculer et les gens donnent plus quand ils ne sont pas nombreux, ils sont plus vulnérables.

Il ne pousse pas son vélo partout à cause du monde qui circule, il le pose et le cadenasse dans un coin, remonte une ou deux rues, pousse une porte : « C'est Papageno ! L'oiseleur ! Vif et léger ! » Si on ne dit rien, tout de suite il joue, dans le brouhaha des conversations.

Il ne se gêne pas pour se reposer, cependant. Ce serait un comble de choisir une vie libre et travailler comme en usine !

Ainsi, présentement, il est assis sur trois marches, dans une petite rue qu'il ne connaît pas, à l'ombre. Il a posé son mouchoir sur les marches pour ne pas salir son costume blanc.

Il est seul et tranquille, pire qu'à la campagne, sauf un peu la radio d'une fenêtre, et puis ce... cette... ce chien qui gémit ; les gens sont méchants aussi avec les bêtes, ils les enferment, les battent, ils les privent de nourriture.

Curieusement, si Maginus n'a pas avec ses semblables de relations confiantes, s'il craint leurs regards sarcastiques, leurs réflexions méprisantes, il n'a pas peur des animaux, petits ou gros.

Et ce chien qui gémit, là, par ce soupirail, ça ne lui plaît pas. C'est comme si on lui faisait du mal à lui, à sa mère.

Maginus pose son mouchoir sur le sol avant de s'agenouiller, essaie de regarder à travers la plaque de tôle forée de petits trous en forme d'étoiles : il ne perçoit qu'une odeur de froid moisi. Mais il entend mieux la bête qui gémit par intermittence, à bout de forces, et ses halètements s'achèvent en des sortes de cris.

Maginus plie son mouchoir, regarde autour de lui pour demander conseil mais il n'y a personne. Qui pourrait croire que, trois rues plus loin, la ville grouille de touristes nez en l'air ?

La porte est comme une porte de restaurant, d'ailleurs il y a une affiche : LE SALOMÉ — Spectacle — Cabaret.

Vendredi. Samedi. 22 heures.

Tenue correcte exigée.

Maginus, qui a appris, pousse la porte, marche légèrement, prêt à faire sa révérence et réciter : « Je suis l'oiseleur ! Je connais tous les sifflets. » Il serre sa flûte contre lui, comme une protection, et fait glisser son masque devant ses yeux.

Il lui faut descendre un escalier sombre, éclairé par la seule lumière qui provient de la porte vitrée. Il y a une corde pour se tenir. Il arrive dans une salle avec des tables de restaurant, un bar, une estrade. « C'est moi, chuchote-t-il, Papageno ! Il y a quelqu'un ? »

Il fait presque froid comparé à la chaleur du dehors, tout est obscur comme un tombeau et les plis des rideaux paraissent gonflés.

Tout est vieux et sale.

Le gémissement, plus loin.

Derrière la scène, il y a une porte qui ouvre sur une petite pièce avec deux tables pleines de pots et de fioles, des cintres sur un manche à balai, un grand miroir, des caisses vides, un radiateur électrique.

Sur la gauche, en bas de cinq marches, une autre porte derrière laquelle on entend très bien gémir le chien. Il doit avoir soif.

Maginus remonte vers le bar, coince sa flûte sous son bras, fouine pour trouver une soucoupe, opte pour un vaste cendrier qu'il remplit d'eau.

Le plus difficile, c'est de n'en pas renverser. C'est le moment de marcher comme un oiseleur ! Courage Papageno ! « Courage mon toutou ! J'arrive ! » crie Maginus pour que le chien se calme un peu. Mais les râles continuent, mécaniques.

La porte est fermée à clé, Maginus tourne la poignée, force discrètement pour ne pas affoler l'animal, il lui parle à travers le panneau : « C'est un bon chienchien, ça ! On va le délivrer, le toutou... » La clé est pendue à un clou, devant ses yeux.

Il pose le cendrier en prenant garde à l'eau, ouvre la porte prudemment — le chien pourrait être rendu fou par la peur —, ne voit rien, sinon, très haut, des rais de lumière en provenance du soupirail.

Maginus tâtonne à la recherche d'un commutateur, une ampoule faiblarde éclaire soudain une cave encore noircie de charbon où s'empilent des caisses et des caisses pleines de bouteilles, et des cartons d'alcool, et de grands casiers le long des murs. Au centre, au bout d'une longue tige métallique qui pend du plafond, un double crochet pointu comme un hameçon.

« Hé bien, le chienchien ? »

La bête gémit doucement dans une plainte continue maintenant, elle doit être tapie derrière une pile de casiers, Maginus remonte le masque sur son front, récupère soigneusement le cendrier, descend les marches, s'avance en direction du bruit : « C'est Papageno, mon toutou, Papageno, n'aie pas peur, ça va aller, tu vas voir, c'est Papag... »

Maginus s'arrête, se fige dans une parfaite immobilité. Il a peur. Devant lui, une forme est allongée, ce n'est pas une bête. On dirait un homme.

Il y a toujours ces gémissements et quelque chose un peu comme des paroles impossibles à comprendre. Maginus avance d'un pas, de deux, puis s'accroupit en prenant garde à l'eau du cendrier. Ça sent très mauvais.

— Qu'est-ce que vous dites, monsieur ? C'est moi, Papageno !

Maintenant qu'il est habitué à l'obscurité, il distingue mieux le visage aux cheveux collés, ou du moins ce qu'il en reste : deux paupières violettes et fermées, des joues gonflées par la tuméfaction, marbrées de plaques noires où disparaît le nez en bouillie, sanguinolent, et des lèvres affreusement enflées, éclatées, que l'homme essaie de faire bouger pour dire quelque chose.

— Monsieur ! Je suis Papageno, c'est moi, l'oiseleur. Vous êtes vivant ?

Le torse nu de l'homme est comme déchiré par endroits, une de ses jambes est bizarrement tordue, il monte du grabat une odeur de sanie et de pourriture. Il fait un effort gigantesque, sous la paupière enflée apparaît une seconde un œil effrayant. Il dit quelque chose, entre ses lèvres raides, quelque chose comme : « A-udo. A-oudo. » Il répète maintenant ce gémissement articulé « Ayoudo, Aouto » en tendant vers Maginus une main criblée de brûlures.

Maginus recule, on dirait la main de la Mort.

« C'est moi, Papageno, dit-il faiblement. Vous voulez à boire ? » L'autre laisse retomber la tête sur le matelas.

Maginus n'ose pas le toucher. Il fait couler doucement de l'eau du cendrier sur les lèvres de l'homme qui tète avidement.

Il ne pourra pas l'aider à sortir...

En plus, il a très peur.

La police !

Bien sûr, la police ! Tout cela est trop dangereux, c'est la police qu'il faut.

— Je vais chercher la police ! N'ayez pas peur, vif et léger. Comme une plume !

L'homme remue la tête comme pour exprimer quelque chose, mais Maginus est déjà dans la salle où il s'immobilise. Derrière la porte vitrée, il y a une silhouette qui tend le bras vers la poignée.

Maginus se fige, terrorisé.

Puis, sans réfléchir, il tourne le dos à la porte et quand il entend celle-ci s'ouvrir dans son dos, il prend l'air de quelqu'un qui viendrait d'entrer et lance d'une voix pas très assurée :

— Il y a quelqu'un ?

Il avance de deux ou trois pas prudents comme il le ferait dans un restaurant vide :

— Il n'y a personne ? S'il vous plaît ?

— Non, dit une voix sèche derrière lui.

Maginus se retourne lentement et demande à l'homme trapu dont les cheveux rouges luisent à contre-jour :

— Il n'y a personne ?

— Qu'est-ce que tu fous là ? C'est pas un cirque, ici.

— C'est pour la musique.

— Quelle musique ?

— Mozart.

— Connais pas. Ici, ça marche que le soir. Tu sais pas lire ?

— J'ai pas fait attention. Je joue Mozart, et après je demande l'obole. Comme ça.

Pour bien montrer qu'il est un vrai musicien, Maginus sort sa flûte de dessous son plastron, attaque son morceau, négocie les trilles à sa façon que n'arrange pas le tremblement de ses mains.

— Ça va, ça va. C'est pas le genre de la maison. Casse-toi et remets plus les pieds ici. Pigé ?

— Oui monsieur. Au revoir monsieur.

Le rouquin attend qu'il s'en aille, mains aux poches de son blouson, jambes écartées. Maginus en fait prudemment le tour et se retient pour ne pas courir dès qu'il a retrouvé la chaleur du soleil. La police, vite !

Maginus enfourche son vélo après s'être battu avec le cadenas, et fonce vers le commissariat. Il y en a qui applaudissent, d'autres qui râlent, sur son passage.

Le commissariat est une lourde bâtisse, dont le seuil est encombré de voitures, de cars de police et, selon les fluctuations du marché, de cars de C.R.S. blindés, grillagés. Rien d'avenant, en somme.

Dès qu'il approche des lourdes portes vert sombre et du planton rébarbatif l'honnête citoyen sent perler la culpabilité à son front.

A plus forte raison l'innocent, faute de preuves.

Sauf si les moignons de son dos le portent, telles les ailes de la peur.

Sitôt le vélo cadenassé, Maginus bondit, vif et léger, franchit la porte d'un saut

— Hé toi ! Où tu vas nom de...

tourne au fond à droite parce que c'est là que débute le large escalier.

— Hé vous, hé jeune homme, crie la secrétaire qui sort de sa cage vitrée, à la silhouette blanche qui a déjà disparu.

— C'est quoi ça ? interroge le planton qui a rejoint la secrétaire au pied des marches.

— Carnaval ?

— Fin juin ?

— Je vais leur téléphoner, dit la secrétaire.

— Dites-leur que j'étais occupé à donner un renseignement, hein ?

— Vous en faites pas.

— Merci, hein !

En haut des marches, il y a un long couloir gris avec des portes grises, et entre les portes, des bancs gris.

Maginus choisit la porte de droite, frappe, entre, crie :

— Monsieur ! Monsieur, il y a un homme blessé dans une cave avec les bouteilles, il va mourir !

— Ho ! coupe l'homme aux cheveux noirs ondulés et à la fine, fine moustache. Ho ! le clown ! répète-t-il d'une voix tonitruante. Où on est ici ? Comme ça tu rentres et tu me fais le souk ?

— Mais monsieur, il est blessé, il est enfermé, il...

— Ho ! Tu arrêtes un peu avec ça ? En pleine campagne ! Tu crois qu'on rigole ou quoi ? Avec celle-là que soi-disant son mari i veut encore la tuer, qu'elle me fait le coup à chaque fois les allocations, ho !

L'homme jette un œil complice à un petit jeune derrière un bureau, qui rigole franchement. La femme recroquevillée sur sa chaise renifle et se tasse un peu plus.

— Mais un blessé ! Enfermé ! Il va mourir ! insiste Maginus qui piétine d'impatience.

— Où tu es, hein ? Où tu es ? Réponds, intime l'homme qui joue avec une grosse bague.

— Au commissariat.

— Alors tu réfléchis, tu veux ? Si c'est qu'i va mourir, c'est pour la morgue. Si c'est qu'il est blessé, à l'hôpital. Et les enfermés, c'est chez les fous, pas vrai ? Et moi j'ai assez de travail avec celle-là, qu'elle sait que pleurnicher. Alors, toi, tu dégages.

Le policier se dresse à demi et frappe des deux mains sur son bureau, si fort que tout le monde sursaute. « Tu dégages ! »

Maginus esquisse un geste puis renonce et se réfugie dans le couloir sombre et se décide à s'asseoir sur un banc.

Il entend les éclats de voix de l'irascible policier, il lit son nom marqué sur la porte : Inspecteur-Chef Durbé.

Un vieil Arabe arrive en haut des marches en soufflant, il a une canne, un chèche grisâtre, un gilet avec une chaîne de montre sur un ventre plat, des pantalons bouffants serrés aux chevilles et des sandales. Il hésite, inspecte le couloir, les portes, effleure du regard Maginus, avance dans le couloir obscur, revient, s'approche d'une porte, hésite à frapper, renonce, écoute penché sur le panneau, à nouveau son regard effleure Maginus, puis lentement il s'approche de lui, attentif aux bruits d'une porte à l'autre, puis se décide, tendant à Maginus un imprimé froissé :

— Si vo pli, m'sio, t'i pim'lir, là-d'so, chef ?

Maginus lit : « Porte 18. Inspecteur Bertrand. »

— C'est celle-là, répondit-il en désignant une porte, plus loin.

— Çoui-là ? demande le vieil homme, dubitatif.

— Oui, oui. Inspecteur Bertrand.

— Spictor Birtrand ?

— Oui. Là. Cette porte.

Le vieil homme regarde le papier et la porte avec méfiance. Comment savoir ce que cache une porte quand on se guide sur un bout de papier illisible ? Mais comme le Français le regarde en souriant, il est bien obligé de frapper, pour finir.

La femme de tout à l'heure ouvre la porte, elle presse un mouchoir sur sa figure, examinant le couloir de ses yeux rouges, terrorisés. Elle se retourne vers l'intérieur du bureau mais l'inspecteur-chef s'approche d'elle et la pousse fermement.

— Vous aviez dit... supplie-t-elle.

— Oui, oui, je vais téléphoner. Allez, toi, arrive, le clown, là.

Le policier réussit à pousser Maginus entre la femme et lui, la forçant à lâcher prise, crie encore : « Ne vous en faites pas, voyons ! » et claque la porte.

— Eh bien dis donc ! soupire-t-il à l'adresse du blondinet derrière son petit bureau. Dix comme ça et je demande la retraite ! Assieds-toi, le clown. Allons-y en vitesse, parce que j'ai du travail. Ton nom ?

— Maginus.

— Quoi ? Machinus ?

— Maginus.

— Fais voir tes papiers.

— Ils sont à la maison. Maman veut pas que je les perde.

— Bravo ! Alors, qu'est-ce qu'on fait ? D'abord, qu'est-ce que c'est que cette tenue ? Il y a un cirque, en plus ?

— C'est pas un cirque. Je suis musicien.

— Ah, le Festival !

Le ton de l'inspecteur se fait un peu plus amène : « Vous jouez pour le Festival ? » demande-t-il.

— Non. Je joue dans les restaurants et ensuite je demande l'obole.

— Vingt dieux !

L'inspecteur-chef se prend la tête dans les mains, une longue tête avec une lourde mâchoire et cette moustache comme un fil. Il regarde Maginus en soupirant :

— Qu'est-ce que c'est que cette histoire ? demande le policier, sévère.

Aussitôt Maginus approche sa chaise près du bureau, penche son long corps maigre, tend le cou dans l'espoir de convaincre :

— C'est un blessé, je croyais que c'était un chien, il a des trous partout, dans une cave, des déchirures même-

— Stop !

— Il parle à peine : Aoudo, aouto, il-

— Stop j'ai dit ! Commence au début et termine à la fin. Vu ?

— Je venais pour la musique. Avec ma flûte, je joue Mozart.

— D'accord. Où ?

— Dans un cabaret-dancing. J'entre pour jouer, il n'y avait personne, c'était ouvert, hein, j'appelle, quelqu'un ? s'il vous plaît ? Et puis j'entends ce chien qui gémit, qui pleurait quoi. J'aime les chiens.

— Ah parce que c'est un chien ! Est-ce que tu te fous-

— Non. Non ! Je *croyais*. C'est un homme. Dans une cave.

— Où ?

— A ce cabaret.

— Et comment il s'appelle, ton cabaret, soupire l'inspecteur, excédé.

— C'était sur la porte : le Salomé.

L'inspecteur-chef tourne une seconde les yeux du côté du blondinet, mais si brièvement que personne n'y prend garde. Puis il écoute, attentif maintenant, le récit de Maginus. Quand celui-ci a terminé, il se tourne vers son subordonné :

— Qu'est-ce que tu en penses ?

— Ça a l'air sérieux, patron, vous ne croyez pas ?

— Ma foi... Note-moi l'adresse de ce zigomar. Si tu nous as raconté des craques, dit-il en revenant à Maginus, tu t'en souviendras, c'est moi qui te le dis.

Maginus n'a plus qu'une idée : quitter au plus vite cet endroit sinistre et cet homme hargneux.

— Voilà. Ben, il faut que je rentre. Ma maman...

— Non mon gars. Tu viens avec nous, non mais sans blague. C'est toi qui décides, peut-être ?

Maginus, piteux, descend silencieusement les marches encadré par les deux hommes. Ils montent dans une Peugeot surchauffée et se glissent dans la circulation en direction de la place de la Rotonde.

— Quelle heure est-il ? demande l'inspecteur.

— Quinze heures, patron.

— Merde ! J'avais promis à ma femme de la conduire à Euromarché. Arrête-toi, que je lui téléphone.

Le blond s'arrête près de l'Office du Tourisme et l'inspecteur entre dans une des cabines. Il consulte son agenda le dos à la voiture, compose un numéro.

— Le Salomé ? Ici l'Eléphant.

— Qu'est-ce qui se passe ?

— On arrive. Il y aurait un colis, dans la cave.

— Oh le petit fumier ! répond la voix. Un silence, puis : C'est débarrassé. Tout est O.K.

— N'empêche. C'était pas prévu dans les accords, dit le policier. Je veux bien être bon garçon, mais pas poire. J'ai une carrière, moi. On avait dit : pas d'éclaboussures.

— C'était une bavure, dit la voix.

L'inspecteur-chef raccroche pensivemcnt : il n'est pas sûr d'avoir perçu une certaine ironie.

— Allez, vas-y, dit-il d'un ton plus léger en s'installant dans la voiture. Te marie pas mon vieux, ajoute-t-il à l'adresse du chauffeur.

— Elle a râlé, patron ?

— Un peu, mon neveu. Allez, avance, notre chevalier blanc s'impatiente.

Maginus est surtout impatient d'en finir ; il a beau se tasser contre la portière, le policier, tout avachi sur la banquette, réussit à l'écraser.

— Arrête-toi là, commande l'inspecteur Durbé. Pas la peine de donner l'alerte. On va faire ça en douceur. Allez, arrive, dit-il à Maginus.

— Patron, objecte le blond un peu embarrassé, si ça heu... si ça tourne mal... ? Ce serait peut-être prudent de le laisser dans la voiture ? Enfin, je crois, s'empresse-t-il d'ajouter.

— T'as raison. On n'a pas besoin de cet olibrius dans les pattes. Ecoute-moi, dit l'inspecteur en le menaçant d'un gros doigt carré, tu restes là et tu bouges pas.

— Oui m'sieur.

— Allons-y.

Maginus regarde les deux hommes tourner le coin

de la rue, un gros pistolet au bout de la main, le long de la cuisse.

Dès qu'ils ont disparu, il ouvre prudemment la portière, file comme une flèche avec cette seule idée : récupérer son vélo et rentrer chez lui. Il a eu son compte d'émotions.

*

Pendant qu'ils regardent la télé, madame Maginus surveille son fils discrètement, elle est inquiète. D'abord, le garçon est rentré plus tard que d'habitude et surtout, il ne lui a pas raconté ses petites aventures de musicien, comme il fait toujours. Il est resté évasif, presque muet.

Une fois couchés, elle l'entend qui s'agite dans sa chambre, elle est sûre que quelque chose le tracasse. Pourtant, il allait si bien, ces temps-ci. Est-ce que tout ça va recommencer ?

— Maman !

Maginus apparaît sur le seuil de la chambre, les cheveux droits sur la tête, les yeux traqués.

— Maman !

— Va dormir, mon poussin. Il est tard. Tu as ton travail demain. Il faut te reposer.

— Maman ! C'est cet homme, tu sais.

— Quel homme ?

— Quand je ferme les yeux, il est là, tout déchiré.

— Qu'est-ce que tu racontes ? C'est un cauchemar. On ne déchire personne, voyons. Allez, va te recoucher.

— Maman, implore-t-il, juste ce soir.

— Tu sais bien qu'ils l'ont défendu.

Le garçon disparaît, éteint sa lumière, sa mère se détend un peu mais guette tout de même les bruits furtifs, pourvu qu'il...

— Maman ! J'ai trop peur ! Il y a cet homme, il est toujours là.

La voix angoissée lui est insupportable, c'est comme si on lui faisait mal à elle. Ils ont beau dire, c'est tout de même son fils.

— Viens, finit-elle par dire. Mais pour ce soir seulement. Promis ?

— Promis.

Il est déjà là, se glisse dans le lit et vient pelotonner son grand corps contre celui de sa mère. Elle le serre dans ses bras. Il s'endort aussitôt. Elle reste dans le noir les yeux ouverts, envahie d'un bonheur dont elle est privée depuis si longtemps.

11

Il est assez tard, cet après-midi-là, lorsque Sandrine et Simone Vassot arrivent devant l'ancien palais de l' Archevêché.

Elles ont fait les touristes, admirant consciencieusement les hôtels de pierre dorée, et ceux de pierre blanche, les cariatides, les guirlandes, les ferronneries et les portes sculptées.

Simone a acheté à Sandrine une série de chapeaux un peu masculins qui conviennent bien à son visage énergique. Avec un chemisier, des pantalons crème et , s'il le faut, une cravate, Simone est sûre d'un début de succès : « Avec ça, ma petite, tu vas les faire baver, tous ces homos. Mais n'oublie pas, ajoute-t-elle, pédagogue, qu'ils ont aussi de l'oreille. »

Les deux femmes s'arrêtent pour regarder, au fond de la petite place rectangulaire, la façade majestueuse et dorée, l'énorme ouverture plein cintre avec ses lourdes portes de bois sculpté, où il n'y a pas si longtemps s'engouffraient les carrosses de monseigneur.

Elles entrent dans ce passage frais qui traverse l'épaisseur du bâtiment pour déboucher sur une cour où tape le soleil. L'accès en est barré par une deuxième porte en fer forgé arachnéen, prosaïquement fermée d'une chaîne et d'un cadenas.

Au-delà, elles peuvent voir la lourde charpente métallique qui obstrue jusqu'au troisième étage les façades intérieures du palais et supporte des sièges en plastique fort laids.

Ce qui, de l'ensemble, est encore visible, murs et fenêtres, donne une image de décrépitude poussiéreuse.

— Vous croyez que tout est comme ça ? demande Sandrine, déçue.

— La nuit, tous les théâtres sont beaux, affirme Simone Vassot. Allons-y, ajoute-t-elle en faisant tinter ses bracelets.

Elles gagnent un escalier intérieur qui s'amorce au milieu du passage, décoré d'un rassemblement hétéroclite de boîtes à lettres de syndicats et de la Croix-Rouge. Un carton punaisé dans le plâtre du mur indique : Administration du Festival, 2e étage.

— Qu'est-ce que c'est que ce capharnaüm ? chuchote Sandrine qui avait rêvé le Festival comme une entreprise prestigieuse.

Au premier étage, elles croisent l'entrée d'un musée de Tapisserie, entrée 8 F.

— Allez, avance, dit Simone qui souffle fort pourtant. C'est notre vieille Europe.

Le sol bosselé, les murs gris et la poussière rappellent à Sandrine la classe de chant.

— Alors quoi, Sandrine, tu rêves ?

Non, elle ne rêve pas. Comme elle n'arrive pas à se décider, elle s'interdit simplement de faire un pas de plus tant qu'elle n'aura pas parlé à Simone.

— Simone...

— Non, allez, ce n'est pas le moment. Tu n'es tout de même plus une débutante. Pense à ce que tu vaux et tout ira bien.

— Simone, il faut que j'y aille seule.

Voilà, c'est dit.

Simone regarde Sandrine de son air outragé et sceptique tout à la fois, comme si la Terre se permettait des fantaisies de rotation.

— Tiens ! Tu veux y aller seule ? Quelle idée ?

Mais sa voix se brise un peu, perd de son autorité. Machinalement, elle remet de l'ordre dans ses bracelets avec des gestes mal assurés de vieille femme.

— Simone, reprend doucement Sandrine, vous le savez bien. Il faut que j'y aille seule.

— Aux répétitions aussi ? demande Simone sans lever les yeux de ses bracelets, rassurée par l'énormité de la suggestion.

— Bien sûr, oui. Je ne suis plus une débutante, vous venez de le dire. Du moins, il ne faut pas que j'en aie l'air. Vous le comprenez ?

— Et tu m'as traînée jusqu'ici pour m'annoncer ça au milieu de cet escalier crasseux ?

— Je fais ce que je peux.

Il y a un silence pénible ; Simone, indécise, regarde Sandrine qui attend, butée, puis elle se résigne à descendre l'escalier. Elle s'arrête, la main sur la rampe, le visage levé vers Sandrine mais sans la regarder vraiment :

— Tu me laisseras assister au spectacle, j'espère ? demande-t-elle d'une voix acidulée.

— Simone !

Sandrine redoute une grande scène, là, dans l'escalier. Elle fait un pas vers Simone, voudrait lui dire que c'est ridicule, qu'elle sait bien ce qu'elle lui doit, mais les mots ne passent pas.

— Simone, reprend-elle, ne vous fâchez pas.

— Je ne me fâche pas du tout, répond Simone qui a choisi la sobriété. Je te décramponne. A moi les vacances !

Elle éclate de son rire cuivré que le vieil escalier amplifie puis s'élance dans un envol de robe-chasuble, après un petit signe de la main, ambigu.

Connaissant son caractère, Sandrine n'est même pas sûre de la retrouver encore à l'hôtel, ce soir.

Mais elle sait bien qu'elle doit prendre ce risque. Depuis qu'elles sont arrivées, Simone régente tout, l'habille, la coiffe, la trimballe dans les magasins, aux expositions pour la culture, à la piscine pour le souffle, surveille son régime, impose des horaires de travail, en un mot, la vampirise complètement. Sandrine doit aller à ce rendez-vous seule.

Elle est reçue par un vieux monsieur affable doté d'une barbiche blanche et pointue, qui se frotte les mains sans cesse comme pour les savonner. Avec son gilet à chaîne de montre et sa lavallière, ses cheveux plaqués, il cultive le genre proviseur des années 20.

— Mademoiselle Pereire ! Ah mon Dieu ! Je n'ai entendu de vous que des compliments. Quelle malchance, vraiment. Mais vous savez, au cours d'une carrière qui s'annonce aussi prometteuse que la vôtre, cela fera l'effet d'un incident minime. Vous en rirez plus tard.

Sandrine se laisse tomber sur une chaise, dans le petit bureau rempli de maquettes de décors, complètement effondrée. Elle devine au ton du vieux monsieur qu'il y a une catastrophe quelque part. Est-ce qu'ils ne voudraient plus d'elle ? Mais elle a un contrat ! ce n'est pas possible !

Elle attend passivement, le cœur battant, le front moite et les pieds glacés, elle se sent comme une bête à l'abattoir, résignée, désespérée, c'était trop beau, voilà tout... Et Simone qui n'est pas là !

— Je ne... je ne comprends pas, monsieur ?...

— Aubert, dit-il avec une courbette. Une erreur, une épouvantable erreur, il y a eu une erreur de noms sur les contrats, vous êtes engagée pour chanter une des trois dames et non Papagena, comme stipulé. Papagena, c'est la Nettl, bien sûr.

— Mais j'ai signé le contrat ! proteste Sandrine. J'ai signé !

Il y a un moment de silence pendant lequel le petit vieux monsieur caresse sa barbiche, tire dessus même, grimace assez nerveusement. Sandrine est partagée entre le soulagement — elle chantera tout de même — et la colère : le rôle qu'on lui propose est plutôt effacé, peu spectaculaire et ce n'est pas là-dedans qu'elle pourra démarrer une carrière.

— Mais, reprend-elle courageusement, monsieur... Aubert, j'ai signé... J'ai des droits.

Monsieur Aubert s'en prend plus sévèrement encore à sa barbiche, se frotte les mains, considère la jeune personne timide mais résolue qui essaie de tenir bon. D'habitude, les débutants se conduisent plutôt comme des fanfares de province, mais celle-ci lui paraît supportable. Il décide de jouer franc-jeu.

— Vous pourriez nous faire un procès, c'est certain. Mais je vous demande de réfléchir : vous commencez une carrière. Il y a des scandales qui peuvent vous donner un coup de pouce et d'autres, vous couler définitivement. Je crains bien que, dans votre position encore fragile, un procès contre une administration de Festival ne vous desserve auprès d'autres directeurs. De plus, la Nettl a signé aussi, vous connaissez sa réputation. C'est elle qui tirerait tout le profit de l'opération.

« Rendez-vous compte, ajoute-t-il, les affiches, les programmes sont tirés, diffusés, ce serait une catastrophe !

— Pour moi aussi, c'est une catastrophe.

— Ce n'est pas une catastrophe de chanter au Festival d'Aix ! Même un cran... au-dessous. C'est un privilège. Vous avez tout de même le rôle le plus intéressant des Trois Dames. Et, bien sûr, nous vous dédommagerons financièrement. Je me suis aperçu de l'erreur à l'instant, en relisant votre contrat...

— Je suis complètement anéantie, soupire Sandrine. Je ne sais que vous dire...

— Et moi tellement navré ! Croyez-moi, je suis sincère, beaucoup de gens comptent sur votre talent. Il y a si peu de sopranos françaises ! Les concours, les récitals, vous n'êtes pas passée inaperçue... L'effort que nous vous demandons ne sera pas perdu, je vous assure. Notre reconnaissance sera très concrète, vous pouvez y compter.

Sandrine a quitté son beau chapeau neuf, elle l'utilise pour s'éventer, machinalement. Elle se sent toute remplie d'un cafard monstre. Il y a six mois, elle aurait tout donné pour le rôle qu'on lui proposait, et maintenant, il lui paraît dérisoire. Elle avait tant rêvé de Papagena ! La Nettl, tu parles ! Une irascible bonne femme à bout de souffle ! Parfaitement, tout le monde le dit !

— Je suppose, dit-elle enfin, qu'il est préférable que je me résigne ?

Le petit bonhomme cesse de se tirer la barbe, bondit sur ses pieds et vient lui baiser la main. Sandrine sent ses yeux se gonfler de larmes ; ce n'est pas le moment.

— C'est merveilleux ! dit-il. Nous ne vous oublierons pas.

Qui « nous » ? Il se prend pour la profession ?

— Et je vous le prouve, reprend-il. Vous avez travaillé la Reine de la Nuit ? Très bien. Vous manquez peut-être encore un peu de colorature, mais pour une doublure, vous serez parfaite. Acceptez-vous de doubler madame Preguntas-Rescate ?

— Franchement monsieur Aubert, je ne suis plus à l'âge des sucettes. Mais si la Preguntas se casse une jambe, si elle reçoit une tuile sur la tête, vous pourrez toujours faire appel à moi.

— C'est parfait ! Vous êtes très courageuse. Croyez-moi, vous réussirez. Voilà votre plan de travail. Nous demandons à tous les chanteurs d'être très exacts. Le studio pour les musicales est juste en face, en sortant, à côté du cloître. Permettez-moi de vous exprimer encore toute notre reconnaissance.

Monsieur Aubert se frotte si fort les mains qu'elles devraient se mettre à fumer.

Les bonnes paroles ne coûtent pas cher, au jour d'aujourd'hui.

Sandrine redescend tristement le triste escalier. L'absence de Gérard la frappe soudain comme une brûlure. Elle aurait dû dire non, rentrer à Paris, entamer une procédure, elle aurait dû... retourner sous les toits assumer les continuelles démissions de Gérard et laver son linge ?

Quand elle arrive dans le passage, elle est accueillie par une voix qui s'élève, pure et ample, tout juste soutenue par le piano : c'est Tamina. Sandrine s'appuie contre le mur, ferme les yeux, écoute et aussitôt le vide se fait en elle. Elle articule silencieusement les paroles, gonfle ses poumons...

— Il ne faut pas rester là, c'est défendu, dit quelqu'un à travers la grille.

Sandrine pourrait dire qu'elle fait partie de la distribution mais elle n'a pas envie de discuter. Elle s'éloigne lentement vers la ville en folie.

Elle traîne dans les rues sans rien voir, heurtant les piquets métalliques qui transforment les rues étroites en autant de peignes agressifs, elle laisse pendre sa main dans l'eau des fontaines, elle regarde sans les voir les chanteurs de rues, les limonaires, les joueurs de flûte ou de guitare.

« Je finirai comme ça », pense-t-elle.

Un homme en melon et queue-de-pie fait travailler une chèvre dans un grand renfort d'accessoires et de boniments. Il la nourrit de biscuits tendus dans ses mains noires de crasse et l'appelle respectueusement mademoiselle Pompon. Tout cela est d'un triste ! Quand la bête s'entête à ne pas monter sur son tabouret, on sent qu'il a beaucoup de mal à ne pas la frapper et à conserver une voix égale. Il y a des rires gênés dans l'assistance. D'un triste, vraiment.

Sur une petite place pavée de galets et bordée de bâtiments qui pourraient être d'une rare élégance s'ils n'étaient pas si décrépis, un orchestre s'est installé, qui joue Haydn ou Mozart. On a arrêté la fontaine circulaire dont le bassin supérieur évoque une fleur de métal et une assistance recueillie s'est assise à même le pavé. Un vélomoteur passe en vrombissant.

Ensuite, elle ne sait même plus. Elle a suivi la foule d'une rue à l'autre, de la barbe à papa à la glace à l'italienne, de la crêpe bretonne aux churros, il lui semble qu'elle a passé plusieurs fois dans les mêmes rues, elle a déjà rencontré ce couple d'Américains, cette chanteuse sinistre et son singe pelé, elle n'est pas seule à tourner en rond.

Pour finir elle se retrouve à l'hôtel dans la salle de télévision, devant une émission qu'elle ne suit pas. Il va bien falloir, à un moment ou à un autre, affronter Simone : pourquoi pas maintenant ?

Lorsque Simone voit entrer Sandrine tête basse, mine consternée dans l'encadrement de ses cheveux noirs, elle oublie le sermon qu'elle a ruminé toute la soirée, elle saute à bas du lit, entoure les épaules de la jeune fille d'un bras protecteur, la guide vers le lit où elles s'assoient, et rend les armes :

— Ne fais pas cette tête, voyons, dit Simone. J'ai réfléchi. Tu avais raison, je ne vais pas te tenir la main sur toutes les scènes de France et d'ailleurs. Je suis une vieille emmerdeuse. On fait la paix. D'accord ?

Sandrine garde la tête obstinément baissée. Simone perçoit avec une émotion un peu trouble le corps de la jeune fille qui palpite contre le sien. Elle l'oblige à tourner la tête et voit ses yeux pleins de larmes.

— Sandrine ! Qu'est-ce qui se passe ? Un ennui ?

Sandrine fait oui de la tête et son menton tremble.

— Avec eux ?

Oui, avec eux.

— Mais raconte-moi, bon sang ! crie Simone, sa patience déjà épuisée.

Sandrine fait signe que oui, elle racontera, dès que ça ira mieux. Elle va à la salle de bains se rafraîchir le visage.

— Alors ? demande Simone qui l'a suivie.

Sandrine la regarde dans la glace, c'est plus facile.

— Ils m'ont rétrogradée.

Vite, elle recommence à faire des bulles sous le robinet qui coule à flots.

— Quoi ? Qu'est-ce que ça veut dire, rétrogradée ? Ce n'est pas une course !

Cette fois, derrière la serviette où elle se cache, elle parvient à glisser, sans trop faiblir :

— Je chanterai une des trois Dames. Papagena, c'était une erreur. Ils sont désolés. J'aurai un dédommagement.

— Mais c'est insensé ! Sandrine Pereire traitée comme une choriste ! Et encore... ! Et tu t'es laissé faire ?

Simone prend son élan dans un vaste mouvement de peignoir, prête à se lancer dans un récitatif fulgurant, pieds nus sur la moquette. « Mais tu as signé, ma petite ! rugit-elle. Je vais leur coller un procès à ces voyous ! Rétrogradée ! C'est grotesque ! » Son rire redoutable et mécanique cogne aux parois de la chambre, s'échappe par la fenêtre ouverte. « Mais qu'est-ce qu'ils croient ? Je savais bien que je devais t'accompagner, tu t'es laissé faire, tu n'es qu'une oie, une gourde, à ton âge j'étais déjà à la Scala et personne ne me manquait de respect ! Quand je pense que je t'ai portée toutes ces années (elle se laisse aller dans un fauteuil sous le poids d'un fardeau navrant, module un rire amer mais cristallin), et que je te vois là, comme une chiffe, pleurant dans un lavabo ! Pourquoi pas dans la baignoire, tant que tu y es !

— J'ai aussi la doublure de la Preguntas, lance Sandrine en maigre consolation.

— La doublure ! Mais ma pauvre fille, si tu avais le quart de la moitié d'un peu de caractère, c'est *toi* qui chanterais la Reine. La Preguntas ! Cette chaudière essoufflée ! C'est ce que je vais aller leur dire, puisque tu n'es bonne qu'à renifler ! Qu'est-ce qu'il leur a pris, avec la Preguntas ? D'habitude, ils choisissent mieux que ça, à Aix. La Preguntas ! *La Flûte* pour troisième âge ! »

Bien sûr, Simone arpente la chambre, suivie des flottements de sa simarre, déplace violemment les objets, lâche des éclats de rire comme autant de boulets bien ajustés : La Preguntas ha ! ha ! ha !

« Et je vais te dire, menace-t-elle, si tu n'étais pas une franche dinde, tout serait rentré dans l'ordre. Ils N'ONT PAS LE DROIT ! Dès demain, je vais-

— Vous ne ferez rien du tout, Simone ! crie soudain Sandrine, jetant la serviette par terre. Je vous *interdis* ! Je mène ma carrière comme je l'entends, à partir de la minute présente. Et je ne veux plus entendre vos réflexions désagréables et vos conseils ringards ! Vous ferez le compte de ce que je vous dois, je vous rembourserai et... et... et voilà tout ! Je ne veux plus vous ENTENDRE ! »

Sous le regard effaré de Simone muette, Sandrine part en claquant la porte. Elle est bien décidée à retourner en ville prendre une bonne cuite comme elle le faisait avec Gérard, quand ils en avaient marre de bouffer les conserves qu'elle fauchait au supermarché. O Gérard, Gérard ! Quel foutu salaud, celui-là aussi ! Une femme de chambre lui jette un regard réprobateur tandis qu'elle gagne l'escalier en tapant des pieds.

— Sandrine Pereire ?

Mon Dieu ! Le journaliste ! Radio-machin-chose ! Complètement oublié !

— Oui, oui c'est moi.

— Je suis Patrice, de Radio-Puce. C'est gentil de me recevoir. Je suis un peu en retard ?

On peut dire qu'il tombe bien, celui-là.

— Ecoutez, répond Sandrine, réticente, je n'ai pas beaucoup de temps, je ne-

— Ce ne sera pas long. Il n'y a pas un coin pour être tranquille ?

— Il y a un salon par là, je crois.

Le salon est vide. Ils s'installent côte à côte sur une causeuse en bois doré. Le journaliste déteint un peu avec sa chemise bariolée, son jean crasse et ses chaussures poussiéreuses. Il ne semble pas très à l'aise. Son visage d'angelot paumé attendrit Sandrine. On se calme. Assez de bagarres pour aujourd'hui.

— C'est quoi, Radio-Puce, demande-t-elle en souriant. Un gag ?

— Non, non, une radio... je ne dis plus « libre », après ce que je viens de découvrir, mais enfin... privée. Et je fais une émission une fois par semaine, vous voyez ? Du rock — je suis un fana de rock — et aussi les événements de la ville, ce qui ne sent pas bon, les combines, les magouilles, les tabassages d'immigrés, la milice du maire, les expulsions, enfin vous voyez. C'est une drôle de ville, Aix, mine de rien. Et alors là, je cherchais un chanteur parce que je voulais faire un truc sur le Festival, un peu souterrain, quoi, les figurants, les machinos, l'envers du décor, quoi.

— Et on vous a adressé à moi ?

— Oh je me suis débrouillé, et j'ai eu de la chance. Et quand la dame, là...

— Simone Vassot ?

— Peut-être, m'a appris que vous seriez la révélation du Festival, je me suis dit mince, qu'est-ce que ça pense une révé-Hé ? J'ai fait quelque chose ?

Tout d'un coup, voilà la fille qui fond en larmes, la tête dans les mains, sous le lustre de cristal à pendeloques, au beau milieu du salon doré. Allons bon !

Patrice s'approche d'elle en glissant sur les ramages du canapé, « Mademoiselle ? », mais elle est vraiment secouée de sanglots, une jolie fille pourtant, elle pleure comme un bébé, il s'approche encore un peu, esquisse un geste pour lui tapoter le dos, et voilà qu'elle pose la tête sur son épaule et pleure si bien que ses larmes traversent la chemise de Patrice.

Il ne sait plus quoi faire, il craint que quelqu'un entre, il devrait peut-être se lever ? Une femme qui pleure ça l'angoisse, il est terriblement gêné mais il faut reconnaître qu'elle sent bon.

— Je ne suis plus rien du tout, réussit-elle à articuler malgré des bulles de salive.

Patrice ne bouge pas. D'abord parce qu'on n'a pas tous les jours un joli front de cantatrice sur l'épaule, ensuite parce qu'il tient dans ses bras sa prochaine émission.

— Excusez-moi, dit alors Sandrine en se détachant de lui pour fouiller dans son sac. Je dois être affreuse.

— Vous auriez du mal.

Elle lui adresse un petit sourire poli, sans détacher les yeux du tableau en face d'elle qui représente un trois-mâts couché sous des vagues furieuses. Pour lui laisser le temps de se reprendre, Patrice se lève et va contempler le jardin nocturne. Il fait moins chaud.

Quand il juge que tout doit être effacé, il revient vers elle :

— Racontez-moi.

— Oh, je suis idiote. Je n'aurais pas dû... un incident sans réelle portée. J'ai signé pour un rôle, Papagena, vous connaissez ? (Patrice esquisse un sourire vague.) Je m'y suis préparée, c'était une fête, vous comprenez, la chance de ma vie, un vrai démarrage. Il s'agit d'un petit rôle mais qui fait toujours beaucoup d'effet. Un duo ravissant et drôle. Et je viens d'apprendre qu'il y a eu erreur, et je me retrouve avec un rôle pratiquement anonyme. Ce n'est pas cette fois que je vais devenir *la* Pereire !

Sandrine se reproche aussitôt d'avoir trop parlé. Elle n'aurait pas dû raconter cette histoire à un inconnu, journaliste de surcroît. Mais il doit avoir son âge et son visage rose et blond est plutôt sympathique. Elle a besoin de se confier, elle étouffe. Il la regarde de ses yeux clairs avec beaucoup de gentillesse.

— Il faut vous défendre ! s'exclame-t-il. Ne vous laissez pas faire ! Venez à mon émission, racontez votre histoire et on fait un scandale énorme. C'est dégueulasse ce qui vous arrive.

Le journaliste est réellement indigné, prêt à défendre la cause de Sandrine. Ça lui remonte le moral.

— C'est gentil mais... si je fais ça, je me coule définitivement. Tout le monde se connaît, dans ce milieu. Ils ne me rateront pas.

— Quand même, c'est un comble ! Ça vous a fait un choc ?

— Je partais me soûler.
— Non ?
— Si. Quand je suis bien soûle, je dors vingt-quatre heures et j'oublie tout. Ou presque.
— Vous aimez le rhum ? Le punch ?
— Pourvu que ça cuite.
— Ça cuite très bien. Je connais une boîte fabuleuse, musique afro, rock, et un de ces punchs au citron carabiné ! Le Kumbara. Vous êtes raciste ?
Sandrine le regarde, interloquée. Il a l'air sérieux soudain, et attentif.
— Moi ? Je ne sais pas... je ne crois pas, non.
— Ah bon. Ça a l'air idiot, mais vous comprenez, dans le Midi... Vous sortez une fille sympa et puis juste au moment où vous vous sentez cool, sur les douze coups de minuit elle se transforme en mégère hystérique, elle vous lâche le discours sur les Arabes ou les nègres. Alors, je préfère demander *avant.* Ça évite de gâcher la soirée.
— Accordez-moi un sursis. On y va ?
— O.K.
Tandis que Patrice enfile une incroyable veste jaune, Sandrine hésite une seconde à prévenir Simone. Une seconde, pas plus.
Ils se retrouvent devant quelque chose qui ressemble encore un peu à une 2 CV. On a résolu le problème des portières en les supprimant et l'aile avant droite a peut-être été volée. Pendant que Sandrine s'installe, Patrice plonge sous le volant, raboute des fils dans une gerbe d'étincelles. Ça tousse sous le capot.
Il se redresse en soupirant, découvre des dents inquiétantes, carnassières :
— J'ai été obligé de casser l'antivol, j'ai perdu la clé.

— Vous ne craignez pas le vol ?

— Je ne la retrouve jamais bien loin. Elle est dure à supporter.

Ils démarrent dans un vrombissement.

Quand ils quittent le parking de l'hôtel, une voiture démarre à son tour, une BMW blanche avec deux hommes à bord. Ils se collent tranquillement derrière la 2 CV et n'en bougent plus.

A cause du bruit du moteur, Patrice et Sandrine sont obligés de se taire. Ils s'adressent quelques sourires. Patrice lui montre la fontaine de la Rotonde sous les projecteurs et s'arrête au milieu du rond-point pour lui laisser admirer la perspective nocturne du cours Mirabeau, jusqu'à ce que les klaxons les obligent à démarrer.

— Ça doit vous plaire, Aix ? crie Patrice.

— C'est joli, crie Sandrine.

— Je veux dire, c'est comme du théâtre, le décor, quoi.

— Ah oui !

— Et rien derrière, crie-t-il. Tous ces beaux hôtels, dedans c'est pourri. Poussière et toiles d'araignées, murs craquelés, planchers tordus, règlements de compte !

— D'accord ! crie-t-elle.

Les deux voitures se glissent rue de la Couronne, se faufilant lentement dans le flot des piétons, il y a des coups de sac dans la carrosserie et des regards furieux. Les touristes qui ont visité toute la journée sont maintenant abandonnés à leur hébétude pour, comme disent les dépliants, « vivre la ville » ; ils slaloment entre les piquets au grand dam de leur ceinture pelvienne.

— C'est chiant ! crie Patrice.

Sandrine sourit sans comprendre. En première, sans toit ni portes, cette voiture est invivable ; elle a toujours peur que quelqu'un tombe assis sur ses genoux.

Enfin, Patrice escalade le trottoir dans un choc d'amortisseurs. La BMW passe lentement à côté d'eux et va s'arrêter à vingt mètres. Un petit maigre à cheveux droits sur la tête en descend.

— Tu m'attends par là ? demande-t-il au chauffeur.

— O.K.

— Surveille leur bagnole.

— O.K.

— Quel boulot.

— Tu l'as dit.

Le petit brun suit tranquillement le couple, mains aux poches de son large pantalon de toile bleue, ralentissant quand il ralentit.

De rues sombres en rues obscures, ils arrivent devant le Kumbara.

— Manquait plus que ça ! grommelle le suiveur. Chez les bamboulas ! C'est un vicieux, ce mec.

Le Kumbara est bien entendu au fond d'une cave. Sur les murs, il y a palmiers, chameaux et tigres qui s'observent le long de la fresque naïve d'un désert où la lumière est absente.

— Patrice ! Mon vieux, salut. Je suis content de te voir. Et mademoiselle. Bonsoir. J'ai plus que ce bout de table, ça te va ? demande le patron.

Dans l'obscurité entretenue par de rares bougies on voit juste briller ses dents et le blanc de ses yeux. Il a le port royal et le geste ample, et vous reçoit avec la condescendance d'un chef de village. Sandrine et Patrice se glissent à une petite table.

— Je te demande pas ce que tu veux. Et la demoiselle ? Punch coco ?

— Elle veut se cuiter.

— Alors, punch citron.

Quand il se redresse, le patron aperçoit au pied de l'escalier à vis un type genre hérisson qui regarde la salle et les gens avec de petits yeux réprobateurs.

— Plus de place ? demande le type comme si ça lui faisait mal aux lèvres.

— Hé non, vous voyez mon vieux, tout est plein. Revenez d'ici une heure, quand je mettrai la musique.

— Je vais attendre en haut, dit le type en inspectant la salle.

— Comme vous voudrez mon vieux. Je vous monte un punch ?

— Du Ricard, y a pas ?

— On est en Afrique ici, mon vieux. Citron ou lait de coco ?

— Lait de coco, dit le type d'un air de dégoût total.

C'est pas toujours facile, le commerce.

Sandrine est en train de raconter sa vie d'artiste, et de caissière, les récitals à trois cents francs dans les clubs ou les hôpitaux, devant une rangée de vieillards toussoteux, les panouilles à l'Opéra, un début timide à Lyon, les cours de Simone...

— Ça, vous pourriez le dire à mon émission.

— Pourquoi pas ?

— Et cette... Pergunta ?

— Preguntas.

— On pourrait pas, je sais pas moi, la séquestrer ? Une soirée ? Juste une, sans lui faire de mal, dans du coton. Hop ! à la trappe. Et vous chanteriez à sa place.

Sandrine regarde pensivement le fond de son deuxième verre.

— C'est exactement ce qu'il me faudrait, dit-elle. Mais vous savez : cherchez à qui le crime profite. Ça me retomberait sur le nez. N'y pensons plus. Parlez-moi de votre radio. Ça paie bien ?

— Je suis bénévole.

C'est toujours sur moi que ça tombe, se dit Sandrine, tristement.

— Mais alors, vous avez un métier en dehors.

— Ah oui. Enfin, je me débrouille.

On croirait entendre Gérard. Est-ce qu'elle n'a vraiment pas de chance, ou est-ce que ce serait une vocation ?

— Figurez-vous, reprend Patrice, que j'ai découvert un truc fabuleux. Un autre verre ?

— Oui, oui, ça commence à cuiter.

— Alors figurez-vous, le mois dernier, un type vient nous voir, à la radio. Faut vous dire qu'on avait un matériel merdique, un local pourri à fond, tout quoi. Le type nous dit : je vous prête du matériel neuf, un local correct, et 4 000 francs par mois pour le fonctionnement. On se regarde. On se méfie.

— Qui ça, on ?

— Les autres et moi. On veut savoir pourquoi. Vous avez déjà vu des mécènes gratuits, vous ?

— Ah ça non !

— Alors il nous dit, les radios libres seront bientôt autorisées, j'ai des antennes (il a pas compris pourquoi on se fendait la pêche), et à ce moment-là je me rembourserai sur la pub.

— Je vois. Un placement, quoi.

— C'est ce qu'on s'est dit. On a accepté. Et voilà

qu'avant-hier, j'ouvre un bouquin sur Marseille et la pègre, il y avait une photo de procès remontant à quatre ou cinq ans, et qui je vois ? Le Baron. Et à côté du Baron, mon type.

— C'est quoi, le Baron ?

— Le roi des truands marseillais. Milliardaire, sans parler du reste. Jamais coincé. Et mon type, c'est l'avocat du Baron. Vous y êtes ?

— On pourrait pas manger un petit quelque chose ? C'est du vitriol, votre truc.

— Faut vous dire que le bruit court que le Baron possède la plus grosse boîte de nuit d'Aix. Vous voyez un peu la grande famille ? A mon avis, ils se servent d'Aix pour blanchir des capitaux, et, apparemment, ils sont bienvenus. Bonjour la mainmise !

Sandrine hoche la tête parce qu'on ne parle pas la bouche pleine d'une espèce de gâteau exotique quatre-quarts. Elle a beaucoup de mal à suivre les méandres du récit de Patrice. Par contre, elle trouve qu'il a de beaux yeux, d'un vert gris, gris-vert, grisée par les verres, le quatrième ? cinquième ? Et Patrice qui ne cuite pas vite continue, imperturbable :

— Du coup, j'ai compris un truc. J'avais invité le P.F.N. en début de campagne. Je voulais leur faire passer une sale demi-heure. Figurez-vous que leur porte-parole fabrique des fours. J'avais l'intention de lui demander s'il avait été sélectionné en vue du IVe Reich, ou un truc comme ça. Ils avaient dit oui, les cons. Deux jours avant l'émission, ils se décommandent. Maintenant je sais pourquoi. Notre cher mécène les a prévenus. Je m'aperçois que tout se tient, que tous se tiennent !

Patrice lève un instant les yeux du visage de

Sandrine et son regard croise celui d'un individu qui le fixe, depuis les marches, là-bas. Un petit type hérissé dont il distingue mal les traits.

— Et qu'est-ce... qu'est-ce que tu vas faire ? articule Sandrine avec effort.

— Je ne sais pas encore. Enfin si, mais j'ai pas décidé quand. Je vais tout déballer à l'antenne, dire que je veux plus travailler pour une radio achetée par des truands. J'ai les noms, les preuves, tout. Ça va scratcher !

Le type en face le regarde toujours comme s'il essayait de lui transmettre un message féroce. Encore un admirateur déçu !

— Mais alors, dit Sandrine dont les paupières semblent totalement indépendantes et même caoutchouteuses, tu vas bousiller ta cra... ta carrière !

Patrice n'a pas le temps de répondre. La musique afro éclate tout d'un coup, faisant chuter les conversations. On pousse les tables contre les murs voûtés et déjà les vibrations vous traversent le corps.

— Ça va vous réchauffer, crie le patron avec un grand rire made in Africa.

Pour sûr, mieux qu'au hammam.

Quand, épuisés et titubants, ils débouchent dans la ruelle, malgré la tiédeur de la nuit Sandrine frissonne. Elle se serre contre Patrice qui marche un peu plus droit qu'elle. Elle lui entoure la taille de ses deux bras et se colle contre lui.

— Patrice... dit-elle d'une voix possessive et pâteuse.

— Attention aux merdes de chiens.

— T'es poétique. Les mecs sont poétiques.

— C'est la poésie du bitume, ma fille.

— Patrice...

Ils entendent au bout de la rue le bruit soyeux d'une fontaine, où l'eau jaillit d'une boule et retombe en pluie fine dans un bassin octogonal.

— Patrice, poursuit Sandrine avec peine, je suis plus rien, tu comprends ça ? Je suis foutue.

— Toi ? répond Patrice, incrédule. Toi ? Mais t'as un cœur gros comme ça !

— J' suis rien, j' te dis. Pouf une bulle ! Dans ce métier, c'est un couteau, qu'il faut. Un cœur, on n'en a rien à fout'. Où tu m'emmènes ?

— Ben... Pourquoi pas chez moi ? C'est juste à côté.

— Gros malin.

Elle s'arrête, se sépare de lui, le dévisage intensément, mal calée sur ses jambes indociles. Puis elle tend la main et lui caresse la joue.

— Admettons, finit-elle par dire. Peut-être que j'existe.

Ils marchent encore quelques pas hésitants, se tordent les pieds sur le pavement à l'ancienne, flottant dans un brouillard béat. Elle se cramponne :

— Je vois plus clair. Le rhum me sort par les yeux ou quoi ? Patrice ! fait-elle en s'arrêtant à nouveau pour le regarder, je suis plus rien, voilà.

— Je te l'enlève quand tu veux, ta Pergunta. En douceur, hein.

— Arrête de déconner. PREguntas.

— Bon.

Devant la porte d'une vieille maison il fouille dans sa poche à la recherche de la clé. Sandrine se penche en arrière pour compter les étages mais aussitôt un vertige l'entraîne.

— Ouh là, dit-elle en se raccrochant à Patrice.

Celui-ci est courbé sur la serrure, il a du mal à introduire la clé, il y parvient ; dans le silence de la nuit il entend tousser une toux masculine, il regarde derrière lui : le type de tout à l'heure est à dix pas, il les regarde méchamment, mains aux poches, immobile.

Patrice peut mieux voir son visage pointu, son air hargneux et méprisant.

Patrice ouvre la porte, empoigne Sandrine, la tire précipitamment à l'intérieur, claque la porte derrière eux. Il a peur, soudain, des impressions menaçantes affleurent à sa conscience où elles crèvent comme des bulles.

— Hé ! Doucement ! proteste Sandrine. Qu'est-ce qui te prend ? J'aime pas les goujats, t'es prévenu.

Qu'est-ce que c'est que ce type ?

Et puis tout d'un coup, l'angoisse se déchire quand Patrice se rappelle dans quel état est son studio. Misère !

Mais très vite il se rassure : goujat ou pas, Sandrine s'est endormie, tranquillement appuyée contre lui.

12

Une voix d'or sortant d'un corps de hallebardier : c'est à cela que les mauvaises langues réduisaient le portrait de madame Preguntas-Rescate. A temps perdu : l'amateur éclairé ferme les yeux.

Grande, non pas massive, mais taillée à la serpe, les épaules larges, les traits masculins qu'accentuait encore son goût pour les cheveux courts, la Magnifique retenait tous ses gestes sans en pouvoir masquer la brusquerie infuse.

Elle avait découvert la beauté de sa voix à douze ans, alors qu'elle cheminait au dur soleil andalou juchée sur un âne, dans un nuage de mouches et de taons, les yeux mi-clos pour se protéger de la réverbération des collines brûlantes.

Et là, pour la première fois depuis qu'elle chantait — et elle chantait depuis toujours —, elle avait *entendu* sa voix.

D'abord, incrédule, inquiète, elle avait hésité à provoquer encore le miracle, doutant que ce pouvoir lui soit vraiment donné. Mais oui, sa voix obéissait. Bien fragile, bien naïve, immature, incomplète, c'était déjà un trésor.

Lorsqu'on partage avec cinq frères et sœurs la misère primitive d'un bourrelier espagnol et d'une cueilleuse d'olives prompte à la taloche, d'instinct, on dissimule ses biens.

Lorsqu'elle fut de taille à être respectée, un jour que le transistor crachotait — avec de brèves périodes sublimes — la voix déformée de Victoria de Los Angeles, elle annonça d'un ton définitif : « Je vais faire comme elle. » Puis elle disparut.

C'est du moins ce que prétendait sa biographie officielle, et combien elle avait, depuis sa réussite, comblé de présents sa maudite famille (où elle retournait parfois se gorger d'ail et d'huile d'olive, interrompant gémissements et suppliques d'un trait de son œil noir).

La venue à Aix de la Magnifique suscitait dans le petit monde de l'Opéra rumeurs, ragots et passions. Aix ayant à juste titre la réputation d'un Festival qui lance des débutants pleins d'avenir, les jeunes chanteuses s'indignaient de voir confier le rôle de la Reine de la Nuit à la Preguntas qui n'en avait plus l'âge, du moins le suggérait-on. On ajoutait qu'elle avait demandé une fortune.

C'est ainsi que débarqua, avec ses phobies et ses animaux, sa pianiste, sa vilaine dame de compagnie et l'une de ses nombreuses « nièces » — toujours long lis languide, pâle et blond —, María Pilar Preguntas-Rescate.

Il n'est pas question pour la petite troupe de traîner en chemin ou de perdre une valise. Un bref aboiement remet tout en ordre car la Preguntas, que l'on pourrait croire continuellement perdue dans un rêve d'une infinie maussaderie, ne cesse en fait de surveiller son monde comme si elle avait charge d'une troupe de chiens savants.

C'est du moins l'impression qu'elles retirent à user leur vie à son service, jusqu'à la favorite du moment, quelles que soient ses vaines tentatives pour maintenir une tête hâve et dorée hors du torrent.

Ainsi conduite, car la Magnifique s'installe toujours dans la dernière voiture, de sorte que chacun sente vriller sur sa nuque soumise le regard noir de la plus féroce des Tosca, la tribu remonte lentement l'allée qui conduit, au-delà d'une vaste pelouse, à une cour dallée.

En haut de quatre marches qui donnent accès à une terrasse fermée d'une balustrade de pierre dorée, attend une petite femme mince et grisonnante dans une robe gris clair ornée d'un collier de jais. Elle se tient immobile, mains croisées sur le ventre, esquissant un sourire timide.

Concepción, la camériste, descend de la première voiture et déplace vivement son corps boudiné pour ouvrir la portière de Madame.

La Magnifique déploie sa grande carcasse et admire d'un mouvement circulaire la belle façade et le toit à génoises, les pelouses vertes malgré l'air desséché, les longs pins parasols que les vents ont courbés, les massifs de roses.

— C'est tout à fait charmant, dit-elle.

Puis, revenant à la femme menue qui lui adresse des sourires du haut des marches :

— C'est ici, monsieur ?...

— Pigasse, souffle Concepción.

— Je suis madame Pigasse, suggère Mathilde d'un ton craintif.

— Ah ! c'est très bien. Je vous remercie de m'accueillir.

— C'est un honneur pour moi.

— Du tout, du tout. Si vous voulez bien, d'abord nous visitons les pièces à cause des bagages. Ensuite, politesses et gentillesses, oui ?

— C'est une très bonne idée. Voulez-vous me suivre ?

— Il faut mettre les autres à l'ombre, ordonne la Magnifique à Concepción qui se précipite vers les taxis. C'est ma secrétaire, ma cameriste, Concepción, explique la cantatrice. Elle s'occupe de tout. Moi, je chante.

Les deux femmes entrent dans la fraîcheur relative du grand hall. D'un œil calculateur, la Preguntas effleure les beaux meubles anciens et les lourds sièges de tapisserie.

— Très bien, dit-elle. Vous avez une très belle maison, madame.

— Oh je suis sûre que la vôtre doit être splendide.

— Je ne l'aime pas. Je n'y suis jamais. Paris, Milan, New York, Londres et on recommence : Londres, Milan...

— C'est trop grand, chez nous, soupire madame Pigasse. Toutes ces pièces inutiles... Mon mari, monsieur Pigasse, y tient. A cause de sa carrière, comprenez-vous. Il aurait aimé vous accueillir, mais en ce moment, avec les élections...

Elles ont monté le large escalier dans la pénombre reposante, et tournent à gauche dans un couloir pavé de dalles rouge sombre. « Voici vos chambres. La vôtre, celle de votre secrétaire — elles communiquent, ce sera pratique ? —, de votre pianiste — le piano est en bas, dans un des salons. En face, celle de votre nièce. »

Vieux meubles, coffres luisants, odeur de cire, poussière dorée qui tranche l'obscurité dans une lame de soleil.

— C'est très comme il faut, approuve la cantatrice. J'installerai ma nièce dans la chambre communicante et ma secrétaire, en face. Allons.

La bastide paisible et silencieuse, et pour tout dire un peu funèbre, s'anime soudain en un carrousel de présentations, compliments, ventilations de valises, coffres, cages — oiseaux, lapins, souris en bataillon, fennec —, paniers, va-et-vient de personnel embauché pour l'occasion — hommes en noir sévères et rébarbatifs, soubrettes de comédie à tablier blanc et bandeau — que madame Pigasse regarde aller et venir dans sa propre maison, tout à fait désorientée, n'osant pas demander qu'on prenne garde de cogner les murs et les meubles tandis que Concepción dandine son corps rebondi d'un ballot à l'autre sous l'œil implacable de Madame.

La nièce Ingrid a confié son long corps diaphane à une bergère, dans un coin sombre, où elle brille faiblement comme une veilleuse parfumée.

Le calme revient suffisamment pour que Mathilde réalise avec angoisse qu'elle ne sait *rien* des prime donne et qu'elle a pourtant la charge d'en recevoir une, et quelle, de lui parler, de la distraire, de... quoi encore, Seigneur Dieu !

Depuis qu'Ernest s'est lancé dans la politique — il y a bien quinze ans —, en a-t-elle subi des humiliations, des rires insultants, des regards de mépris, pour avoir mis de l'eau dans du bourgogne, mangé avec un couteau à poisson, confondu Richelieu et une paire de chaussures...

Avec sa modestie tenace elle a cependant tenu bon, s'effaçant chaque fois qu'elle le pouvait avec un soupir d'aise, mais toujours prête à intervenir pour aider son Ernest, le défendre contre les mauvaises langues et ses appétits foudroyants, le garder contre les autres et contre lui-même, plus humble à mesure qu'il s'élevait, perdue dans la contemplation de la gloire de son époux, fière de lui et de ses conquêtes — même féminines — comme elle aurait aimé l'être du garçon que Dieu lui a refusé.

Madame Pigasse avance timidement sur le seuil du salon du rez-de-chaussée, sous l'œil sévère d'un extra qui bouche l'entrée. Elle se penche pour apercevoir la disposition du service à thé, aimerait savoir si le cake est bien beurré, le thé pas trop noir et les massepains fondants.

— Madame n'est pas encore servie, madame, prévient l'extra d'un ton rogue, indiquant du regard qu'il convient de faire demi-tour.

Mathilde sourit, timide, ne sachant que faire, dans *sa propre maison*, lorsque retentit un cri abominable du côté de la cuisine, un hurlement suraigu qui s'étrangle en une série de hoquets interminables.

— *¿ Qué pasa ?* lance la voix sonore de la Preguntas chez qui toute émotion forte ressuscite la langue maternelle.

— *¡ Un monstruo !* clame depuis le hall Mercedes, la bonne qui fait parfois office de cuisinière.

— *¡ Un monstruo ! Estupida. Cretina ¿ Quiéu te ha permitido abrir el cofre ?* clame la Preguntas bien dans le masque. *¡ Le voy a decir que te aspire la mano !*

— *¡ Nooo !* hurle encore Mercedes au bord de la crise de nerfs.

La Preguntas gifle violemment la cuisinière qui se calme aussitôt. Un peu en arrière, Mathilde grimace et porte la main à sa joue.

— *¡ Te enseñará a ser ladrona, borrica !* Tiens, ajoute la cantatrice en tendant la main qui vient de frapper, prends ça et mouche-toi.

Madame Pigasse voit un billet de 100 francs changer de poche à la vitesse de l'éclair et Mercedes — *muchas gracias* — l'ombrageuse Mercedes embrasser le dos de la main encore tendue puis disparaître dans sa cuisine.

La Magnifique se tourne alors lentement du côté de Mathilde, d'un bloc, par ce mouvement hiératique et coulé qui fait se pâmer les aficionados et précise, avec un sourire rare :

— C'est Antoine.

Madame Pigasse approche prudemment et découvre avec un mouvement de dégoût un gros serpent caoutchouteux lové comme un pneu mou sur un tapis de velours rouge sombre, au fond d'une panière d'osier.

— Il dort tout le temps. Vous pouvez le caresser.

Mathilde refuse l'invitation d'un sourire crispé. Elle craint de perdre tout à fait contenance et se raccroche comme elle peut au son de sa propre voix :

— Et vous... et vous aimez aussi les souris ?

— Non ! Ah non alors ! dit la Preguntas qui éclate d'un rire de cristal. C'est pour Antoine. C'est lui qui les aime, ajoute-t-elle en refermant délicatement la panière sur laquelle elle s'assied. Je vais vous expliquer : je n'aime pas vraiment Antoine, non plus. Quand il se réveille, il me regarde, je le regarde sans bouger, longtemps, longtemps. Après, je n'ai plus peur de l'avenir.

— Mon Dieu ! soupire Mathilde, partagée entre la répulsion et la pitié.

— Et quand il avale sa souris, je me force à le regarder aussi, je pense aux impresarii, aux spectateurs, aux chefs d'orchestre, à tous ceux qui voudraient me voir en enfer et je retrouve mon courage.

La Preguntas fait à nouveau entendre son rire insouciant et fabriqué.

— Ma pauvre petite... dit Mathilde.

Les deux femmes se regardent un instant, hochent la tête de concert, puis se sourient.

— Madame est servie, dit l'extra, inclinant son buste raide.

Elles se dirigent vers le salon, la Preguntas s'arrête devant la fine porcelaine et les théières d'argent sur la nappe brodée, puis regarde madame Pigasse, toute menue dans sa terne robe à trois sous.

— Franchement, demande-t-elle, comment faites-vous d'habitude ? Franchement, dites, pour me faire plaisir.

— Je ne sais pas si mon mari...

— Laissez le mari. On ne lui dira rien. Juré. Dites-moi.

— Promis ? (La cantatrice promet d'un battement de paupières.) D'habitude, je prends le thé à la cuisine avec Mercedes. Nous bavardons...

La Magnifique se penche sur Mathilde, prend ses mains dans les siennes et son visage anguleux se fond un instant dans une expression d'enfantine supplication, presque douce :

— On fait pareil ? Vous voulez bien ?

— Si mon mari...

— Ce sera un secret. Oui ?

— Et... et votre jeune nièce ?

— Ne vous inquiétez pas. Elle est fatiguée de tout. C'est un mauvais caractère. Et puis c'est moi qui ai besoin de...

La Magnifique penche son grand corps sur la fragile Mathilde, entoure ses épaules de son bras osseux et la pousse doucement vers la cuisine :

— Je pourrais tout donner, commence-t-elle tout bas, — tout, sauf ma voix —, pour une mère qui vous ressemble.

« Mon Dieu, songe Mathilde, éperdue, pourvu que je ne sois pas en train de commettre un impair ! Ernest a déjà tant de soucis... »

13

De soucis, monsieur le conseiller Pigasse ne manque pas, à quarante-huit heures du deuxième tour. Il a fort bien négocié son changement de liste contre une place de premier adjoint, soutenant sans faiblir le deuxième candidat et futur maire, bien que sa balourdise prétentieuse lui donne des sueurs glacées et des bouffées de rage.

Mais les fonds promis par le discret monsieur Prosper pour l'opération Savonnettes tardent à venir, le P.O.S. est contesté, et l'entreprise tourne au ralenti. En fait, elle vit de prêts, de découverts, de subventions et de quelques facilités de trésorerie que lui accorde officieusement la mairie. Il est temps de retourner aux affaires.

Jamais, pense-t-il soudain, il ne se laissera voler sa bastide.

En fait, ce ne sont pas les quotidiens soucis d'entrepreneur qui tracassent le plus monsieur le conseiller, mais Béatrice.

Avant le premier tour, elle lui a téléphoné, à son bureau d'Aix, de cette voix qu'elle lui destine maintenant, vulgaire et méprisante, comme si elle rejetait volontairement tout ce qu'il avait pu lui apprendre pour essayer de faire d'elle une jeune fille présentable.

Elle lui a indiqué le prix de son silence et il a dû payer. Malgré les précautions puériles dont ils s'étaient entourés, Albert, que l'aventure passionnait, d'abord parce qu'elle le sortait de son train-train, mais aussi parce qu'elle lui rappelait des souvenirs, n'avait pas eu de mal à suivre le « collecteur de fonds ».

C'était — comment l'appeler ? — l'étalon de Béatrice. L'avait-elle choisi par un raffinement de perversité, pour ajouter l'insulte à la vengeance ? C'est la question que s'est posée monsieur Pigasse lorsque Alfred lui a rapporté son nom : Ahmed Harkaoui, immeuble Bételgeuse, Z.A.C. du Jas de Bouffan.

Monsieur le conseiller avait ressenti un choc encore plus douloureux que lorsque Béatrice lui avait montré les photos. Cette tendre chair — qu'il avait savourée — offerte à la frénésie d'un jeune Arabe ! Béatrice était-elle assez intelligente pour comprendre que, si le scandale devenait public, rien ne pourrait sauver la carrière politique d'Ernest Pigasse ?

Son électorat lui aurait sans doute pardonné quelques photos compromettantes, une situation scabreuse ne présente pas que des désavantages, certains privilèges sont le signe de la puissance, mais être cocufié par un Arabe, c'est-à-dire humilié, ridiculisé, et par quelque manière, mêlé au seul sacrilège capable encore d'indigner les foules, voilà ce dont il ne pourrait jamais se remettre.

Il n'était donc plus question de payer — Béatrice venait de téléphoner pour la deuxième fois, à deux jours du second tour, promettant les négatifs —, mais de faire payer.

Le risque devenait trop grand, et il n'était plus possible de compter sur la parole d'une femme assez fausse et courageuse pour se perdre par une vengeance aussi répugnante.

Pas un instant, l'idée n'avait effleuré monsieur Pigasse que Béatrice aurait trouvé l'amour.

Il venait de conclure le tableau un peu édulcoré de la situation et regardait l'inspecteur-chef Durbé, assis en face de lui, qui lissait de l'ongle sa très fine moustache, attentif aux bulles qui montaient le long de son demi.

Ils se rencontraient toujours au fond d'un café continuellement désert — le seul, peut-être, de la ville — et cependant florissant. Jamais l'inspecteur n'avait voulu lui expliquer pourquoi.

— Vous voyez une solution ? demande alors le conseiller Pigasse.

— Je peux faire expulser le bougnoule et arrêter la fille ; quarante-huit heures de garde à vue, ça vous suffit ?

— J'ai peur que non.

— Ah, alors, c'est plus difficile. Il faut trouver un juge. Vous avez ça ?

— Trop compliqué. Et le type a la nationalité française.

— On peut monter quelque chose mais il faudrait un peu de temps, dit l'inspecteur en portant le verre à ses lèvres.

Un peu de mousse reste accrochée à sa fine moustache.

— Du temps, il n'y en a plus. Je dois donner l'argent cette nuit.

— Elle vous rendra peut-être le négatif ?

— Ce n'est plus ce qui m'inquiète. J'ai peur qu'elle s'affiche avec le type, et là, je suis perdu. En comparaison, les photos, ce n'est rien.

— Aïe, aïe.

L'inspecteur saisit tout d'un coup la gravité de la situation.

— Un nègre, c'est déjà dur à avaler, mais un melon... ajoute-t-il.

— N'est-ce pas... soupire le conseiller.

— S'il n'y avait pas urgence, on vous ferait une expulsion... Mais régler ça d'ici cette nuit, et discrètement... A mon avis...

— Oui ? interroge monsieur Pigasse, pressant.

— Il faut traiter ça comme une affaire privée, suggère le policier en tripotant sa bague.

— Je ne vous comprends pas.

— Je suis flic, tout de même, vous voyez ? J'ai des supérieurs, des subordonnés... Et puis en ce moment, avec les autres zigomars, on est très surveillés, vous savez. Une affaire privée, oui... prenez-le sous cet angle.

— Vous voulez-dire que... ?

— Je ne vous ai rien *dit*, sinon, merci pour la bière. Dommage qu'on la transpire si vite. Je suis toujours prêt à vous rendre service, mais à mon niveau.

— Je vois... soupire monsieur Pigasse.

L'inspecteur quitte furtivement le fond de la salle obscure et fraîche et retrouve avec soulagement l'air surchauffé au gaz de voitures et la dure réverbération de la lumière. Ils sont tous fous, avec leur politique.

Monsieur le conseiller n'est pas loin de faire la même réflexion. Le voilà devant une décision bien difficile à prendre, un pas dur à franchir et dont on peut craindre les conséquences. Mais elles ne seront jamais aussi graves que ce qui menace présentement sa carrière.

Il lui faut bien s'incliner devant la nécessité.

Tout en faisant signe au barman lymphatique de lui tirer un autre demi, Ernest Pigasse cherche dans l'annuaire le numéro du Sidéral.

Vingt minutes plus tard — il suffit, malgré la chaleur, de remonter le cours Mirabeau — monsieur Prosper a rejoint le conseiller au fond du café.

Les deux hommes se toisent dans leurs costumes sévères, comme s'ils considéraient leur propre inavouable reflet, avec cependant une touche supplémentaire d'agressivité, d'avidité mal contenues dans les gestes brusques du truand.

— Je ne voudrais pas mal parler d'un ami, mais vous ne devriez pas recevoir ici, attaque d'entrée monsieur Prosper.

— A ce point ? sourit le conseiller qui espère en apprendre davantage.

— Sérieusement, oui.

Sans qu'il ait besoin de faire un geste, un verre d'eau minérale atterrit à côté de monsieur Prosper. Il ne dit plus rien, regardant de temps à autre le futur premier adjoint.

— Vous prenez soin de ma réputation ? demande celui-ci, humant sa bière.

Il tient le verre embué du bout des doigts pour ne pas le réchauffer. De petites gouttes de transpiration luisent sur son crâne bronzé, parmi les rares cheveux soigneusement plaqués.

— Je prends toujours soin de mes amis.

— Je suis donc votre ami ? Je croyais...

— Quoi donc ?

— Que vous m'aviez oublié. Nos affaires n'avancent pas vite. Vous parliez de fonds considérables et...

— Vous voudriez que je fasse la tournée des bureaux avec une valise ?

— Non, certes.

— Il nous faut le temps de mettre sur pied, comment dire, un certain nombre d'édifices convenables.

Monsieur Prosper était ravi par ce genre de discussion. On pénètre dans le monde des affaires avec des *mots*, voilà ce qu'il voudrait que le Baron comprenne. Des mots et du papier à en-tête. Le difficile étant, bien sûr, de trouver le mot adapté à la situation, qui inspire confiance, et deviner les moments où il vaut mieux se taire.

Dans le silence qui se prolonge, monsieur Prosper sort de sa poche un étui de havanes, en choisit un qu'il se plante dans la bouche, sans l'allumer. Il effleure de son regard froid son vis-à-vis mal à l'aise. Il sait bien qu'il a déjà gagné mais il reste tout de même sur ses gardes. Monsieur Pigasse tamponne ses lèvres humides de sa pochette immaculée, puis reprend avec effort :

— En fait, je voudrais justement faire appel à votre... amitié.

Le mot est dur à prononcer et monsieur Pigasse a toutes les peines du monde à fixer ne serait-ce qu'un instant ses yeux sur ceux de l'honorable gangster.

— Il s'agit, poursuit-il, d'un problème délicat que je voudrais voir régler de manière privée.

« A ma pogne ! » se dit joyeusement monsieur Prosper qui roule impassible son cigare d'un côté de la bouche à l'autre. Quelque chose revient à son esprit, un souvenir d'enfance morte, la vieille femme qui le prenait dans son lit, chantant des cantiques, égrenant le chapelet, lui contant des récits pieux et cauchemardesques : Le Baiser au Lépreux, entre autres.

Et dans cette affaire, Prosper le lépreux jouirait au sens strict de voir les contorsions du conseiller Pigasse essayant d'exprimer la sympathie ; malgré une évidente envie de vomir.

— Il faudrait m'en dire plus, remarque le lépreux en tendant l'autre joue.

Le futur premier adjoint trébuche dans son histoire qui, à mesure, devient grotesque et mesquine. Monsieur Prosper ne bronche pas, retenant l'essentiel, les noms, les adresses, les signalements, compare les photos, tout entier à la délectation de l'instant.

— Elle a de la famille ? demande-t-il, abrupt.

— Non. Mais le type, si.

— Le melon ? Oh, ça n'a pas d'importance. Considérez que la question est réglée. Ces gens-là ne font pas encore la loi, que je sache.

— Attention, s'inquiète le conseiller, pas d'imprudences ! Ce que je vous demande, c'est de les... contraindre à la discrétion, leur donner une leçon, les chasser de la ville ? Ce serait le mieux ! Mais il ne s'agit pas de la... Vous ne pensez pas la supprimer, tout de même ?

— Mais non, répond Prosper, bonhomme. Pourquoi compliquer les choses ? Mon cousin a de bonnes relations en Amérique latine, nous lui trouverons une famille... euh... de confiance qui la prendra en main. Ça vous va ?

Monsieur Pigasse aimerait pouvoir demander : « J'aurai de ses nouvelles ? » mais il n'en peut plus d'humiliation.

— Et le type ?

— Le melon ? Ça vous inquiète ?

— Ce n'est pas ce que je veux dire...

Monsieur Prosper se laisse aller sur sa chaise, boit une gorgée d'eau minérale, considère le futur premier adjoint avec une amicale sollicitude :

— Ecoutez, mon cher, reprend-il, nous avons confiance dans vos qualités professionnelles. Nous n'allons pas vous conseiller pour établir vos plans ou vos financements, alors, si vous nous laissiez faire notre travail ? Nous sommes des professionnels, nous aussi.

— Et les négatifs ?

— Bien sûr. Nous commencerons par eux. Rien d'autre ?

— Faites vite, si possible.

— Dès maintenant. Le temps de rassembler des hommes de confiance. Je vous laisse, au revoir, mon cher.

Monsieur Prosper savoure encore l'hésitation devant sa main tendue, la résignation molle avec laquelle le bouillant conseiller tend la sienne.

Monsieur Prosper redescend le cours Mirabeau d'un pas vif, fendant la foule en vainqueur, avec le sentiment évident qu'il vient de monter dans l'échelle sociale. Le petit magnétophone dissimulé dans la poche de sa veste lui bat la cuisse.

Au Sidéral, monsieur Prosper entraîne Alex dans son bureau où il commence à donner une série de coups de téléphone.

— Nous avons du travail, dit-il au rouquin. De la dentelle. Il faut d'abord en finir avec le salopard de Rital.

— C'est fini, justement, dit Alex un peu gêné. On l'a retrouvé mort, je l'ai évacué.

— Bon. Il a parlé ?

— Non. Max a tout essayé. Il a juste dit : Balajeno, Parajeno, quelque chose comme ça.

— Un complice ? Son patron ? Ça te dit quelque chose ?

— Rien du tout.

— Tant pis. Tiens, regarde cette fille, et son mac, dit monsieur Prosper en tirant de sa poche un Polaroid, œuvre d'Alfred.

— Joli lot. Et lui, c'est un crouille ?

— Oui.

— Les putes, c'est vraiment des putes, s'indigne Alex.

— Alors écoute-moi. Il y a un rouleau de pellicule à récupérer. Des photos comme ça, tu vois ? Je veux les négatifs.

Alex sifflote en considérant les ébats de Béatrice et de monsieur le conseiller.

— Je le connais, ce type ? demande-t-il.

— Si tu le connais, oublie-le, et vite. Je veux la fille et les photos.

— Et le bougnoule ?

— Tu vas t'en occuper définitivement. Ça lui apprendra à niquer les Françaises.

— O.K. patron.

— Cette nuit.

— O.K.

— Palageno... soupire monsieur Prosper en mâchonnant un nouveau cigare.

J'ai entendu ce nom, pourtant.

— La bande à Sucharelli ?

— Si je savais... Bon. Il faut te mettre au boulot, Alex.

— J'y vais.

— En passant, débarrasse-moi de ces canards, dit monsieur Prosper en désignant de son menton bleu une pile de *Méridional*, sur un classeur.

Il a de ces mesquineries, Prosper. La peur qu'on oublie qu'il est le patron.

Alex, résigné, s'empare des vieux journaux, ils glissent, se répandent sur le sol ; Alex tient à montrer qu'il n'est pas un manuel.

— Merde ! C'est lui ! crie Alex en se baissant.

— Lui quoi ?

— Le type que j'ai surpris au Salomé, la grande ficelle, la tantouse avec des plumes et des ailes !

— Et la fille ?

— Je sais pas.

Les deux hommes se penchent sur la photo : Sandrine et Maginus tendu sur ses longues pattes, devant la fontaine de la Rotonde qui parvient vaguement à scintiller dans l'éclat du soleil.

« Papageno d'un jour, Diva toujours », dit la légende qui précède un article filandreux chargé de masquer que le journaliste n'a pu obtenir d'interview d'aucun des grands du Festival.

— Merde, dit Alex, y a pas de noms...

— Et ça alors ? demande monsieur Prosper en soulignant « Papageno », de son gros doigt carré.

— C'est le nom que le Rital râlait avant de crever !

— Hé oui. Garde la photo. Je vais téléphoner au journal pour en avoir une meilleure, et peut-être des renseignements. J'ai un ou deux amis, là-bas.

Au *Méridional*, le journaliste ami promet de chercher une bonne photo, mais ce n'est pas facile, parce que le photographe en question est sur un reportage dans le Nord et personne ne sait plus qui a fait l'article bouche-trou. Le photographe, peut-être...

Monsieur Prosper se résigne à appeler le conseiller Pigasse. Mon cher conseiller. « Des ennuis ? demande la voix inquiète de monsieur Pigasse. — Non, pas du tout, des renseignements sur une jeune chanteuse, on a la photo. Et un nommé Papajeno. — Papajeno ? — Oui. Un Italien, sans doute. — Un musicien ? de l'orchestre ? — Possible. En costume de scène, dans la rue. — Si tôt ?-

— Ecoutez, poursuit le conseiller, j'ai déjà entendu ce nom. Un musicien célèbre ? Mais il faut dire Papa*gué*no, non Papajeno, je crois.

— *Gué ?*

— Oui. Je vais me renseigner auprès du Festival, promet le conseiller qui ne tient pas à mêler la Preguntas à cette enquête.

— Merci mon cher.

Monsieur Prosper repose le combiné, Alex l'écouteur, ils se regardent, sceptiques : Papa*gué*no ? Quelle drôle d'idée !

Une navette brillante de chromes vient leur porter le whisky du soir et repart sur la pointe des pieds.

De nouveau, le téléphone, Pigasse : Papageno, c'est un personnage d'Opéra, un rôle, oui, non, il n'existe pas, et le ténor embauché pour le rôle — un rôle, oui, comme un acteur de théâtre, c'est cela — c'est un petit gros, le ténor Karl Laminoff, oui, pas un grand maigre.

— Et alors, c'est qui cette... ce grand échalas ? demande monsieur Prosper, ébahi.

— N'importe quel chanteur de rue, faiseur de manche, clochard, je suppose.

— Ah bon ? Et la fille ?

— Il me faudrait une photo. Il y a plusieurs jeunes engagées pour le Festival. Et plusieurs opéras.

— Ah bon ?

Monsieur Prosper ouvre de grands yeux. C'est si compliqué que ça ? Il faudra qu'il aille voir, un jour ou l'autre.

— Merci mon cher. Je m'occupe de vous, ajoute-t-il avec un clin d'œil factice et inutile. Je crois, dit-il à Alex, qu'on s'est fait du mouron pour rien. Mais tout de même, il faudra tirer tout ça au clair. Bon. Vas-y.

Après avoir dîné légèrement — il ne faut pas se charger avant le travail — Alex passe prendre Max et l'Iroquois à la villa aixoise de monsieur Prosper.

Max est une espèce de tas de viande couturée surmonté d'un visage cabossé où flottent des yeux larmoyants. L'Iroquois, maigrelet et teigneux, compense son manque de muscles par une cervelle vive et une remarquable adresse aux armes. Il sert de cornac à Max, docile à l'impérative voix fêlée qui le poursuit comme une mouche.

Les deux compères, outre le service particulier de monsieur Prosper, ont pris jusqu'à ce jour une part active à la campagne électorale qui s'essouffle, tant à la propagande qu'au maintien de l'ordre et à la protection rapprochée des candidats.

Interrogés à propos du tabassage de Vincent par un inspecteur Durbé vaincu d'avance, Max a opposé l'inertie de sa masse et l'Iroquois des gémissements plaintifs et incompréhensibles.

Pour faire bonne mesure, le policier a présenté à

Jibé des photos qui ressemblaient plutôt à des taches d'encre qu'à Max et l'Iroquois.

Il a pu ainsi écrire sur le P.V., parlant au nom de Jibé : « Je ne reconnais pas mes agresseurs sur les photos qui m'ont été présentées. » Et obtenir, en toute bonne foi, sa signature. Il ne restait plus qu'à remplacer les photos brouillées par d'autres et tout rentrait dans l'ordre. Les deux truands pouvaient retourner à leur labeur, dûment innocentés, la campagne ne serait pas troublée. D'autant plus que l'homme à la fleur de lis, le fameux Roro, avait disparu, demeurait introuvable.

Dans la R 20 qui les conduit vers la Z.A.C., Alex leur passe les photos, donne les consignes que l'Iroquois répète au gros, comme si sa voix seule pouvait parvenir au cerveau calcifié. Enfin, Max hoche longuement la tête, et conclut, après un silence réfléchi :

— Les bougnoules, j'les aime pas. D'abord, de quoi i vivent, hein ?

Satisfait de sa contribution au débat, Max se laisse aller contre le dossier du siège. L'Iroquois est perdu dans la contemplation en noir et blanc du visage de Béatrice. Ses lèvres bougent sans un son. Alex l'a surpris dans le rétroviseur.

— J' te la laisserai un peu, promet-il, si tu te débrouilles bien.

— Vrai, Alex ? demande l'Iroquois dont les cheveux raides se dressent si possible davantage.

— Si ça te fait rien de passer après un raton ?

— J'la laverai, projette l'Iroquois avec une grimace féroce.

Le soleil s'est couché derrière les hauts immeubles de la Z.A.C. teintés d'ocre et de beige. Sur les pelouses fraîches, des mômes jouent au foot dans un concert de piaillements, toutes couleurs confondues. D'autres filent sur les pentes, assis sur des cartons, improvisant de la luge sur herbe.

— Regarde-moi ça, dit Max, dégoûté. Ah, i sont pas prop', non.

— T'as vu c' qu'on leur a fait, à tous ces crouilles, grince l'Iroquois en désignant les hauts immeubles gaiement colorés, les vastes pelouses, les arbres.

— C'est nos impôts, ça, mon vieux, dit Alex en secouant une tête indignée.

— C'est d' ça qu'i vivent, ajoute Max, laborieusement. Ça et la Sécu. Et nous, un bon Français, on y a même pas droit, j' te demande...

Alex et l'Iroquois se tournent, surpris, vers Max qui n'en avait jamais tant dit.

La R 20 s'arrête à peu de distance de l'immeuble où habite Ahmed Harkaoui.

Ahmed Harkaoui est furieux : il a été obligé d'abandonner une partie de foot dans l'allée pour escorter sa mère jusqu'au centre commercial. Il n'aime pas les regards que les gens posent sur ses tatouages et sur ses voiles mêlés de fils dorés. Il n'aime pas aller dans ce supermarché où les vigiles sont capables de vous fouiller devant tout le monde si vous avez la peau sombre et les cheveux frisés.

D'habitude ce sont ses sœurs qui aident aux courses, mais elles ont cu la permission d'aller en ville.

Il n'aime pas pousser le chariot comme une femme, empiler les paquets comme une femme et subir les regards moqueurs des copains, au détour d'un rayon.

Ça le rend furieux.

Aussi n'adresse-t-il pas un mot à sa mère, sinon pour lui dire de se dépêcher, ou lui lire les étiquettes. Les prix, elle sait, ce sont des chiffres arabes, merde !

Il pousse le chariot d'un air féroce en remuant ses maigres épaules et le premier qui rigole, il lui pète la gueule.

Sa mère lui parle arabe, il répond par des grognements, empile ce qu'elle lui tend sous le regard hostile de la caissière. Il ne va tout de même pas rougir.

Ça ne peut plus durer. Il en a marre. Béatrice a promis de l'aider à trouver un travail loin de cette ville où on ne peut même pas sortir seul, il faut toujours être trois ou quatre si on ne veut pas se faire sauter dessus par un de ces gros Français.

Il a décidé de se tirer, Ahmed, et vite. Ce qui l'a fait hésiter si longtemps, c'est l'idée qu'il ne serait plus là pour surveiller ses sœurs.

Tant pis. Béatrice a raison. Il y a un moment où il faut choisir. Hé bien, c'est fait : dès qu'ils auront touché les sous du vieux salopard, ils vont foutre le camp, ailleurs. Et qu'il vienne pas râler, lui non plus. Il imagine pas comme il s'en tire bien, le vieux fumier...

Chargés de sacs plastique débordants, Ahmed et sa mère traversent la pelouse en direction de leur bâtiment. Ahmed retrouve le moral à l'idée de rejoindre bientôt ses copains qui tapent dans le ballon, malgré l'obscurité qui augmente.

Et puis il y a ces types qui l'interpellent.

— Ahmed Harkaoui, c'est toi ? demande un jeune flic avec un blouson bariolé.

— Oui, m'sieur, répond Ahmed dont le cœur accélère aussitôt.

Le jeune garçon regarde le flic rouquin et le gros mastodonte, et le petit maigre qui sautille sur des santiags.

— Amène-toi, dit le flic roux en désignant du menton une R 20.

— Hé, mais j'ai rien fait, m'sieur ! gémit Ahmed que la peur paralyse.

— Lâche tes paquets et amène-toi, dit le maigre d'une voix éraillée.

Il approche d'un air absent, et soudain, il lui porte un coup violent à l'estomac. « Lâche tes paquets, j'ai dit ! » Ahmed est plié par la douleur, les larmes lui viennent aux yeux.

— Fais pas du mal à mon garçon ! dit la mère d'Ahmed en s'accrochant à l'Iroquois.

Elle commence à pousser des cris suraigus.

Les copains de foot s'approchent, hésitants, prêts à intervenir, inquiets. Difficile de savoir, avec les flics. Les lampadaires s'allument et répandent une lumière malade sur les pelouses.

— Toi la vieille mousmé, retourne à ton gourbi ! crie l'Iroquois. Max !

Max saisit la vieille femme par un bras et la tient sans peine à distance. Elle crie sans discontinuer, surveillant à la fois son garçon et les fenêtres où des têtes se penchent. Ahmed se débat entre Alex et l'Iroquois, mais sans oser vraiment.

— Hé mes frères, implore-t-il, j'ai rien fait, me laissez pas !

Le cercle menaçant des copains se referme.

— Laissez tomber, m'sieur, demande un grand Noir. Pisqu'i vous dit qu'il a rien fait, merde.

Les trois truands sont inquiets de la tournure des

événements. La vieille continue à pousser des cris hystériques en essayant de rameuter les voisins et ces merdeux ne sont pas tous des gamins : il y a quelques solides qui pourraient se rebeller.

Alex sort son flingue, imité aussitôt par l'Iroquois et Max. La dentelle, ce sera pour plus tard.

— On veut pas d'histoires, dit Alex, la voix brève. Mais parole, le premier enculé qui bouge un poil, je le traverse.

Il pose son arme sur la tempe d'Ahmed et le pousse vers la voiture en lui tordant le bras comme il a vu faire les flics.

— Prends le volant, glisse-t-il à l'Iroquois qui le couvre sur sa droite.

— J'ai bien envie de m'en payer un, de ces enfoirés de bougnoules. Histoire de leur montrer qui c'est qui commande.

— Déconne pas, ordonne Alex. Le boulot d'abord.

Devant la menace, le cercle s'ouvre, ils bousculent Ahmed dans la voiture qui démarre en trombe.

— On va à l'avocat ! crie une voix amie. Tiens bon !

Devant l'immeuble, les œufs, l'huile, les pâtes, le sirop se mélangent sous les pieds des spectateurs. La mère d'Ahmed est accroupie au milieu du désastre et pleure à petit bruit.

— Vrai, dit quelqu'un, i sont pourris, ces flics.

*

— On va chercher la fille ? demande l'Iroquois.

— Pas tout de suite. Roule par là.

La voiture passe sous l'autoroute et se dirige vers la campagne noire, du côté des Milles. Ahmed comprend, d'un coup. Ce ne sont pas des flics, ils ne lui ont pas mis les menottes. Une peur atroce lui noue le ventre.

La fille, ils ont dit. Béa ?

Ahmed voudrait parler, supplier, mais sa voix ne peut pas sortir. Il est tassé entre le corps énorme et trempé de sueur de Max qui l'écrase et le corps dur d'Alex, de l'autre côté. Ahmed se tient immobile, sans forces, respirant à peine, des images folles lui tournent dans la tête, sa jambe droite tremble, tremble. Il se dit que s'il se tient bien tranquille, peut-être qu'ils...

— Trouve un coin, dit Alex.

La voiture s'arrête dans l'obscurité d'un chemin creux, Max descend, ouvre la porte, fait signe à Ahmed. Mais ses jambes refusent de le porter. Il pleure, peut-être bien. Max tire le gamin par le col comme un sac de linge.

— Paraît que t'essaies de tringler les Françaises ? dit Max.

— Non m'sieur, répond Ahmed d'une voix suppliante. Parole, m'sieur. J'en connais même pas, j' vous jure, m'sieur.

Sa voix se perd dans un sanglot.

— Tous des pédés, grince l'Iroquois. Pas vrai qu' vous êtes tous des tantes, les ratons ?

— Oui m'sieur, dit le jeune homme dans un souffle.

— Marque-lui la gueule, dit Alex. Mais lui ferme pas les yeux.

— Chaque chose en son temps, ricane l'Iroquois.

Pendant que les deux autres tiennent le gamin par les bras, Max cogne de ses grosses pognes de professionnel. La peau éclate, l'os du nez craque, les lèvres se fendent, Ahmed laisse échapper des cris, le sang gicle.

— Encore ? demande Max un peu essoufflé.

— Ça va, dit Alex. Pour l'instant. Et les photos ? demande-t-il à Ahmed qu'il tient pour l'empêcher de tomber.

— Connais pas, murmure péniblement le jeune homme à travers ses lèvres gonflées et raidies.

Max cogne, au ventre cette fois.

— Les photos ? répète Alex.

— Sais pas, dit Ahmed, puis il vomit.

— Laisse-moi essayer, propose l'Iroquois. On va le gâter, comme ça.

Il sort une longue lame de sa poche.

— On perd du temps, objecte Alex. On va chercher sa pute, ça ira plus vite. Hein ? Béatrice Lara. Ça te dit ? On va lui passer le goût des melons.

— Je la connais pas ! crie Ahmed dans un sursaut.

Mais ses jambes lâchent et il s'écroule sur le sol poussiéreux.

— Ça veut faire le mac, et c'est même pas un homme, dit l'Iroquois méprisant.

*

Béatrice s'était bien planquée chez une copine absente, dans un immeuble à studios au-dessus d'un supermarché. En fait, elle a conduit tout droit le chauffeur de monsieur Pigasse à sa cachette, au bout d'une longue enfilade de portes dans un couloir blême.

Elle va faire ses courses juste en bas, se risque prudemment au cinéma quand les journées sont trop longues, s'ennuie, écoute les pas dans le couloir, les bruits à travers les cloisons.

Elle a convenu avec Ahmed qu'ils ne se rencontreraient plus jusqu'à ce que Pigasse ait craché le gros paquet. Ensuite, il faudra fuir, fissa.

Lorsqu'on frappe à la porte, cette nuit-là, Béatrice est en train de se faire chauffer des fayots à même la boîte, au bain-marie. Le studio ressemble à un campement abandonné, une petite télé privée de son débite des images bleuâtres qui colorent les murs blancs.

Béatrice arrête le gaz, pose sa cuiller doucement sur le bord du réchaud, glisse sans bruit sur ses pieds nus et colle l'oreille à la porte.

— Déconne pas ! chuchote soudain une voix si proche qu'elle la fait sursauter. C'est moi, Alex, un copain d'Ahmed. C'est lui qui m'a dit que t'étais là, ouvre vite.

— Qu'est-ce que tu veux ? demande Béatrice à travers le panneau à cette voix qu'elle ne connaît pas.

— Heu... ça m'embête... t'inquiète pas, hein ? Ahmed s'est fait heu, cogner par une moto...

— Où ça ?

La serrure claque et Béatrice se trouve face à un rouquin râblé qui la regarde avec des yeux glacés. Elle ne l'a jamais vu.

— C'est pas grave, au moins ? demande Béatrice en enfilant fébrilement des chaussures.

— Pas trop, non, répond le type en ajustant son blouson bariolé, et détaillant Béatrice sans se gêner. Il a pris un bon coup mais ça va, quoi. Je voulais le conduire à l'hosto, explique Alex pendant qu'ils se dirigent vers l'ascenseur, il veut pas. Il veut te voir, toi. Je le comprends, ajoute Alex avec un sourire appréciateur.

Béatrice s'arrête au bord du boulevard mal éclairé, et scrute la nuit :

— Où est-il ?

En face, il y a une place encadrée d'immeubles en style néo-oriental où se tient le marché, et qui sert la nuit de parking. Alex désigne un coin sombre, au-delà de la fontaine qui luit vaguement.

Béatrice regarde la place, puis le copain d'Ahmed, et la place, de nouveau.

— On aurait dû prendre quelque chose, dit le rouquin. Il saigne un peu.

Aussitôt, Béatrice traverse. Sur le toit de la voiture, elle reconnaît le blouson d'Ahmed, le noir avec une pieuvre rouge.

— Ahmed ? appelle Béatrice, méfiante.

— C'est mes copains, dit Alex. Ils m'ont aidé à l'installer.

Il lui ouvre la portière avant, elle se penche dans la voiture, elle voit le visage d'Ahmed, enflé et sanglant.

— Ahmed ! Ahmed, tu as mal ? qu'est-ce qui t'est arrivé, tu-

— Sauve-toi ! gémit Ahmed avec un horrible effort.

— Ta gueule, sale bic ! crie Max en le frappant.

La tête d'Ahmed rebondit contre le dossier, Béatrice a un mouvement instinctif pour fuir mais la main crochue de l'Iroquois s'est fermée sur ses cheveux. Il tire et la plaque contre le siège avant.

— C'est vrai qu'elle est belle, constate l'Iroquois, gourmand. Si c'est pas malheureux !

Il tire si fort que les larmes viennent aux yeux de Béatrice. Elle tremble de peur, elle entend la respiration rauque d'Ahmed, elle sent une odeur fade et des relents de sueur, elle voudrait crier mais elle craint pour Ahmed. Et qui viendrait ?

— Ecoute, lui dit Alex qui s'est glissé à côté d'elle,

on n'aime pas les histoires, chez nous. Et on n'aime pas quand on essaie de refaire nos amis. Tu me donnes les négatifs et tu vas te faire sauter par ton bougnoule où tu veux.

— Le crois pas ! dit Ahmed qui s'arrache chaque mot avec une grimace.

Elle entend un choc et un gémissement. Le front de Béatrice se couvre d'une mauvaise sueur. Il y a dans cette voiture une odeur de déjections, une odeur de mort.

— On n'est pas pressés, dit Alex, on vous tient. Tu sais, ton mac, on a juste commencé à le travailler. Si on le finit, m'étonnerait qu'il te fasse encore reluire. Tu l'as peut-être pas bien vu ? reprend Alex après un silence. Montre-lui.

Il la force à tourner la tête : une torche s'allume sous le visage ravagé d'Ahmed. Béatrice ne peut retenir un sanglot devant la figure détruite, les hématomes violets, la peau éclatée. Et puis tout d'un coup, Max se penche et la bouche tuméfiée s'ouvre sur un hurlement : elle voit les dents brisées, la langue entaillée, la salive mêlée de sang. Elle voudrait prier.

— Arrêtez ! crie-t-elle, arrêtez. Je vais les chercher.

— Je t'accompagne, dit Alex.

Ils repartent en silence vers le studio. La nuit chaude est comme un gouffre.

Dans l'ascenseur, Béatrice regarde par instants le rouquin qui la dévisage de ses yeux froids. On dirait qu'elle voudrait parler.

— J'ai peur, dit-elle enfin. Vous ne lui ferez plus de mal ?

— T'as qu'à obéir.

Elle jette à Alex un regard ambigu, elle se rapproche de lui, le frôle pour sortir de la cabine, s'appuie de la hanche contre lui pendant qu'il se penche sur la serrure qu'elle a dû renoncer à ouvrir à cause de ses mains qui tremblent.

Dans la petite pièce miteuse, elle tourne autour de lui qui ne la quitte pas des yeux.

D'un coup, elle fait voler son léger chemisier pardessus la tête, se cambre, tend ses petits seins ronds vers lui.

— Si on s'arrangeait, nous deux ? propose-t-elle d'une voix sans timbre.

Le rouquin crache sur la moquette qui en a vu d'autres.

— Jamais je touche aux putes à bicots, lâche-t-il.

— Mais je l'aime ! crie Béatrice.

Elle entend sa propre voix sonner et résonner comme le long d'une conduite d'égout. Avec une amertume désespérée, elle se voit à moitié nue face à ce crétin brutal et quelque chose casse en elle, douloureusement.

Elle lui tourne le dos pour remettre son vêtement en reniflant et, comme une somnambule, marche vers le placard où elle a caché les négatifs dans une chaussure. Il faut en finir, maintenant.

Alex déploie le rouleau face à la lampe.

— Hé ben, dit-il, c'est pas plus gentil comme ça ? (Il examine les photos une par une et ajoute :) Tu aimes la gymnastique, alors ?

Il glisse le rouleau dans sa poche.

— Rendez-moi Ahmed.

— Sûr qu'on va te le rendre. Arrive. Tu vas pas le laisser traverser tout seul dans son état ? Si des flics passent, ricane Alex en ouvrant l'ascenseur, i sont foutus de l'embarquer ! Et là, tu le revois plus.

Pendant le trajet vers la voiture, Béatrice serre les dents : elle ne donnera pas à cette crapule la satisfaction de la voir pleurer.

De nouveau, elle s'agenouille sur la banquette avant pour s'approcher d'Ahmed qui disparaît presque entre les deux truands. Il respire difficilement.

— Ahmed, appelle-t-elle doucement, mon chéri, c'est fini. Je leur ai donné les photos.

Ahmed réussit à ouvrir un œil et la regarde une seconde, puis il se tasse sur lui-même comme si tout reste de courage l'abandonnait, comme s'il ne lui restait de forces que pour lui-même. Il ne répond pas.

— On y va, dit Alex.

Béatrice s'affole en voyant démarrer la voiture.

— Regarde, dit l'Iroquois, je t'entends seulement couiner et je pousse sur le manche.

Il a posé le bout effilé de sa longue lame quelque part dans la région du cœur, contre la poitrine d'Ahmed. Celui-ci ne réagit plus, sa tête ballotte dans les cahots, c'est à peine s'il respire.

Béatrice se détourne, elle ne supporte plus de le regarder. Sa vie ressemble à un gros paquet de boue puante où elle s'est débattue toutes ces années, de l'Assistance publique à la rééducation, de la rééducation à Pigasse. Elle voulait repartir de zéro.

Quand elle voit Ahmed écrasé entre ces deux ordures, c'est elle-même qu'elle regarde. Et si elle se laissait couler, une bonne fois ?

— On est arrivés, dit Alex.

Ils ont quitté l'autoroute du côté de Plan-de-Campagne pour cahoter le long des chemins pourris des collines pourries où il y aura bientôt plus de tapins que rue Thubaneau ; ils parviennent à une bicoque isolée et noire.

— Fin de la récréation, dit Alex.

Plus tard, Béatrice est assise sur une chaise. Elle peut fermer les yeux mais, à cause de ses mains liées, elle ne peut pas se boucher les oreilles sur les hurlements et les supplications d'Ahmed. Elle voudrait qu'il meure, tout de suite ; si elle pouvait, elle le tuerait elle-même pour ne plus entendre ses râles horribles et ses cris dérisoires : « Je suis français ! Arrête, mon frère, je suis français ! Je suis français ! » et le bruit insoutenable des instruments qui le martyrisent, fouillent sa chair avec un bruit spongieux, dérapent sur les os en crissant, et la voix cassée entre deux hurlements rauques qui murmure comme une litanie de plus en plus faible : « Mon frère ! je suis français mon frère. »

Il vient un moment où le silence tombe comme une délivrance.

— Il est fini, j' crois bien, dit l'Iroquois d'un ton de regret, reprenant souffle, s'essuyant la sueur d'une main pleine de sang.

Béatrice glisse dans le silence comme dans une eau fraîche, elle s'y détend, elle voudrait que ça ne cesse jamais, elle attend que son cœur s'apaise, et sa respiration, puis elle ouvre les yeux comme au sortir d'un cauchemar ; elle les referme aussitôt pour ne pas hurler à son tour.

— Hé ben, dit l'Iroquois, i te plaît plus ? Quand on a pris goût aux ratons, c'est pour la vie, j' croyais. Viens lui dire adieu, ma jolie.

De nouveau, il agrippe Béatrice par les cheveux et

la force à s'agenouiller près du cadavre qui n'est plus qu'une masse de chairs éclatées.

— Tu vas bien lui rouler un dernier patin. Faut t'y faire, t'en verras d'autres, là où tu vas.

Brutalement, il lui écrase la tête dans le magma de chair, d'os et de sang. Béatrice hurle, un long cri qui n'en finit pas, secouée de spasmes, elle cède, se roule par terre avec des lamentations de bête, des glapissements, des sanglots.

— T'en fais trop, dit Alex, un peu pâle, à l'Iroquois. Va chercher un seau d'eau. Une belle fille comme ça, ça vaut du fric, oublie pas. Max, prépare le paquet.

Max, qui s'était assis pour se reposer un peu — on a beau dire, une pareille séance, ça fatigue —, se lève avec un grognement.

Une fois la fille matée et emmenée dans une autre pièce, menottée à un lit, Max et l'Iroquois s'affairent à envelopper les restes d'Ahmed dans de la toile à sac qu'ils lestent en l'entourant serrée d'une interminable chaîne, direction : les Calanques.

— Tu vois, dit Max, dérouiller un gars, ça fait bander. C' que j'aime pas, c'est c' boulot de croque-mort. Paraît que ça porte malheur.

— On est prêts, avertit l'Iroquois.

— Bon. Embarquez-le, et attention qu'il aille pas remonter. Nettoyez-vous, d'abord.

— T'inquiète, répond l'Iroquois. Dommage qu'on puisse pas aller le balancer dans leur banlieue de merde, ajoute-t-il. Ça leur servirait de leçon, à ces bougnoules.

— On n'est pas payés pour faire la morale, dit Alex. Roulez peinards et foutez-moi ça à la baille.

L'Iroquois se penche pour parler tout bas à Alex,

lequel grimace un peu : l'Iroquois sent toujours le poisson frit.

— Tu m'avais promis la fille ? implore-t-il de sa voix cassée. Que je la mette en train.

— Je t'ai dit, le travail d'abord.

— O.K. Garde-la-moi au chaud.

L'Iroquois et Max quittent la villa, courbés sur leur fardeau, grommelant et suant.

Alex vient s'appuyer de l'épaule sur le chambranle et regarde Béatrice, bras croisés.

— Qu'est-ce que vous attendez ? dit-elle d'une voix sans force. Allez-y, tuez-moi.

Alex secoue la tête, agacé.

— Puisque t'aimes tant les bougnoules, tu vas pouvoir t'en payer. Demain, t'embarques pour l'Amérique. Du Sud.

Béatrice regarde le visage dur du truand en face d'elle.

Lentement, comme si on tirait un voile opaque, le visage s'estompe, disparaît ; tout s'efface, la lumière de l'ampoule nue, la chambre moisie, tout, jusqu'au souvenir des cris d'Ahmed, comme si elle n'avait plus devant elle qu'un mur un peu sombre. Béatrice étire ses lèvres comme pour un sourire. Elle va rester ainsi dans cette ombre : elle y est bien.

14

Quinze jours plus tard — début juillet, donc — tout était rentré dans l'ordre. Les réélus, les nouveaux élus, avaient cessé de se congratuler pour passer aux choses sérieuses pendant que la bonne ville se donnait à l'Art, sans réserve.

Nul cadavre inidentifiable n'était venu troubler les promenades en mer et le jeune Vincent sortait lentement de son coma prolongé. On n'était pas loin d'insinuer qu'il y avait une certaine affectation dans cet interminable retour à la vie.

Monsieur le conseiller Pigasse, bien que nommé premier adjoint comme convenu — certains de ses amis parlaient déjà de trahison —, n'éprouvait pas la plénitude qu'il aurait pu espérer.

Il avait pourtant tenu bon pendant ces pénibles journées dont il gardait un souvenir à la fois confus et cauchemardesque. Mais il aurait accepté bien pire plutôt que de voir cet ignoble Prosper s'installer avec lui sur le pied de « mon cher », et parfois pire encore : « mon cher ami » !

Et parler de sa voix grasse de « notre petite protégée » avec des clins d'œil et des mines de chanoine en deuil.

S'élancer au-devant de lui, s'il avait le malheur de descendre le cours Mirabeau, depuis son ridicule bistro, pour lui serrer la main et clamer encore et encore « Mon cher ! », « Cher conseiller ! ».

Chercher avec une insistance déplacée à se faire inviter à la bastide pour rencontrer la charmante belle-cantrice (comme il disait), car il avait décidé de s'y mettre.

Faire le siège des manifestations officielles avec pour objectif évident d'être photographié aux côtés du premier adjoint, ou, à défaut, de tout autre élu.

Cela rendait vraiment monsieur Pigasse malade.

Or, s'il y avait une époque où le premier adjoint pouvait tenir l'individu à une certaine distance, ce n'était plus le cas maintenant : Prosper avait gardé les négatifs.

Il avait pourtant juré s'en être débarrassé, mais si faussement que le conseiller avait aussitôt compris le message. Cette menace planait en permanence sur la vie du premier adjoint, qui regrettait d'avoir sacrifié une Béatrice tout compte fait bien moins redoutable qu'un truand aussi déterminé.

Et cette question, qui le réveillait parfois : était-elle bien jeune fille au pair dans une riche famille chilienne ?

Il se dépêchait de se rendormir.

Avec le temps, cependant, il reprit espoir au point même de découvrir qu'il n'était pas indifférent à la nièce de la cantatrice.

Cela lui donna le courage d'affronter plus souvent la redoutable Preguntas dont il avait fait jusqu'alors prudemment le tour, peu habitué qu'il était à voir des femmes élever la voix (et quelle voix), frapper du poing sur la table, regarder les individus mâles avec un total mépris et boire du vin rouge à la cuisine.

Sa bastide ne lui appartenait plus guère, envahie qu'elle était par une foule d'amis du bel canto, de quémandeurs et de pique-assiette sur lesquels la Preguntas régnait avec une froide férocité. Ils — elles — supportaient tout et recevaient parfois leur récompense : la Magnifique s'appuyait au piano et tout le monde pleurait, sauf la nièce.

Monsieur Pigasse n'avait pas compris, tout d'abord. Cette nièce languide, évanescente qui circulait dans la maison, ou plutôt flottait d'une pièce à l'autre, si transparente qu'on avait du mal à la distinguer des rideaux, lui avait paru indigne d'intérêt. Il aimait la chair — fraîche, si possible — à condition qu'elle fût de bonne main.

La Preguntas, hors de sa cour, vivait quant à elle au sein d'une tornade permanente, allant et venant avec une énergie que la pleine chaleur n'abattait pas, se levant à l'aube pour faire les Alpilles, courant à la piscine dont elle brisait le miroir bleu de ses épaules ossues, filant à Aix essayer une robe qu'elle voulait dans l'instant, menaçant et cajolant, distribuant les autographes et les réflexions cinglantes, escaladant les pierrailles de la Sainte-Victoire dans un ruissellement de sueur pour entretenir son souffle, poursuivant la pauvre Concepción de récriminations ibériques jusqu'à ce qu'elle pleure, plantée comme un petit tonneau d'eau salée au milieu du grand hall, maudissant madame et ses générations passées et futures.

Puis un grand silence s'abattait. Concepción retrouvait le sourire en serrant provisoirement dans son soutien-gorge un nouveau billet de 500 francs et la Preguntas disparaissait pour une sieste.

C'est ce silence furtif, ponctué de gémissements, de

frôlements, de soupirs et quelques cris échappés à travers les portes qui fit comprendre au premier adjoint Pigasse que l'indifférence brutale de la Magnifique pour sa « nièce » Ingrid exprimait sans doute le mépris du maître pour l'esclave. Et que leurs relations apparemment inexistantes en public prenaient un tour à la fois intime et très actif lorsque ces dames reposaient.

L'optimisme de monsieur le conseiller revint avec cette bouffée d'oxygène pervers et son instinct de vieux chasseur le lança sur ces brisées toutes fraîches.

L'image de Béatrice ne le tirait plus de son sommeil paisible, mais parfois celle, échevelée, nue, d'une Ingrid livrée comme un agneau à la voracité andalouse.

On le vit plus souvent à sa campagne et fréquemment au petit déjeuner qui réunissait ces dames à la cuisine, encore toutes gonflées de sommeil. Ses narines se dilataient.

Chaque fois que la Preguntas disparaissait pour une équipée frénétique — pas question d'arriver en retard aux répétitions — le conseiller traînait du côté des chambres où étuvait la plupart du temps la fondante nièce.

Curieusement, madame Pigasse, qui jusqu'alors regardait son époux avec l'adoration résignée d'une mère d'enfant unique, eut quelques réflexions acides, des mouvements d'humeur où le conseiller crut deviner la mauvaise influence de la Magnifique.

A son tour, et pour d'autres raisons, Mathilde se mit à rôder dans les couloirs, si bien que le premier adjoint, habitué à mener ses affaires avec une simplicité impériale et romaine, se sentit comme pris au piège, traqué et, pour tout dire, dépossédé de sa propre maison.

Il y eut quelques cris — après quarante ans de complaisance, quelques cris font l'effet de coups de tonnerre — et ceux-ci, joints au tourbillon perpétuel qu'entretenait madame Preguntas-Rescate, transformèrent la vaste bastide en volière criarde où l'hystérie volait de l'un à l'autre, sans trêve ni finesse.

A voir vivre ainsi la Preguntas et endurer la contagion qu'elle répandait si généreusement comme ses exercices quotidiens de vocalises, monsieur Pigasse consolida un ferme et atavique mépris pour la prétention des artistes à se loger au-dessus du commun.

Seule la torpide Ingrid le retenait encore à la bastide, non qu'il ait vraiment réussi à l'approcher, mais parce qu'elle savait, aux moments les plus inattendus, du tréfonds de sa vie végétative, lui adresser des regards tellement chargés d'animalité qu'il en perdait le souffle.

Mis à part ces brefs plaisirs d'une rare violence, monsieur Pigasse s'ennuyait ferme sans pourtant se décider à abandonner le siège.

La Preguntas n'ignorait rien du manège de son hôte et d'Ingrid, qui la laissait parfaitement indifférente : tout ce qui concernait Pilar Rescate ne l'intéressait pas. Sa vie était ailleurs. Sa vie, c'était la Preguntas et, au-delà et plus encore, le Chant.

De ce point de vue, tout allait à merveille. Ses détracteurs — ceux qui prétendaient qu'elle n'avait plus l'âge — en seraient pour leurs frais.

Ce Festival si intime — cette petite cour grise dans ce petit palais vétuste — la comblait d'aise. Pas besoin de pousser sa voix pour franchir l'espace qui la séparait des derniers gradins. Elle tiendrait !

Avec Klingenbeck — cet affreux crapaud sautillant qui se donnait du Karajan — ils étaient parvenus à une sorte de paix armée. Au bout d'une huitaine de musicales, dans un studio étouffant, il avait cessé d'être si pointilleux sur les notes — la Preguntas avait toujours eu des faiblesses en solfège — et elle avait alors consenti à donner *toute* sa voix. Subjugué, le vilain gnome s'était forcé à lui baiser la main.

Toutes les places étaient vendues depuis longtemps, les hôtels débordaient, les tiroirs-caisses baignaient dans la culture ; après les durs affrontements électoraux, la ville pansait ses égratignures et retrouvait une harmonie de façade.

Seuls, d'enragés trublions persistaient à vouloir soulever quelques couvercles, au moyen de tracts vite piétinés par une foule badaude et d'un article tendancieux paru dans le *Canard acide*, qui prétendaient dénoncer une « affaire » soi-disant sordide, présentant les faits avec une grande impartialité, qu'on en juge :

La mère du nommé Ahmed Harkaoui, sans profession, s'était présentée au commissarait trois jours après la disparition de son fils.

Pourquoi *trois* jours ?

— Tu peux pas savoir, m'sio, répondit-elle à l'inspecteur-chef Durbé que son passé d'inspecteur-stagiaire à Alger vouait plus ou moins à ce genre d'enquêtes.

Fatima Harkaoui, qui accompagnait sa mère pour lui servir d'interprète au besoin — une maigre adolescente aux yeux noirs et farouches —, intervint, devant l'air décontenancé de l'inspecteur.

— Elle veut dire que nous, on sait jamais ce qui peut arriver quand on est chez les... ici.

Agacé par l'attitude méprisante et la voix agressive de la gamine, l'inspecteur ne lui adressera plus un regard. Il parlera à madame Harkaoui — exactement, au tas de voiles bariolés qui lui font face —, à ses yeux noirs, aux rides de son front, au tatouage bleu au-dessus de son nez, à ses mains rouges de henné.

— Madame Harkaoui, reprend-il, les trois hommes dont vous parlez n'appartiennent pas à la police, je suis formel. D'ailleurs, votre fils n'était pas recherché.

— Il faut le trouver, m'sio. Un bon garçon. Il a pas pu laisser ses sœurs.

— Elle veut dire qu'il aurait pas quitté la maison sans prévenir, intervient Fatima.

— Avez-vous seulement le numéro de la voiture ? demande Durbé à la femme.

— On l'a pas pris, on était sûrs que c'était des f... policiers, répond Fatima.

— Sans commission rogatoire ? Sans carte officielle ?

— La dernière fois que j'ai demandé sa carte à un flic, j'ai pris une baffe, dit Fatima.

— Le signalement des soi-disant ravisseurs de votre fils, vous savez, ça ne nous mène pas loin. Il y a des milliers de touristes à Aix en ce moment. Plus tous les spectacles, les concerts, la musique dans la rue... Tout ça ne vous dit pas grand-chose, évidemment.

— Je suis en classe de seconde, dit Fatima. Nous avons vu un avocat, ajoute-t-elle après un silence.

— Un avocat ! s'indigne l'inspecteur comme si la jeune fille venait de lui adresser une insulte. Et pour quoi faire ? demande-t-il à la vieille obstinée. Votre fils n'est pas accusé, que je sache. Un avocat ! Manquait plus que ça !

— Il faut faire le droit, dit madame Harkaoui.

— Elle veut que vous preniez un procès-verbal, précise Fatima.

— Un P.-V. ? Et puis quoi encore ? J'ai du travail, madame, du travail *sérieux*.

Un jeune homme blond entre et tend une chemise cartonnée à Durbé.

— Il y a un dossier, patron.

— Ah, ah, dit l'inspecteur qui retrouve de l'assurance. Un dossier, hein ? Voyons voir.

Il compulse trois feuillets dactylographiés sur papier pelure puis se redresse, triomphant. Cette fois, il s'adresse à Fatima.

— Votre avocat ne vous a pas indiqué de parler de la précédente fugue de votre frère ? demande-t-il en lissant sa fine moustache. En... voyons, 78 ? Précoce, hein ?

— Il s'était disputé avec mon père.

— Un vol de Mobylette...

— C'était pas lui ! C'est pour ça qu'il s'est sauvé.

— Et aujourd'hui, un vol de voiture, j'imagine...

— Aujourd'hui, s'emporte Fatima, y a trois sales Français qui l'ont *forcé*. Ils l'ont tapé, ils l'ont tiré dans la voiture. Ils l'ont *emmené de force*.

— Et vous les avez laissés faire ? demande Durbé à la vieille dame.

— Puisqu'on croyait que c'étaient des flics ! crie Fatima. Ils avaient des pistolets.

— Il avait donc quelque chose à se reprocher ?

— Avec vous autres, il y a toujours quelque chose.

— Avec vous autres aussi ! crie l'inspecteur en frappant sur son bureau.

Il s'ensuit un silence hostile. Fatima est à demi penchée sur sa chaise comme si elle s'apprêtait à bondir sur Durbé, l'inspecteur feint rageusement de relire le « dossier ».

— Il faut faire le droit, répète lentement madame Harkaoui.

— Ecoutez, soupire Durbé, j'ai le signalement des... ravisseurs, je rencontrerai les témoins. Je dirai à mes hommes d'ouvrir l'œil. Et je vous tiendrai au courant.

— C'est mon fils, dit madame Harkaoui. Tu veux pas faire le droit ?

— Elle veut dire qu'on bougera pas de là, précise Fatima.

— Vous allez vous retrouver en cellule, oui ! clame l'inspecteur.

La vieille femme s'installe dans ses voiles, la gamine allume une cigarette sans rien demander et elles restent immobiles, tenant l'inspecteur sous le double regard de leurs yeux sombres. De temps en temps, la vieille femme lance un petit cri triste et la gamine commence à se ronger les ongles. Pour finir, le policier excédé se lève brutalement :

— Ecoute, prends-les, dit-il au blondinet qui essaie de se faire oublier dans son coin. Moi, je craque. Mais je vous préviens, menace-t-il encore avant de claquer la porte, ça ne servira à rien !

15

Lorsque Sandrine s'éveille ce matin-là, elle se sent raide et courbatue, avec peut-être un début de torticolis. « La voix », se dit-elle aussitôt, inquiète.

Elle essaie de se dégager sans réveiller Patrice qui ne peut apparemment dormir que dans la position du lierre ; le lit étroit ne lui facilite pas la tâche.

Bien qu'ils soient nus, elle a déjà trop chaud dans ce studio sous les toits. Elle voudrait se laver en paix dans le petit lavabo ; en entrouvrant la porte du débarras-kitchnette, elle dispose d'un vague paravent. Ses ablutions discrètes réveillent quelques souvenirs de leur nuit. Elle s'oblige à se regarder dans le bout de miroir et se trouve le regard pas franc. Elle se sourit avec indulgence.

Le studio de Patrice ressemble à une caisse de livres dans laquelle il aurait ménagé des passages pour accéder au lit, à la cuisine, au lavabo. Quoi qu'on fasse, il faut déplacer des bouquins, pour attraper une des deux casseroles, les serviettes de toilette ou trouver la radio. Outre le rock, Patrice est un fana de S.-F.

Le fana ronfle avec un manque total d'élégance, étalé comme un primate repu. Sandrine résiste à l'envie de le claquer. Elle enfile sa robe et commence à préparer le café.

— Hello ! dit-il pâteusement.

En principe, Sandrine dort à l'hôtel. A cause des torticolis. Et aussi parce qu'elle ne souhaite pas s'installer dans ce précaire. Enfin parce qu'elle craint beaucoup les réveils aux yeux bouffis et aux haleines pas fraîches.

— Salut, dit-elle.

On s'est vautrés ensemble toute une nuit et on ne sait pas quoi se dire.

— Il est midi, ajoute-t-elle. J'ai répète à 14 heures.

Patrice, soudain nu, se tourne sur le ventre et la regarde.

— C'est tout ? demande-t-il.

— Tu as faim ?

— Bougrement. Dis-moi, tu... tu ne viendrais pas me dire un petit bonjour, par hasard ? quémande-t-il.

— Je vais te chercher des croissants. O.K. ?

Elle se sauve littéralement. Patrice s'assied sur le lit et se gratte, pensif. Il fait la réflexion qu'à part son lit, il n'a pas grand-chose à offrir à une fille.

Des bosses, peut-être. Il y a ces types qui le suivent, par intermittence, et ça commence à le tracasser sérieusement ; où qu'il aille, ils le suivent ou le précèdent sans se cacher, se plantent à quelques pas de lui et le dévisagent, menaçants. Pas toujours les mêmes, mais il est facile de se rendre compte qu'ils sont de la même famille : gueules de tueurs et regards morts. La nuit, ça devient difficile à assumer. Il faudrait peut-être déménager ? Se planquer chez un copain ?

Ils ne lui ont jamais rien dit, en fait. Ils cherchent simplement à l'impressionner. Voilà qui prouverait au moins que Radio-Puce a de l'audience.

Il enfile un pantalon de toile vert, des espadrilles, regarde dans la ruelle en bas : personne d'inquiétant. Ils surgissent et disparaissent comme des zombies.

Sandrine ouvre la porte, dans son dos.

— Dehors, c'est un four, soupire-t-elle. Ici aussi. Le café est passé ?

Patrice s'approche, essaie de l'embrasser, elle repousse doucement la main qui s'est posée sur son sein :

— Patrice, te fâche pas, mais le matin, je suis pas partageuse.

— Sauf les matins de cuite.

— Plains-toi. J'avais pas dessoûlé, c'est différent. Mais ce matin, je suis claire.

— Tant pis.

— Quand on aura mangé, je t'invite à la répète. D'abord, j'irai dire bonjour à Simone et puis on-

— Tu trouves pas qu'elle s'accroche un peu beaucoup, ta Simone ?

— Patrice, fais pas l'idiot, répond Sandrine en trempant son croissant dans le café noir. Sans Simone, je ne serais rien. Elle m'a tout appris, et elle a tout lâché pour m'accompagner.

— Maintenant, tu es quelqu'un, elle te pirate, cette bonne femme. Elle te ventouse, oui. Largue-la gentiment, ajoute-t-il en essayant de sauver quelques croissants, mais largue-la.

— Patrice... !

— Bon, bon, t'as raison. Excuse. Mais dis donc, les répètes, je croyais que c'était interdit ?

— T'occupe, j'ai une combine.

En fait, Patrice préférerait un bon concert de rock mais il est trop tard pour s'inventer un rendez-vous.

— Bon, dit-il. Au poil.

Il tend la main vers le café mais il n'y en a déjà plus.

— Comment i va, Klingenbeck ? demande-t-il, la bouche pleine.

— Il embellit tous les jours. Parole. La musique le transfigure.

— Vous me faites l'effet d'une belle bande de fadas.

Il tend la main vers les croissants, mais Sandrine les a finis aussi.

*

Vers treize heures trente, ils se retrouvent dans l'impasse des Eyguesiers, un petit bout de ruelle au fond de laquelle, sur la droite, bâille une ancienne porte charretière rafistolée.

Ils entrent dans une courette où se serrent des appentis crasseux, écrasés par un large escalier de métal rouillé qui grimpe jusqu'à une ouverture de la façade, au premier étage. Dans la courette et sous l'escalier s'entassent des objets hétéroclites : tables, chaises cassées, bouts de décors, couvertures, vélomoteurs, Frigidaire béant.

— C'est un ferrailleur ? demande Patrice en essayant de voir à travers les vitres fendues et noires de crasse du plus grand des hangars.

— C'est l'atelier de peinture, idiot. Ça, c'est l'arrière du théâtre avec l'escalier de secours. La porte doit être ouverte, là-haut, ajoute-t-elle d'une voix de conspiratrice, à cette heure ils ne nous verront pas. Viens.

— Ben dis donc ! Quel dépotoir. C'est là que vous travaillez ?

— Chut !

— Ça me rappelle Radio-Puce.

Ils montent l'escalier sonore à pas de Sioux, poussent prudemment la porte métallique de l'issue de secours, entrent dans l'obscurité qui paraît encore plus noire après l'éclat du soleil. Ils se prennent la main.

— On est au premier, chuchote Sandrine.

C'est une sorte de comble étouffant et poussiéreux ; en levant la tête, on peut voir le soleil filtrer à travers les tuiles du toit. A leur gauche, quelques loges fermées par des rideaux.

— Ici, c'est chez moi, dit Sandrine en tirant un des rideaux.

Une boîte à chaussures garnie d'un miroir encadré de deux ampoules nues, de patères, d'une petite tablette de maquillage et d'une chaise pliante comme on n'en voit plus dans les jardins publics. Sandrine allume et regarde Patrice, toute fière : « Voilà ! » Un bouquet de lavande sèche dans une boîte de conserve.

Patrice lui adresse un sourire ambigu. Est-ce qu'elle est bien la grande chanteuse qu'elle croit être ? Reléguée dans ce grenier poussiéreux ? Est-ce que son espèce de prof délirante ne lui aurait pas un peu monté la tête ?

— C'est drôlement bien, dit-il, faux jeton.

— C'est mieux, en tout cas. Je te ferai voir les loges des divas, comme vous dites. Viens.

Le vaste grenier est coupé en deux par une longue penderie où s'entasseront bientôt des dizaines et des dizaines de costumes brillants de strass, d'éclats métalliques, ornés de plumes et clinquants, magnifiés par les feux des projecteurs.

— Viens, dit Sandrine, qui retient mal une certaine fébrilité.

Elle lui fait contourner la penderie pour longer une façade avec de grandes fenêtres aux volets fermés.

— Tu parles d'un truc ! dit Patrice. Les fenêtres sont condamnées ?

— Elles donnent sur la scène. Sauf celle-là, elle sert aux machinos, je crois.

« ATTENTION ! VISIBLE DE LA SALLE !! » rappelle une pancarte crayonnée au feutre.

Patrice se penche et découvre au-dessous de lui la scène, l'ossature de piliers métalliques qui soutiennent ce faux théâtre en contreplaqué, et, plus loin, dans la cour qui cuit au soleil, l'échafaudage de gradins qui obture presque toute la façade, devant eux.

— C'est dingue ! C'est horrible ! Tu parles d'un bousillage !

— La nuit, avec le ciel noir plein d'étoiles au-dessus de la tête, c'est merveilleux, dit Sandrine.

— D'accord, concède Patrice. Et le reste du temps ?

— Ah, tu n'y comprends rien... Ce n'est pas fini, viens voir. Plus loin, il y a la salle des figurants, et là, regarde, la salle pour les danseurs. Douches, lavabos, un vrai labyrinthe. Et ça, c'est l'escalier qui rejoint la scène, en dessous. Il y en a un de chaque côté.

— Il y a des portes partout ! Vous vous y retrouvez ?

— Chacun a son territoire.

— Et mort à l'intrus !

— Viens, on va prendre l'escalier côté jardin.

Ils longent un couloir étroit et biscornu éclairé par une petite fenêtre.

— Même dans les couloirs, il y a des loges... ? Enfin, si on peut appeler ça comme ça...

Une longue planche entre porte et placard, deux miroirs, quatre lampes, à peine la place de s'installer.

— C'est pour les troisièmes rôles, je suppose.

— Et les gens leur circulent dans le dos ?

— Ça, je sais pas. Rien que pour *La Flûte* on est presque une centaine, on se perd un peu de vue, figure-toi ; je te dis pas la panique... Ça, c'est l'escalier qui descend directement à la scène, interdit aux robes à panier ! Mais on va prendre l'autre, il est marrant.

Marrant, c'est beaucoup dire. A vis, en tout cas, donnant sur un puits d'aération. D'un palier à l'autre, des portes hors d'usage béent sur des réduits obscurs où s'entassent des rebuts, vieilles bouteilles, vieilles chaises, boîtes rouillées, gravats et toiles d'araignée.

— Tu crois qu'on trouverait des os d'archevêque ?

— Ça m'étonnerait pas, répond Sandrine. On dirait que rien n'a bougé ici depuis le Déluge.

— Des os d'enfants de chœur, plutôt, rectifie Patrice.

Des voix claironnent tout à coup « Ma chérie ! », « Cher maître ! », « Ma chère », quelqu'un lance une vocalise aaaaaaaaaaaaa et soudain l'agitation de Sandrine tourne carrément électrique. Après avoir montré si naïvement ses jouets, avoir traîné Patrice par la main le long des couloirs, tours et détours, voilà qu'elle l'abandonne de but en blanc, sans un regard, comme s'il avait disparu au coin d'un portant, comme s'il n'existait plus pour elle ; la tête déjà ailleurs elle prend à peine le temps de lui dire :

—J'y vais ! Ça t'intéressera, c'est une italienne. Téléphone-moi à l'hôtel.

Elle s'évanouit, happée par les premiers coups d'archet comme une vampiresse par la nouvelle lune.

Quelle italienne ? Ah oui, répétition avec orchestre.

Patrice juge prudent de quitter ce coin trop près de la scène, il remonte par l'escalier étroit qui débouche à côté de la salle des danseurs, pour redescendre par l'escalier à vis, au fond, et revenir côté jardin. Une porte est ouverte sur une pièce où il peut voir des musiciens qui déballent leurs instruments avec des gestes amoureux.

Patrice s'arrête devant la grande salle voûtée plein cintre : il a le temps d'apercevoir, dans l'obscurité, d'énormes piliers courts qui font un ensemble sinistrement gothique. Puis il se glisse vers la salle, parmi des musiciens rigolards en manches de chemise et sueur au front, essaie de trouver un coin d'ombre où on ne le remarquera pas, s'installe sur une chaise à l'intérieur de ce qu'il baptise l'entrée des fournisseurs.

Soit, en face de lui, de l'autre côté de la cour, l'entrée solennelle avec sa grille de fer forgé, par où entraient les carrosses de Messieurs de Provence et autres bonnes gens et, dans son dos, un long couloir identique par où entraient les tombereaux de victuailles et de pinard à usage de régal, avec force jurons et grand fracas.

Patrice rêve un instant à la possibilité d'une émission sur ce labyrinthe, tout cet apparat moribond cloisonné aux dimensions modernes par l'aggloméré et le Placoplâtre. Tintin chez les coupeurs de têtes.

Mozart interrompt sa rêverie. Quatre mesures.

— Non, non, dit un individu fort vilain armé d'une baguette.

Il doit être assis sur une chaise car Patrice ne voit guère que ses épaules et sa tête, lorsqu'il se tourne du côté des violons. Des yeux globuleux, une bouche mince, grosses joues, guère de nez, beaucoup de narines : maître Klingenbeck soi-même.

— S'il vous plaît, dit-il dans un sabir anglo-franco-allemand, j'ai demandé ici les hautbois plus serrés, s'il vous plaît, et les cors, j'aimerais un peu retenus, oui ? Merci. La flûte était en bref retard. Merci. Nous reprenons après le récitatif de Tamino. Mesdames, s'il vous plaît.

Sur scène, Sandrine, toute menue, adresse de petits sourires nerveux aux deux solides femmes qui l'encadrent : deux blondes décolorées très maquillées malgré la chaleur de four renvoyée par les hauts murs.

L'orchestre reprend, puis, d'un mouvement de tête, le maître indique l'attaque aux trois femmes.

Stirb, Ungeheu'r ! durch un-

— Mesdames ! (Le petit homme frappe son pupitre de sa baguette.) Mesdames, je rappelle, s'il vous plaît, que le motif est chanté à l'*unisson*. Oui ? Merci. On reprend.

Il sait être odieux, Klingenbeck, avec délicatesse.

Patrice est fasciné par la transformation qui vient de se produire sur la scène nue : la petite Sandrine vient de faire place à une femme redoutable dont le regard étincelle ; une force insoupçonnable émane de son corps frêle et tendu.

Elle s'emplit d'air, narines écartées, et lance une voix fabuleuse, à la fois claironnante et moelleuse qui vous traverse et vous habite, efface l'orchestre et le théâtre poussiéreux, et vous laisse éberlué, ravi.

Quelque chose cependant le gêne, le cou gonflé, la veine qui enfle sur son front, les vibrations du corps qui module le souffle, cette bataille très physique si peu « féminine » ? Oui, quelque chose de brutalement masculin (malgré toute sa grâce) dans son effort à pousser en avant d'elle son *organe* et son absence de vergogne à vous en pénétrer.

Patrice se sent pour tout dire bêtement jaloux, exclu ; cette fille sur scène n'est pas la Sandrine qu'il connaît, dont il a partagé les intimités, c'est déjà un monstre sacré, pour qui rien n'existe qu'elle-même transfigurée par le chant. Sans le vouloir, elle lui indique la place qu'elle lui réserve : accessoire. Il éprouve la désagréable impression d'être privé de l'essentiel.

— S'il vous plaît ! Pardon. (La musique dégouline et s'arrête.) Pardon. Je voudrais un peu plus de — comment ? — finesse ? malice, je voudrais un peu plus de malice sur les notes piquées à : *Lasst uns zu unsrer...* (On écoute avec beaucoup de sérieux le maître chanter d'une horrible voix de crécelle.) S'il vous plaît mesdames. De la tendresse à la malice. Merci. Et les violons, au quatrième temps de la mesure un peu *piu forte* sur le triolet, oui ? Merci. Nous reprenons, s'il vous plaît, numéro deux. Comment ? Non, numéro deux.

« Qu'est-ce que je fais là, moi ? » se demande Patrice. Sandrine est une dame qu'il ne connaît pas, le laid maître Klin-machin est décidément désagréable avec tout le monde, il fait une chaleur suffocante, et ce petit théâtre en contreplaqué lui donne le bourdon.

En se glissant sous l'échafaudage métallique des gradins, il pourra gagner discrètement la sortie, de l'autre côté, sans alerter Sandrine ni le petit méchant loup.

Il traverse donc la cour à l'abri des regards, escaladant les énormes poutrelles rivetées, en direction de la grille de fer forgé. Il réussit à échapper au regard bombé mais c'est pour se trouver cloué par les yeux bleus glacés de l'espèce de rouquin qui attend, dans le long corridor, passage, tunnel, qui débouche sur la place et le soleil.

Et cette tête de rouquin tachée de son n'est pas nouvelle, ils se sont déjà vus, un soir, une nuit, un autre jour, et le salaud lui a même balancé une fois son mégot sur les pieds, dans une gerbe d'étincelles.

Patrice essaie de soutenir son regard, mais le message devient trop clair, il faudrait réagir, dire quelque chose : Tu veux ma photo ? Tu me cherches ? Mais s'il répondait ?

Patrice aime mieux faire demi-tour, il repasse sous les gradins, attend que Klingenbeck ait disparu sous son pupitre à la recherche de son éternelle bouteille d'eau, adresse un petit signe à Sandrine qui ne le voit même pas — elle ne voit plus rien, marmonne en marquant la mesure de la tête — et file en rasant les murs vers l'escalier à vis.

Il débouche dans le couloir-loge où se trouve évidemment une jeune dame en soutien-gorge penchée sur une trousse à maquillage. Il lui adresse une espèce de sourire qu'il veut rassurant, elle n'a même pas la politesse de lui répondre... Elle a de jolis seins dans des corbeilles brodées...

Il gagne la sortie de secours dont il pousse doucement

la porte. Aussitôt, il s'immobilise, en alerte : les marches métalliques sonnent sous un pas prudent. Ce sont des bottes genre santiags malgré la chaleur, et, un peu au-dessus, un petit mec au visage teigneux hérissé de cheveux noirs.

Demi-tour.

Patrice ferme la porte et enclenche le pêne comme cela aurait dû être fait depuis longtemps ; il entend le type secouer le panneau métallique et grogner.

D'abord, il pense attendre Sandrine, planqué dans un coin, puis il réalise qu'il vaudrait mieux ne pas la mêler à cette histoire qui pourrait mal tourner.

Quelle histoire, au fait ? Il a révélé tant de vilaines choses sur tant de vilaines gens...

Patrice repasse devant la jeune dame qui cette fois lui adresse un regard noir, reprend l'escalier à vis qui commence à lui donner le tournis, trouve une porte qui donne sur la petite cour à l'arrière du théâtre, la pousse, lève la tête : Santiag est assis en haut des marches en fer et se cure paisiblement le nez.

Il n'y a donc personne pour faire la police dans ce foutu théâtre ?

Heureusement, avec toutes ces portes, pièces, passages, fenêtres, on doit pouvoir, avec un peu de chance, trouver une issue.

Le voilà parti, rôdant comme un chat famélique — il en dérange plus d'un, de vieux matous de barrière aux oreilles poinçonnées, tapis dans les recoins pisseux —, se glissant sous les gradins vers le mur qui fait face à la scène. Il trouve dans l'obscurité de hautes fenêtres entrebâillées malheureusement défendues par de lourds barreaux. Il faisait déjà dans la sécurité, l'archevêque ! Une prison, ce palais. Dans ces trous obscurs que constituent les pièces en contrebas, il aperçoit des ateliers, l'électricien, le menuisier, tout le monde bien au frais et loin des regards. Mais par où sortir ?

Si ce n'est pas possible par en bas, peut-être par en haut ? Mais plus par l'escalier à vis.

Entrer par une fenêtre dans le musée des Tapisseries ? Signal d'alarme, descente de police, fourgons.

Tout à coup, Patrice se rappelle que des tas de copains mélomanes et fauchés viennent écouter les opéras depuis les fenêtres de la C.F.D.T. qui, elle aussi, loge chez l'archevêque, noblesse oblige. Et que, disent-ils, les rupins râlent d'avoir *leurs pieds au-dessus de la tête.*

Patrice quitte l'abri de l'échafaudage, émerge à la lumière, monte tranquillement quelques gradins puis s'assied, naturel. Il voit l'orchestre bariolé de plus haut, dans sa fosse, et le petit maître qui sautille sur sa chaise, boit de l'eau, arrête tout une fois encore et demande de sa voix acide aux trois Dames de quitter le ton allemand pour le style italien. « Ambivalence ! clame-t-il. *Ambivalenz !* »

Bon, il lève les bras et d'un coup sec relance la machine.

La voix de Sandrine rejoint Patrice, ambivalente. Mais pas Sandrine.

Il se déplace d'une dizaine de rangs et s'assied brusquement lorsqu'une des clarinettistes le fixe depuis sa place. Si le terrible Klingenbeck se retourne, tout est foutu.

Patrice gagne encore plusieurs rangs en hauteur ; il a maintenant une fenêtre ouverte au-dessus de sa tête.

Le Maître roue son pupitre de coups de baguette

parce que la clarinettiste « traîne comme une limace » ! Il profite de la pause pour plonger à la recherche de sa bouteille, et Patrice de sa brève disparition pour s'agripper à la barre d'appui et sauter dans le local syndical : une grande pièce vide avec des tables et des chaises d'école, mais toujours, les hautes doubles portes cintrées et les cheminées moulurées de l'archevêque. Rosaces en stuc au plafond, sous un globe de cuisine.

— Oui, crie une voix féminine au-delà de la porte, hé ben Mozart i m'emmerde ! Ras l' bol de leur crin-crin.

— Ferme la fenêtre, répond une voix masculine d'un ton égal.

La porte s'ouvre brutalement et Patrice se trouve face à une longue et maigre militante de mauvais poil, nez pointu, œil d'acier.

— Qu'est-ce que tu fous là, toi ?

— Moi ? demande Patrice, partageant l'étonnement de la dame. Moi ?

A ce moment l'orchestre reprend. La grande n'y tient plus et ferme la fenêtre à grand fracas.

— On s'entend plus ici. Alors, encore un militant des jours d'opéra ?

— Oh non, non, je cherche Nicole, dit Patrice qui se rappelle ce prénom.

— Nicole Fuoque ?

— Oui, répond-il au hasard. Elle est pas là ?

— Non.

Sauvé...

— Tu veux laisser un message ? Elle est encore partie à Gap.

— Non, ça presse pas, répond Patrice. Je lui téléphonerai. Tchao.

Il est venu assez souvent à la C.F.D.T. pour se rappeler vaguement la direction de la sortie. Il traverse une réunion pleine de barbus avec des chemises trop grandes et des pantalons trop courts et de frisottées aux yeux candides et aux toux de sapeur.

Une fois dehors, dans la relative sécurité des rues animées, il retrouve suffisamment ses esprits pour se poser des questions : qu'est-ce qu'ils lui veulent, ces types ? Lui faire peur, c'est réussi ; mais à propos de quoi ? S'ils ne lui disent jamais rien, ces cons, s'ils se contentent de le fusiller du regard, ça pourra durer lontemps.

Il ne peut qu'attendre que ces messieurs se décident à être clairs. Mais aussi, prendre des précautions : aller s'installer chez un copain, Jacky peut-être, éviter de circuler la nuit (ça va être commode !), et surtout, comme une évidence qui lui cause un choc : s'arranger pour que Sandrine reste en dehors de tout ça. Zut, la p'tite Sandrine...

Quand il arrive rue de la Verrerie où est son studio, il aperçoit une montagne de livres sur le trottoir, dans le caniveau. Des gens se servent, furtivement, mais la majorité des passants a plutôt tendance à piétiner le tas qui s'éparpille.

— Ma S.-F. ! Oh les salauds !

Patrice devine qui a fait le coup ; il se précipite, arrache une poignée de bouquins à un Allemand qui n'y aurait rien compris, monte chez lui en vitesse : ils n'ont touché qu'aux livres, mais comme il n'y a pratiquement rien d'autre, c'est une maigre consolation.

Tout a passé par la fenêtre.

En d'autres temps, ils y auraient mis le feu.

Patrice vide les légumes d'une caisse, et descend récupérer ses bouquins.

— Ils sont à moi, lance-t-il à une bonne femme qui bourre son cabas.

— Ça reste à prouver, jette-t-elle en s'éloignant, le cabas plein.

— Gros cul ! lui crie Patrice.

— Qu'est-ce qui t'arrive ? demande Porfirio, le propriétaire de la pizzeria du rez-de-chaussée, qui vient d'arriver.

Quoi dire ?

— Je me suis engueulé avec ma nana. Elle s'est passé les nerfs.

Porfirio regarde dubitativement le tas de livres en grattant son ventre rebondi qui pousse le tee-shirt taché.

— Elle en a un paquet, de nerfs, dit-il, admiratif. On va t'aider.

— C'est pas de refus.

La smala de Porfirio, le cousin, la mamma et tous les bambini, et même le plongeur Aziz, font la chaîne le long des étages. « Tu es savant, hé ? » souffle le cousin. Porfirio dirige les opérations et menace les éventuels voleurs de ses gros sourcils farinés.

Lorsque les piles de bouquins ont repris plus ou moins leur place, le long des murs, sous le lit, au-dessus, sur la table et les chaises, il est bientôt l'heure de l'émission.

— Je te mettrai un gros cadenas, dit Porfirio en examinant la serrure arrachée.

— T'es chic, Porfirio.

En tout cas, il transpire, le pizzaïole.

— Pense à mon ardoise, lance Porfirio à la silhouette qui disparaît.

On peut être chic et manquer d'élégance.

Lorsqu'il arrive près de Radio-Puce, Patrice reconnaît — oh, pas vraiment devant la porte — le rouquin et le hérisson qui le guettaient tout à l'heure à l'Archevêché. Têtus et bien renseignés. Beaucoup de temps à perdre.

Echaudé par l'émission manquée sur le P.F.N., Patrice a caché que l'émission de ce soir sera consacrée à la disparition d'un jeune Arabe. Il n'en a même pas parlé à Sylvain.

Il a promis à Fatima qu'ils ne rencontreraient personne, sauf l'inévitable Sylvain, et que l'émission se passerait dans l'anonymat, pour sa sécurité. Il va donc l'attendre au bas de la rue, au débouché du cours Mirabeau, par où elle devrait logiquement arriver, venant de la Z.A.C. Les deux ordures ne le suivent pas.

Il s'assied sur la bordure d'un haut massif de fleurs ; une inquiétude insidieuse s'installe en lui. En y repensant, il réalise qu'il y a plus de quinze jours qu'il voit ces types, à la fois menaçants et muets. Ils ne cherchent pas à se dissimuler, au contraire, ils apparaissent, le regardent avec insistance, disparaissent... Depuis...

Depuis l'histoire de Jibé, voilà, ça a commencé quelques jours après. Et maintenant, cette agression, chez lui. Qu'est-ce qu'ils veulent ? Le faire taire ?

— Fatima ? Bonjour.

— Je suis en retard ?

— Non, non, on a encore un bon quart d'heure.

— On y va ?

— Ecoute, il y a un problème.

— Je le savais bien ! Vous êtes tous pareils, les Français. Tu causes, tu causes, et après plus personne !

— Mais non, c'est pas ça. Voilà, il y a deux types qui me cherchent, à cause d'une émission, pendant les municipales. Je voulais te prévenir, c'est tout. Ils m'attendent devant la porte.

— Tu vas pas pouvoir entrer ?

— Si, par la cave, de l'autre côté de l'immeuble. Seulement, je m'inquiète pour toi. Je t'avais dit que tu ne risquais rien, alors, je voulais te prévenir.

— Ah bon, je m'excuse.

Fatima mordille un instant ses lèvres rouge vif, regarde Patrice, méfiante, soudain. Elle secoue ses boucles, l'interroge du regard. Sur sa joue brune, il y a une petite cicatrice oblongue et creuse.

— Si tu préfères, rentre chez toi, je comprends, dit Patrice. Ce ne sera pas la première fois que je changerai l'émission à la dernière minute.

— C'est pas ça, dit Fatima. Je te connais pas vraiment, quoi. Je sais ce que ça veut dire, les histoires de cave. Tu vois ?

Elle essaie de le jauger, n'arrive pas à se décider.

— Tu n'as pas d'amis, dans le coin ? Tu leur demandes de t'accompagner au studio, propose Patrice.

— Bonjour la galère... Ça va, dit-elle comme si elle se jetait à l'eau, mais je te préviens, j'ai des ongles exprès.

— Je passerai devant.

Une fois dans l'escalier, à la lumière de la minuterie, la fille se détend, et pour la première fois, lui sourit.

— Tout ça, dit-elle, c'est pour mon frère.

Quand elle pénètre dans le « studio », elle ouvre les mêmes yeux que Patrice dans les coulisses du théâtre, déconcertée par le comptoir branlant qui coupe la minuscule pièce en deux, les piles croulantes de disques, les micros rafistolés à l'adhésif.

— Ça marche ? demande-t-elle.

— Le plus souvent, oui. Ça, c'est Sylvain.

— Salut, dit Sylvain, casque aux oreilles. Dans cinq minutes.

— Ça ferme ici ? demande Patrice.

— Comment ça ?

— La porte en verre ? Qu'on ait la paix.

— Alors là...

Sylvain farfouille dans son comptoir, trouve une poignée de clés emmêlées de trombones et de fiches Jack.

— Essaie voir. T'as peur de te faire enlever ?

— Tout juste.

— Des admiratrices ?

— Des groupies, oui. Elles me lâchent plus depuis quinze jours.

Patrice finit par trouver la bonne clé. C'est plutôt moral, comme défense, mais mieux que rien. Il ferme la porte de verre qui donne accès au studio.

— On y va ? demande-t-il à la jeune fille. Ne t'inquiète pas du micro.

— On y va.

Fatima raconte à l'antenne l'enlèvement de son frère par trois hommes, peut-être des flics...

— L'inspecteur que tu as vu dit que non ?

— Si c'est pas des flics, c'est quoi, alors ? Des gens de la mairie, pour expulser ? Ceux-là, i vont dans les vieux quartiers. En tout cas, ils parlaient comme des flics : bougnoule, melon, ta gueule, arrive ici. Même, ils l'ont tapé : c'est pas des flics, ça ? Et pourquoi il voulait pas prendre la plainte, l'inspecteur ?

— Il ne voulait pas ?

— Non, il voulait pas. Il avait pas le temps, on disait des mensonges, mon frère, il a fait une fugue, voilà ce qu'il répète tout le temps. Une fugue sous la menace de deux pistolets ? Il a dit que c'était pas sérieux.

— Il a enregistré la plainte ?

— Un jeune qui était là.

— Et depuis ?

— Depuis, rien.

— Pas d'enquête, pas de questions ?

— Rien. Alors, voilà ce qu'on va f...

Fatima se fige. Ses grands yeux noirs se dilatent, elle est prise de tremblements, elle se tasse comme si elle voulait disparaître sous la table.

— T'as pas fait ça ? demande-t-elle à Patrice d'une voix blanche en fixant follement le couloir en face d'elle.

Les auditeurs de Radio-Puce — il y en a quelques-uns — s'interrompent dans leurs activités, leurs conversations, leurs amours, alertés par le ton angoissé de Fatima ; ils se penchent contre le poste, augmentent le son, s'immobilisent, suspendus aux deux voix tendues qui leur parviennent sans qu'ils comprennent encore ce qui se passe au juste.

— Qu'est-ce qui t'arrive ? demande la voix inquiète de Patrice. Il y a un silence, puis : « Oh nom de Dieu ! » Encore un silence, un raclement métallique, puis la voix de Patrice : « T'affole pas, j'ai fermé. »

— C'est eux, dit la voix de la fille, à peine audible. Elle ajoute dans un souffle, si près du micro que sa voix semble entrer dans la pièce : « Les deux types qui ont enlevé mon frère ! »

— Vous avez entendu, les amis ? dit la voix de

Patrice soudain plus ferme. En vitesse, la situation : dans le couloir, deux types, sales gueules : un rouquin trapu, un maigre à cheveux noirs en brosse. Les deux types sont les ravisseurs du frère de Fatima Harkaoui, qui soi-disant n'existent pas. Entre eux et nous, une porte en verre, fermée à clé. Restez à l'écoute. Les deux types viennent de reconnaître Fatima. Ils se consultent. Ils nous regardent. Je vois bouger leurs lèvres mais je ne comprends pas. Le maigre exhibe un couteau de para.

« NOTRE TÉLÉPHONE EST COUPÉ, crie soudain Patrice dans le micro. Appelez les flics ! Vite, appelez les flics ! Venez nous aider ! Le maigre essaie de forcer la serrure avec son couteau ! Il est con ce type ! » poursuit la voix de Patrice qui maintenant s'excite comme s'il s'agissait d'un reportage ordinaire et non de sa vie.

« Evidemment, reprend-il, l'andouille a pété sa lame dans la serrure ! Ça nous fait gagner du temps. J'ai une clé anglaise à la main, Fatima a trouvé un marteau, et Sylvain qui fait la gueule a tout de même pris un tournevis. Ils ne sont que deux, mais grouillez-vous les potes ! Ne nous laissez pas tomber ! Le maigre sort un revolver, le rouquin l'engueule, dit la voix haletante comme s'il s'agissait d'un match de boxe, ils ne sont pas d'accord, nous, on a couché la table pour se planquer derrière. Appelez les flics, rappliquez en force mais soyez prudents ! Nous déplaçons la table vers le comptoir pour être plus à l'abri. Grouillez-v- »

Le silence tombe tout à coup, l'émission est coupée. Il y a ceux qui ont déjà enfourché leur vélomoteur, las de crier au téléphone dans l'oreille du flic de permanence qui ne sait dire autre chose que : « Ça suffit les conneries ! », il y a ceux qui dévalent les escaliers, ceux qui remontent le cours Mib' en fonçant dans les touristes nocturnes et ceux qui vont en personne au commissariat réveiller tous ces enfoirés.

Il y a aussi ceux qui rigolent et secouent leur poste de merde devenu muet, dans l'espoir d'entendre la suite de ce fabuleux canular, sacré Patrice, quel déconneur !

Patrice, qui ne sait pas qu'il ne passe plus à l'antenne, continue à commenter les événements, et les événements se précipitent. Le rouquin a réussi à désarmer le maigrillot qui essaie de démolir la serrure de la porte à coups de santiag. Manque de force ou solidité, la porte résiste. Excédé, le rouquin écarte son complice, l'oblige à reculer et se dispose à tirer dans le panneau de verre.

— Quand il a tiré, murmure Patrice qui lâche enfin son micro, on met la table devant nous et on fonce.

BAOUM !

La grosse arme saute dans la main d'Alex, répandant une fumée bleuâtre, la porte de verre explose en mille éclats, Patrice et Sylvain, courbés derrière la table qu'ils tiennent verticalement devant eux, poussés par Fatima, foncent sur les malfrats, dérapent sur le verre Securit, se rétablissent, franchissent le chambranle dans un choc et s'écrasent contre le mur en face : il n'y a plus personne.

Patrice et Sylvain, sur le cul, se regardent.

— Merde alors, dit Sylvain qui se penche sur l'escalier vide.

— Vous croyez qu'on leur a fait peur ? demande Fatima, les yeux brillants.

— Ça m'étonnerait, répond Patrice. Ils n'auraient pas fait tout ce cirque.

— Alors ? questionne Sylvain.

Comme s'il apportait une réponse apparaît le buste du Mécène. De son doigt tendu à ras des marches, il désigne Patrice :

— Vous êtes viré ! crie-t-il, encore rouge. Ne remettez plus les pieds dans ma station !

Et le Mécène disparaît vers ses appartements, un étage plus bas. On entend la porte claquer avec violence.

Patrice ouvre la bouche pour informer les autres qu'il commence à comprendre lorsqu'une cavalcade énorme envahit l'escalier : les auditeurs les plus courageux arrivent à grand fracas, hurlant « tiens bon Patrice ! », armés de manches de pioche, de hachoirs, de pieds-de-biche, de tuyaux. Il y a même un authentique fouet de charretier.

Tout le monde crie et vocifère, pousse et bouscule, s'interpelle : « Tiens, tu es là, toi ? » « Ça boume ? » « Il est où, Patrice ? » « C'est toi, Patrice ? Je te voyais pas comme ça ! Et les truands, où i sont, les truands ? » « C'est des vrais ? » « Et Ghislaine ? » « Elle a fait le petit ! » « Non ? » « Si ! Un garçon ! » « Ça s'arrose ! »

« QUE PERSONNE NE BOUGE ! POLICE ! » hurle une voix déformée par un mégaphone.

« Oh meeerde ! » crie un chœur de voix découragées. Puis on entend le fracas des armes par destination et des casques qui roulent dans les escaliers. Alors que tout commençait à s'arranger...

Un flic en civil, avec une longue mâchoire, une fine moustache et des cheveux ondulés, se fraie un passage entre les occupants tassés dans l'escalier. Il note d'un coup d'œil professionnel que certains individus ont des vestes de pyjama, d'autres des chaussures disparates. Une jeune fille est en bigoudis.

— Oh mais je te connais, toi ! lance-t-il à Fatima. Il va falloir t'expliquer, hein !

— On a vu les assassins de mon frère ! crie Fatima qui ne tient plus en place.

— Assassins ? Je croyais qu'il avait été enlevé, ton frère ?

— N'empêche qu'ils sont là, en dessous !

— En dessous ? J'en viens ! C'est même l'homme qui nous a appelés, rapport au chahut ! Brigadier-chef !

— Monsieur l'inspecteur ?

— On va commencer par une jolie vérification. Embarquez-moi tout ça !

— On n'a qu'un car, chef. L'autre-

— On fera plusieurs voyages ! On a tout le temps.

Ça râle et ça gueule mais c'est coincé dans les escaliers.

— Et pendant ce temps, les truands sont déjà à Marseille, proteste Patrice.

— Toi, le malin, je te conseille de garder ton souffle. On n'est pas au bout de la nuit, prévient l'inspecteur-chef Durbé.

La nuit est longue, en effet, pour tout le monde. Qui aurait l'idée de se munir de papiers avant de voler au secours de son animateur préféré ? Selon la loi, il aurait fallu.

Et les heures passent à peine, dans les soupirs, les récriminations, la sueur, la soif, les éclats de voix et les bâillements.

Quand l'aube se lève sur les visages blafards et les yeux rougis, l'inspecteur-chef Durbé est face au trio.

Blondinet vient juste d'arriver, frais et rose, puant le déodorant. L'inspecteur fait la grimace :

— Va me chercher du café et passe-toi à la Javel, dit-il, aimable, à son subordonné. Bien. Essayons d'y voir clair, ajoute-t-il à l'intention du trio. Vous prétendez, dit-il à Patrice, avoir été menacé sans l'être, enfin, une impression, des coïncidences, rien de précis, tout très vague, dans la rue, le jour, la nuit...

— Ce que les jurés appellent l'intime conviction, tranche Patrice en deux coups de canines.

— Amusant ! Suivi, défenestré — enfin, vos livres — par ces deux individus, et peut-être un troisième... vous les avez vus faire, pour les livres ?

— Non.

— Intéressant, et ces deux individus seraient ceux-là mêmes qui auraient enlevé le frère de mademoiselle qui serait en réalité assassiné, et ne seraient donc pas des policiers mais des truands. Je suggérerais toute une bande, pour la vraisemblance. A propos, vous avez sans doute *aussi* retrouvé le corps ?

16

— Le salaud ! Le salaud ! Le salaud !

— Allons, allons, calme-toi, dit Simone en entourant les épaules de Sandrine de son bras. C'est la chaleur. Tu es fatiguée, on étouffe, va prendre encore un bain, ça ira mieux, tu verras.

— Je vous dis que c'est un salaud ! hoquette Sandrine. Il s'acharne sur moi, il... il emmerde tout le monde à cause de moi, même l'orchestre me regarde de travers. Vingt-trois fois ! Il m'a fait recommencer vingt-trois fois le même passage, renifle-t-elle. C'est un sadique, je vous le dis. A cause de lui, tout le monde me hait.

— Il est comme ça, ma petite. Je te l'ai assez dit. Va le trouver en privé et gifle-le.

— Je n'oserai jamais.

— Alors, supporte. C'est pour ça qu'il t'a choisie. Tiens bon. Tu chantes merveilleusement, Klingenbeck le sait, il te persécute, c'est sa façon de se gonfler les plumes, à ce paon. Ou alors, couche avec.

— Beurk !

— Hé bien... supporte. C'est un vieux fou. Il lui faut un défouloir. Mais tu verras : tout de suite après le Festival, il te fera engager pour un grand rôle.

— En pensant ce qu'il dit de moi ?

— C'est du cinéma ! Tout le monde connaît son numéro. C'est *lui* qui rend l'orchestre fou, pas toi. Tu vas faire un succès.

— Sous mes voiles ? Vous avez vu ce costume ? On dirait une serpillière. Comment voulez-vous qu'un tas de chiffons fasse un succès ? Je n'aurais jamais dû accepter de chanter avec ces deux vieilles mijaurées.

— C'est un peu vrai. Tu aurais dû garder Papagena. Maintenant, c'est trop tard. Cramponne-toi.

— Demain, la générale... soupire Sandrine. Encore quinze jours dans ce trou et ensuite... Paris ! C'est aussi bien. Avec l'autre qui a disparu...

— L'autre ?

Simone est tout de suite alertée par le ton de Sandrine. Voilà pourquoi la petite idiote est si larmoyante. Déjà des histoires... ça promet !

— Sandrine... commence prudemment Simone, sachant que sa protégée n'est plus très facile à manier, Sandrine, ne laisse pas les hommes envahir ta carrière... Quel autre ? glisse-t-elle d'une voix légère.

Il y a un silence. Sandrine s'est allongée sur le lit, les mains derrière la tête, elle fixe le plafond.

— Ce petit blond, Patrice... dit enfin Sandrine. (Les mots ont du mal à sortir) : Il était gentil, sympa et puis tout d'un coup : plus rien. Envolé. Sans un mot.

— Vous vous êtes disputés ?

— Même pas. Klingenbeck d'un côté, Patrice de l'autre, et ce rôle minable...

— Sandrine ! Il y a trois mois, tu l'aurais demandé à genoux, ce rôle...

Sandrine se tait un moment, puis :

— C'est vrai, concède-t-elle. Mais je me faisais une fête de ce Festival et rien ne va comme je croyais. On m'a donné un bonbon au poivre.

— Ça arrive souvent. Ecoute, ma petite, prends un peu de distance, la veille d'une générale, tout va de travers. Et le jour de la générale encore plus. Tout le monde s'énerve et se marche sur les pieds. Résigne-toi.

— Qu'est-ce que je lui ai fait ?

— A Klingenbeck ?

— Mais non, à Patrice.

Une larme furtive roule sur sa joue.

17

L'inspecteur-chef Durbé a donné rendez-vous au premier adjoint dans un petit bistro rencogné en face du Palais de Justice. Le faux air de temple grec de l'édifice lui a toujours donné un sentiment de sécurité dont il a bien besoin, malgré la faune pittoresque et colorée qui se prélasse sur les marches d'accès.

Le samedi matin, la brocante régionale vient au café faire ses comptes discrets, mais les autres jours, il est plein d'avocats en rupture de ban, qui recommencent indéfiniment leurs plaidoiries de la veille ou du lendemain.

On s'y sent à l'abri et l'on y peut causer tranquillement dans le fond obscur et presque frais, laissant les tables de la terrasse aux amateurs de gaz d'échappement.

Aussitôt bue, la bière pétillante se transforme en amère transpiration. Les feuilles de platanes ont des raideurs de carton, on respire à petits coups pour s'épargner l'air brûlant.

— Vivement l'automne, dit l'inspecteur, le front moite.

— Vous ne m'avez pas appelé pour me parler

du temps ? demande monsieur Pigasse, assez renfrogné.

Il venait d'avoir avec madame Pigasse une scène pénible, où elle lui avait présenté une longue liste d'infidélités réelles ou supposées, où elle avait parlé de ce qu'elle avait enduré toutes ces années pour son seul bénéfice à lui. « Et moi, criait-elle, et moi, je n'existe pas, alors ? La femme du contremaître, la femme du conseiller, la femme du premier adjoint, tu crois que c'est quelque chose ? Rien du tout. Une potiche ! »

Monsieur Pigasse s'aperçut alors avec effarement qu'elle portait une jupe claire et un corsage bariolé.

— Tu n'as jamais manqué de rien ! criait-il en arpentant la bibliothèque où il l'avait entraînée à cause des domestiques.

— De considération ! lança Mathilde immobile devant la froide cheminée en pierre de Rognes.

— De considération ! Avec une pareille bastide, toute la ville à tes pieds, des réceptions, des amis du grand monde... tout ça !

— Et moi ? MOI ? Tu sais qui je suis ?

— Ma femme !

— Exactement ! Et RIEN d'autre !

Monsieur Pigasse avait interrompu ses allées et venues, interloqué : Mathilde, si effacée, menue, discrète, prenait soudain comme une stature, ses yeux paisibles lançaient des éclairs, ses mains timides s'ouvraient pour une menace... Ma parole, elle avait *aussi* changé de coiffure !

— Mathilde ! s'écria le conseiller, soudain désorienté, Mathilde chérie, que se passe-t-il ?

Il ne l'avait plus appelée chérie depuis l'époque où elle conduisait la camionnette brinquebalante dans les mauvais chemins des collines. Ils y construisaient alors des cabanons en dur, sans permis, presque en contrebande. On commençait par une espèce d'abri de jardin, on laissait passer un an ou deux, et si personne ne réagissait, on ajoutait une pièce, puis une autre. La villa évolutive, en somme. Il suffisait d'acheter un bout de friche, un bout de pinède et on devenait PROPRIÉTAIRE. Le jeune Pigasse venait donner un « coup de main », ni vu ni connu, travail au noir, paiement comptant, en liquide.

La jeune Mathilde transportait les matériaux par des chemins détournés, les yeux sous le volant, les cheveux gris de poussière, la gorge moite de transpiration. Il lui payait un coup à boire, comme à un homme. « C'est mon livreur ! » disait-il fièrement au « client » maculé de plâtre. Et il l'embrassait ostensiblement, à pleine bouche, pour que pas un ne se fasse des idées. Il sentait le tabac et la sueur. Il lui arrivait parfois de la posséder tout debout entre deux gâchées de plâtre avec une sauvagerie qui la laissait rêveuse.

Il lui faisait ensuite visiter le cabanon avec ses méchantes poutres de récupération, ses tuiles d'occasion et la citerne pour l'eau de pluie...

— Garde tes chérie pour tes putains, coupa Mathilde. Autant que tu veux. Mais je te préviens, ne me ridiculise plus sous mon propre toit, encore moins avec des invitées.

— Des invitées ? Ah, tu veux parler de cette asperge anémique ? Ingrid machin chose ? Hé bien permets-moi de te dire-

— Hem, hem, objecta une voix étouffée mais harmonieuse.

La Preguntas ! Dans la pénombre de la bibliothèque, il n'avait pas vu la touffe de cheveux qui dépassait d'une des bergères à haut dossier. Tout devenait clair : le courage soudain de cette idiote de Mathilde, sa clairvoyance tardive et la récitation du catéchisme féministe. Bravo !

— Bravo ! dit monsieur Pigasse planté, furieux, devant la Magnifique. On peut dire, chère madame, que vous avez une curieuse conception de vos devoirs d'hôte !

— Je pourrais vous adresser la même remarque, sans en changer un mot, cher monsieur. Mais je vous en prie : c'est ce soir la première, je dois épargner ma voix et mes forces. Il me faut du calme pour la concentration.

Monsieur Pigasse avait déjà quitté la bibliothèque, proposé à Mathilde, pour la calmer, un article sur elle et son action auprès des vieux, ou des enfants, n'importe, dans le prochain bulletin municipal, avec une belle photo. Il avait obtenu un haussement d'épaules.

Jean-François était alors apparu à sa manière silencieuse et fermée pour lui dire qu'un certain Mickey — Durbé, en code — voulait le voir d'urgence à l'endroit habituel.

— Pour parler du temps ? Oui. Le temps se couvre, j'en ai peur, dit l'inspecteur en penchant ses ondulations vers monsieur le premier adjoint.

— Vous désirez ? demande une voix féminine.

— Une menthe à l'eau, répond monsieur Pigasse sans se retourner.

Il pense aux photos, il pense à Prosper, il pense à Mathilde : quelle garce, cette Preguntas ! Il ne peut pourtant pas se brouiller avec elle, le reportage de

Paris-Match sur les nouveaux mécènes n'est pas encore paru.

— Tâchez d'être clair, dit sèchement le premier adjoint.

Le policier regarde autour de lui, attendant que la fille ait posé la menthe à l'eau, se penche à nouveau (sueur et ail) :

— J'ai des antennes à la sous-préfecture... On s'intéresse de près à un certain Patrice, journaliste à Radio-Puce, ce truc marginal...

— Cette radio pourrie fonctionne encore ? Après ce qu'elle a bavé pendant toute la campagne ?...

— On est en train de la reprendre en main, annonce fièrement Durbé comme s'il y était pour quelque chose. On a commencé par le foutre dehors. En attendant, le fouinard fouine toujours, il semblerait connaître beaucoup de monde, dans tous les milieux, et je me retrouve avec une histoire sur les bras.

Monsieur Pigasse trempe les lèvres dans son verre de menthe tout en fixant l'inspecteur de ses yeux gris, manière de dire : qu'est-ce que j'ai à voir là-dedans ?

— Qu'est-ce qu'il est devenu, le bougnoule dont vous m'aviez parlé ? demande Durbé.

— Vous voulez dire ce jeune qui... ?

— Oui. Attendez, j'ai son nom quelque part.

— Laissez, laissez, l'affaire est réglée, coupe monsieur Pigasse, peu désireux de revenir sur cette histoire qu'il commençait à oublier.

— Par vous ? s'étonne l'inspecteur.

— Pas exactement, non, des amis... heu... je ne sais pas au juste. Ils... disons qu'ils me devaient ce petit service... Ils se sont chargés de lui faire comprendre qu'il devait... rester à sa place. Je suppose, ajoute le conseiller après une brève hésitation. En tout cas, j'ai les négatifs, ment-il dignement. Et la fille est en stage d'archéologie au Mexique.

— Oui, mais voilà... La sœur du melon, et sa mère, sont venues me voir. Elles voulaient porter plainte. Il aurait été enlevé.

— Enlevé ?

— Oh, c'est des histoires qu'ils racontent, ils craignent pas d'en rajouter, comme si on s'occupait pas assez d'eux ! On n'y fait plus attention. S'il fallait se soucier de toutes leurs salades... Tenez, pour vous dire, quand j'étais en Algérie-

— Qu'est-ce que je viens faire dans tout ça ? coupe monsieur Pigasse.

— J'y viens. J'ai pris leur déposition, c'est la loi, je les ai laissés chialer et crier, vous savez comment ils sont, bon bref, et quand j'ai réussi à m'en débarrasser, je garde le P.-V. sous le coude. On ne va pas ennuyer le procureur avec des contes de sauvages.

Monsieur Pigasse regarde peu discrètement sa montre.

— Je suis obligé de tout vous expliquer, s'excuse le policier. Il y a trois jours, nous voilà appelés en pleine nuit à Radio-Puce pour une histoire d'agression pas très claire. Je retrouve cette fille, Fatima, la sœur d'Harkaoui, en pleine crise de nerfs, et ce fameux Patrice avec sa veste rose et ses pantalons trop courts, et voilà-t-y pas qu'ils auraient vu les soi-disant kidnappeurs, ou assassins, au choix — ils ne sont pas très fixés — du frère.

« Je les calme, je les interroge une deuxième fois comme si je n'avais que ça à faire et ça suit son cours. Et hier soir, j'apprends par mon... mes... de la sous-préfecture que le Patrice fouine dans tous les coins et qu'il aurait sollicité une audience du sous-préfet !

— Du sous-préfet ? Pourquoi le... ?

— Oui, comme s'il se méfiait, vous voyez ? Mon... mes... l'ont envoyé se faire foutre, ce merdeux, mais ils me préviennent. Et ça me revient. Le nom, je veux dire. Ce matin. Le nom que vous m'aviez donné et le frère de la bougnoule, c'est le même. Harkaoui. Alors je me dis que je dois vous alerter, en vitesse.

— Vous avez très bien fait, merci, dit monsieur Pigasse soudain pâli sous son hâle.

— Je me suis dit comme ça, ricane bêtement l'inspecteur, que du coup, vous vous rappelleriez peut-être que... ma piscine est pas commencée... Il y a trois mois que vous...

— Je vous envoie un tracto-pelle demain. Dites-moi, il y a des... preuves ?

— Aucune. La fille les aurait reconnus. Les ravisseurs. Mais vous savez, une parole de melon, ça ne vaut pas grand-chose, je veux dire, légalement. A moins que...

— Oui ?

— A moins que vos... enfin, les ravisseurs ne soient pas non plus très... présentables ? Vous voyez ce que je veux dire ? Là, ça compliquerait. Si le procureur s'en mêle...

— Je vois, oui.

— Le mieux, bien sûr, ce serait que le bicot réapparaisse, suggère le policier. Deux ou trois jours, le temps que ça se calme. Je les connais, c'est des furies ces bonnes femmes quand elles s'y mettent. Ils sont pas comme nous, quoi.

— Bon. Je vous remercie. Je vais arranger les choses

pour le mieux. Demain, je vous envoie une pelle. De votre côté, ayez l'œil. Et, ma foi, tâchez de freiner autant que possible.

— Des quatre roues. Mes respects, monsieur le conseiller.

Après une inclinaison du buste, Durbé s'éclipse furtivement, laissant les consommations. Monsieur Pigasse finit pensivement sa menthe à l'eau. Malgré la chaleur qui sèche tout, il se sent frileux. Il a tant de fils à débrouiller que chaque tentative les noue davantage ; il ne trouve pas d'autre solution que de rencontrer l'insupportable Prosper.

Monsieur Prosper fixe la petite lumière rouge de la lampe dorée et s'évente machinalement de son journal. Si l'illusion de fraîcheur n'a pas duré, il est au moins à l'abri de la dure lumière du dehors renvoyée par les façades claires. Il mâchonne son cigare éteint et se détend malgré l'inconfort du siège.

Il a le sentiment, monsieur Prosper, d'avoir bien avancé dans sa mission et bien travaillé pour lui-même. Ces élections, malgré d'inévitables bavures, ont finalement été un succès dont il se sent en grande partie responsable. Un travail obscur, certes, mais combien indispensable. Et pour lui, une manière d'apprentissage ; il a beaucoup écouté, observé, avec profit ; il a appris à ses hommes à se conduire en citoyens, découragé les citoyens de se conduire en hommes.

Il a fait des connaissances, rendu des services, affirmé sa présence au syndicat des Limonadiers. S'il n'a pas encore réussi à percer vraiment dans la bonne société, il commence cependant à entretenir de fructueux rapports avec les leaders du petit commerce. On l'écoute.

Il sait bien qu'il n'ira jamais de toute façon sur le devant de la scène, il lui faut rester dans l'ombre où il est plus aisé d'accomplir sa tâche, mais il a su s'adapter, construire une façade irréprochable (ses enfants vont au collège du Sacré-Cœur, avec la bonne société), et, plus fort, construire un *discours* : « C'est déjà bien assez que l'Etat nous prenne notre argent, il ne va pas aussi nous prendre nos enfants », dit-il à propos. Il reçoit des approbations.

Il lui arrive même de conduire sa femme (qui a dû renoncer au blond platine) au spectacle, dans le vieux théâtre mité. Ils ont appris à bâiller derrière leur programme.

Une seule chose le chagrine : la relative incompréhension du Baron qui conserve l'habitude de faire avancer les choses à coups de flingue. Il faut reconnaître que le Baron, lui, doit jouer sur deux terrains à la fois. Il n'empêche que monsieur Prosper se sent tenu en suspicion, surtout depuis que le Baron lui a fait cadeau d'Alex.

Alex est un bon élément, certes, fiable et très technique, mais monsieur Prosper se doute bien qu'il a gardé quelques relations avec le patron marseillais et que le cadeau est un petit peu empoisonné.

Peut-être faudrait-il... mais l'esprit de monsieur Prosper s'égare du côté de la petite lampe rouge au bout de sa chaîne qui lui rappelle une lampe identique mais lointaine et dont la lumière n'était pas fixe mais tremblotante, vacillante, si bien qu'il se demandait alors si elle n'allait pas s'éteindre dans l'instant.

— Mais non, chuchotait la redoutable vieille dame, elle ne meurt jamais.

— Pourquoi ? chuchotait le petit garçon.

— Tu vois bien, elle bouge, Dieu est dedans. Quand elle est grande, il est en colère ; quand elle est petite, Dieu se repose.

Depuis, Dieu a inventé l'électricité.

Devant l'autel, un homme en complet sombre faisait une génuflexion, se signait, puis venait s'asseoir à côté de monsieur Prosper.

— Je ne vous ai pas fait attendre ? chuchote le premier adjoint.

— Je pensais à mes affaires, répond le patron du Sidéral. Alors, mon cher, où en sommes-nous ?

— Des ennuis, des ennuis sérieux, j'en ai peur. Dites-moi (monsieur Pigasse doit s'incliner vers l'homme, à sa gauche), le type que vous deviez... qu'est-il devenu ?

— Le bougnoule ? Ma foi, je n'en sais rien... j'ai dû sous-traiter.

— Serait-il possible de le faire réapparaître... momentanément ?

— Ah je crains que non ! Les dispositions sont définitives. Mais qu'est-ce qui se passe, au juste ?

— La sœur de ce... de ce type aurait identifié deux ravisseurs.

— Ravisseurs ? Quels... ah oui ! ravisseurs.

— Et il y aurait un journaliste sur l'affaire. Et le sous-préfet.

— Un journaliste ?

La voix de monsieur Prosper monte d'indignation et de fureur. Il se reprend vite, à cause du va-et-vient des touristes courbés sous les appareils-photos et les vidéos portables. « Un journaliste ? reprend-il plus bas. Un fouille-merde alors ? Donnez-moi son nom, j'ai des amis dans la presse et... »

— Non. Un type de la radio. Une radio privée. Radio-Puce.

« Ma radio ! proteste intérieurement monsieur Prosper. Alors là, ça va chier ! »

— Donnez-moi tous les détails.

Monsieur Pigasse se penche encore un peu, avec une humilité de pénitent tandis que le truand, mains croisées sur le ventre, écoute en fronçant des sourcils de confesseur.

Le premier adjoint vient à peine de terminer que monsieur Prosper s'élance :

— Tenez-vous à carreau, jette-t-il par-dessus son épaule à la silhouette restée tassée sur la chaise.

Comme il fonce droit sur un car d'Anglaises agglutinées autour du guide, le portail s'ouvre en grand, laissant entrer des flots de soleil et les bruits de la rue. Monsieur Prosper quitte la cathédrale sans même jeter un œil aux merveilleuses sculptures en noyer : il a d'autres chats à fouetter.

*

Au bureau du Sidéral, Alex se tient devant son patron, penaud.

— Alors ? demande monsieur Prosper en se collant un cigare entre les dents, ça fait trois jours que vous avez foiré, et je n'en sais toujours rien ? Vous croyez vous en tirer comme ça ?

— On pensait que ça s'arrangerait, patron. On voulait pas vous déranger pour une bricole.

— C'est toi qui penses maintenant ? siffle monsieur Prosper. C'est monté jusqu'au sous-préfet.

— Au sous-préfet ?

Alex perd de son assurance.

— Alors là, reprend-il, ça change tout ! Bon, je peux m'asseoir, patron ?

A cause du ton à nouveau déférent, il obtient l'autorisation.

— Pas de salades, prévient monsieur Prosper.

— Voilà, juste comme on allait alpaguer le bavard, il arrive plein de flics. On a été obligés de se tirer vite fait de la radio. Heureusement, dessous, on a trouvé maître Dentau.

— Et pour cause, grogne monsieur Prosper, c'est nous qu'on l'y a mis.

— Oui. D'abord, il est monté virer le pourri, là... Patrice, et ensuite il nous a planqués. Quand ça a été plus calme, on a cherché à vous joindre à votre appartement, et puis à la villa d'Aix, à Cabriès, ici... Personne.

Alex attend apparemment une explication à propos de cette absence mais le patron reste de marbre, tétant son cigare éteint.

— Alors, reprend Alex, maître Dentau a téléphoné à Marseille, au Baron. Le Baron a dit de surveiller le fouille-merde, et la bougnoule, et d'attendre. On a attendu. Mais le fouille-merde, ajoute-t-il après un temps, on l'a pas retrouvé. Disparu. Sûr qu'il se planque.

— Et c'est maintenant que tu me dis tout ça ?

— On voulait pas se faire engueuler... Et puis le Baron a dit...

— Le Baron est patron à Marseille et moi je suis patron chez moi ! rugit monsieur Prosper. Dis-toi bien qu'un autre coup comme ça, ajoute-t-il en dévisageant férocement Alex qui se tasse sur son siège, et tu te retrouves au fond d'une calanque avec des bottes en ciment. Pigé ?

— Oui patron.

— J'aime autant. Maintenant, ajoute-t-il perfidement, si tu veux redescendre à Marseille, j'ai plus besoin de toi.

— Je suis bien, ici...

— A condition de pas vouloir me doubler.

— Ah non, j'ai jamais voulu... proteste Alex.

— Ça va comme ça. Va falloir rattraper tes conneries. Qu'est-ce que tu proposes ?

— Ben je sais pas, heu, on pourrait envoyer la bougnoule rejoindre l'autre fille, ça ferait une bonne gagneuse, elle aussi, elle est plutôt gironde, quand on aime ce ragoût. Jeunette. Il y a de la demande sur ce marché.

— Encore un enlèvement ? Non. C'est pas Marseille, ici, ça se verrait trop.

— Un accident ?

— Peut-être. Mais plus tard. Au calme. Ecoute, la bougnoule, c'est pas grave. Qui est-ce qui l'écoutera ? Le sous-préfet ? Me fais pas rigoler. Non. Ce qu'il faut, c'est coincer le fouille-merde. Ceux-là, i sont dangereux.

— Si ça tenait qu'à moi, y aurait du nettoyage dans la profession !

— Hé bien, on va au moins en nettoyer un. Seulement, il faut me le trouver.

— Il est pas à sa piaule, il y va plus depuis un bout de temps, il va plus à la radio, on le voit plus nulle part. Il va peut-être laisser tomber ?

— En téléphonant au sous-préfet ? Remarque, poursuit monsieur Prosper, supposons que toi et Max, et l'Iroquois, vous partiez un bout de temps au vert... jusqu'à ce que ça se tasse... D'ici cinq, six mois, on fait monter quelqu'un de Marseille pour s'occuper de la bougnoule et basta !

— Mais pourquoi le sous-préfet ? s'interroge Alex, perplexe.

— Parce que c'est un de ces salauds de rouges, tiens !

— Ah bon... Et si-

Le téléphone interrompt Alex.

— C'est vous, patron ? grince l'Iroquois à l'autre bout de la ligne, tout excité. On a retrouvé le type !

Le visage de monsieur Prosper s'illumine.

— Le fouille-merde ?

— Ah non, non, l'autre, qu'on cherchait avant, le Marajeno, je sais plus, avec des plumes !

— Ah oui, Papaguéno. On l'avait oublié, celui-là, dit monsieur Prosper à l'intention d'Alex. Le lâchez pas ! crie-t-il dans le combiné.

— C'est Max qui est après lui... je vais tâcher de... oh merde !

— Quoi encore ?

— Max est revenu, patron... Il l'a perdu...

— Connards ! braille monsieur Prosper.

Le cigare luisant de salive roule sur la table. L'Iroquois écarte le combiné de son oreille avec une grimace. Il entend le souffle précipité et imagine le visage congestionné.

— Qu'est-ce qu'on fait, patron ? chuchote-t-il encore davantage quand il ne peut plus supporter le silence menaçant.

— Enculez-vous, pédés !

Monsieur Prosper raccroche brutalement. Il regarde Alex comme s'il allait l'étrangler de ses grosses mains, puis il se calme lentement, devient rêveur.

— N'empêche, finit-il par dire, et si c'était vraiment une combine pour nous avoir ? Si ce Papageno, il travaillait pour le fouille-merde ? Hein ? Ça expliquerait bien des choses...

— C'est sûr, approuve Alex qui ne voit pas ce que ça explique.

— Faut pas oublier que l'emplumé est venu fouiller au Salomé. Essayer de délivrer le macaroni, peut-être ? Il en sait trop, ce Patrice. Il y a bien quelqu'un qui le renseigne... Depuis le temps que je dis qu'il faut le sabrer. Paraît qu'il a bavé sur tout le monde, pendant la campagne. Y a pas des lois contre ces fumiers ? Et qu'est-ce qu'il fout, ce ramolli de Dentau ?

Quelqu'un, qui avait des lettres, avait surnommé maître Philippe Dentau, Philippe-Légalité. Il était fier de ce surnom, le bougre. Un hommage à son habileté qui lui faisait dire d'un ton sentencieux : « C'est dans le Code qu'on trouve les moyens de tourner le Code. » Il savait vendre fort cher et prudemment ses talents à qui les méritait. Sa rencontre avec le Baron pour une affaire de faux en écritures, vite réglée, avait scellé son destin. Le Baron avait l'argent facile, et de l'ambition à la mesure de ses moyens. Tout en affichant un mépris bien français pour les Italiens, le Baron rêvait de fonder une Honorable Société gallicane : il lui fallait une assise financière — pas de problème — et politique, et là, c'était plus délicat.

Non que le Midi, avec ses habitudes de clientélisme rendu honorable par l'épisode du Maquis, n'eût constitué le terrain rêvé, mais la longue tradition sicilienne faisait défaut. N'importe. Une tradition, ça se fabrique. Il ne manquait pas d'organisations paramilitaires et pseudo-civiques, d'associations d'Anciens Combattants, de rapatriés, de chasseurs même, où placer des hommes ; de maires inquiets de leur réélection, d'aspirants députés prêts à tout pour un siège, et de travaux grandioses où glisser quelques briques.

Le Baron développait son empire, on relevait les morts dans les rues et les bars de Marseille — et d'ailleurs —, l'argent de la drogue, de la prostitution, des machines à sous coulait à flots, apaisait les consciences, fermait les bouches.

Les lieutenants du Baron défendaient les marches de l'Empire, agrandissaient le territoire, imposaient la loi et l'ordre. Il ne manquait au Baron qu'une vraie famille pour être un vrai Parrain. Malheureusement, ça ne s'achète pas.

Maître Dentau, outre son rôle de conseil, pouvait dès lors, au service du Baron, se lancer dans ce qu'il appelait avec concupiscence les « Affaires ». Acheter et revendre des immeubles, des boîtes de nuit, s'emparer d'une radio privée, calculer, soupeser, flairer, corrompre, bousculer au besoin : ses rêves de businessman à l'américaine devenaient réalité avec cette devise : Prudence et longueur de temps...

— D'accord, longueur de temps, rage monsieur Prosper au bout du fil, et résultat quoi ?

— Résultat, répond maître Dentau de sa voix grave et caressante, résultat, je l'ai vidé. Parce que *maintenant* j'ai le pouvoir de le faire. Je les tiens, et vous verrez d'autres changements à Radio-Puce.

— Très bien, vidé, bravo, et vous l'avez rendu muet ?

— Je ne vois pas qui un petit minable comme ce Patrice peut alerter...

— Le sous-préfet.

— Quoi ?

Il y a un silence atterré du côté de Philippe-Légalité. Depuis que les autorités administratives font dans le rose révolutionnaire, on ne sait plus de quoi elles sont capables. Elles non plus, semble-t-il.

— Alors là, reprend l'avocat, il va falloir que je réfléchisse.

— Vous n'avez pas d'autres renseignements sur ce Patrice ? Son nom ?

— Cette radio était une pétaudière. Des marginaux. Chacun venait faire son numéro dans son coin, et personne ne connaissait son voisin. Im-pen-sable ! J'ai eu un mal fou à-

— Bon, bon... Pendant que vous réfléchissez, moi je vais agir.

Monsieur Prosper raccroche et regarde Alex longuement, le cigare à nouveau planté dans un coin de la bouche.

— Tu vas t'en sortir, cette fois ?

— Parole, patron. On va vous régler ça aux petits oignons.

— T'as intérêt. Alors écoute-moi : tu vas me retrouver ce Papageno et, grâce à lui, on va remonter jusqu'au journaleux. Et le journaleux, vous allez me l'amener à la villa.

— Celle d'Aix ou à Cabriès ?

— A Cabriès. J'ai pas envie qu'il m'ameute encore toute la ville. De ce temps, moi je vais me renseigner pour savoir ce qu'il pèse à Aix, l'ordure. Pas plus qu'un perroquet, je suppose. Et si c'est le cas...

18

Imaginez une place rectangulaire ornée de platanes aux troncs énormes et torturés par des élagages barbares, ouvrant sur une petite rue où se presse, montant et descendant, un flot de piétons parlant toutes les langues.

Imaginez les vastes et lourds hôtels qui la dominent, ouvrant leurs hautes fenêtres sur la fraîcheur nocturne du pavé ; imaginez une fontaine chuchotante et, barrant le fond de la place, la façade ouest du Palais de l'Archevêché dont la pierre dorée luit sous la lumière des projecteurs.

Imaginez les solennelles portes de bois ornées de guirlandes, ouvrant sur un long porche voûté, fermé à l'autre bout par des grilles finement forgées ; imaginez, dans cet espace compris entre cette ultime défense et la place quasiment investie, une foule élégante et parfumée, parlant bas, riant fort, consciente des regards jaloux ; imaginez des femmes en tenues de soirée extravagantes et géniales, des actrices dévêtues par Kenzo, Dior, Idriss, des vedettes de la Radio, de la politique et même de la Télé, tout un concours d'ostentation dont la moindre n'est pas le port du jean et du polo ; imaginez qu'un gain illicite vous permette de franchir les grilles parcimonieuses : vous gagnez la cour intérieure de l'ancien Palais en direction des gradins. Vous voilà mêlé au Tout-Paris.

Le ciel est bien au rendez-vous, découpé à angles droits par les austères façades XVIIe, sombre au-dessus de vos têtes, et les étoiles que vous percevez à peine brilleront d'un autre éclat lorsque les lumières s'éteindront.

C'est que, depuis les gradins, on attend d'autres étoiles dont il ne faudrait pas ternir l'éclat. Elles vont arriver peu à peu et le plus tard possible, s'arrêtant devant la fosse d'orchestre avec une pose gracieuse propre à mettre en valeur leur silhouette, les millions qui leur couvrent les épaules, les mains, les bras, tandis que d'autres passeront furtivement, tête baissée, épaules courbes, marche rapide, comme si elles craignaient de manquer l'autobus.

Il faudra longtemps pour que tous les sièges se garnissent et chacun pourra à loisir observer, saluer, adresser des signes de reconnaissance, quitter sa place pour revenir, examiner la scène, écouter son voisin, rappeler que les pilastres, les moulures, ce qui figure murs et colonnes et même le manteau d'Arlequin, tout cela est en bois, jusqu'aux pots à feu, tout là-haut.

Tout ceci : murmures, appels, rires, conversations, toux, constituera une rumeur sourde et puissante comme une marée dont les roulements parviendront au-delà du rideau de scène.

La Preguntas, enfermée dans sa loge avec son habilleuse, n'y prêtera pas la moindre attention, occupée, tandis que la femme s'affaire, à dévisager la Virgen del Pilar posée sur sa coiffeuse. Elle la regarde ainsi, sans rien lui demander, sans rien lui dire, et les yeux fixes de la statuette colorée suffisent à calmer les battements de son cœur.

Sur le plateau, les machinos font glisser sur leurs rails les derniers éléments de décor, ajustent des poids, rectifient des pendrillons, vérifient une dernière fois la fiabilité d'un praticable.

On voit passer des soldats vêtus comme des scarabées, deux électriciens courent sur la pointe des pieds en portant une échelle, deux prêtres dans de longues robes moirées disputent une partie sur un échiquier de poche, un accessoiriste tourne sur lui-même, un paquet de mousse en plastique sous le bras, cherchant la marque.

Le prince Tamino, signor Vigorelli, est déjà à sa place. Il a les yeux fermés et ses lèvres bougent incessamment comme s'il disait un chapelet.

Au premier étage, les figurants et les choristes vont et viennent dans une agitation de fourmilière et la voix du régisseur mesure le temps, depuis le haut-parleur : deux minutes... une minute...

Sandrine vérifie une dernière fois le tombé de ses voiles, elle a même failli se regarder dans la glace, mais à quoi bon, sous cette serpillière... Il est temps de descendre. Elle croise Papageno, tout rond dans son costume couvert de miroirs qui la fait cligner des yeux. Il lui adresse un sourire crispé et croise les doigts.

Derrière le rideau monte l'angoissant brouhaha où se mêle l'accord des instruments. Et puis soudain, les lumières de la salle baissent, il se produit une sorte de respiration unique, un souffle collectif suivi d'un silence profond où éclate fortissimo la sonnerie de l'adagio introductif. Plus rien ne compte.

*

Maginus marche à pied parce que son vélo n'a pas d'éclairage. Il est fâché contre sa mère. Il n'aime pas sortir la nuit, elle le sait bien, alors pourquoi est-ce qu'elle le force ?

— Ils ont dit qu'il fallait que tu te réadaptes.

— Je travaille, je gagne de l'argent, j'ai un métier.

— Ils ont dit que tu devais vivre comme tout le monde. En ce moment, tous les jeunes de ton âge sont dans la rue. Tout le monde sort la nuit.

— Mais j'aime pas la nuit. C'est dangereux.

— Qu'est-ce que tu racontes ? Quand j'avais ton âge... Allez, mon poussin, pour me faire plaisir.

— Mon costume est pas propre.

— Vas-y en jean, prends des vacances.

— Ah ben non ! Je vais pas en ville en vacances. En vacances, je reste avec toi.

— Dans la nuit, ça se verra pas, qu'il est pas propre.

— J'irai demain soir.

— Tu as déjà dit ça hier, avant-hier. Allez, sois mignon.

Maginus sait très bien pourquoi sa mère veut le faire sortir. Il la regarde pour qu'elle comprenne, mais elle ne pense qu'à elle.

— Tu ne vas pas m'obliger à me fâcher ? reprend-elle.

Maginus va dans sa chambre en traînant les pieds, il commence à enfiler son costume blanc qui tire sur le gris maintenant. La culotte est tachée aux genoux et l'une des petites ailes pend tristement. Seul le masque est encore beau avec les paillettes et les plumes, et derrière ce masque, il se sent comme à l'abri.

— Tu vas téléphoner ! crie-t-il depuis sa chambre sur un ton de reproche, à travers le masque.

— Qu'est-ce que tu racontes ? répond sa mère.

— Je le sais bien, tu vas téléphoner !

— Ça suffit, coupe sèchement sa mère. Tu sais à qui je vais téléphoner si tu ne fais pas ce qu'on te dit ?

Tête basse, Maginus emporte son panier blanc et la clé de l'antivol, et quitte sa mère sans un regard. Elle se penche par-dessus la rampe : « Ne rentre pas trop tard ! » dit-elle d'une voix plus douce. « Je ne rentrerai PAS ! » crie Maginus, pour l'embêter.

Dehors, il se cache avec son vélo contre le kiosque à journaux et surveille la sortie du bâtiment B. Il n'a pas longtemps à attendre. Voilà pourquoi sa mère voulait tellement se débarrasser de lui, pour recevoir son sale type qui sort en rasant les murs et se dirige vers chez eux. Et en plus, il est chauve !

Maginus a bonne envie de retourner à la maison pour apprendre à sa mère à mentir et les surprendre tous les deux. Qu'est-ce qu'ils diraient, hein ?

Il hésite, puis l'idée lui vient qu'ils seraient capables de prévenir les autres, là-bas. Après tout, elle l'a bien déjà fait, non ?

Il enfourche tristement sa bécane et descend le boulevard à toute allure. Quand il est près du centre, il cache son vélo dans un coin, bien cadenassé : en ville, il y a trop de policiers et il pourrait être pris sans éclairage.

Il ne sait pas au juste ce qu'il va faire ; peut-être travailler un peu et puis, s'il a assez d'argent, aller au cinéma ? Un film où il y aurait des femmes nues, vraiment nues et qui vous regardent dans les yeux.

Dans la rue, les gens se retournent, mais pas beaucoup et il a l'habitude maintenant, c'est un peu comme s'il était une vedette, un grand musicien qui jouerait au Festival et les gens se poussent du coude en le croisant et lui font un sourire.

— Hé toi ! Hé l'oiseau ! crie une voix derrière lui. Hé, Papajéno !

— Papageno, rectifie Maginus en se retournant. L'oiseleur !

Son sourire s'efface sur ses lèvres car il reconnaît aussitôt, à une quinzaine de mètres, le type roux qu'il avait vu l'autre fois, quand il était descendu dans cette horrible cave, là où il y avait le martyr.

— Hé, crie le type avec un faux sourire, hé, viens !

Il lui fait signe d'approcher par-dessus les têtes des gens qui déambulent, bavards et désœuvrés. Le type n'est pas grand et doit tirer sur son cou. Il y a un maigre à côté de lui, pas grand non plus, qui fait pareil.

Maginus accélère le pas, c'est difficile avec cette foule, il faut se faufiler, crocheter, essayer de ne cogner personne, dire pardon. Il se retourne et voit les deux têtes qui apparaissent alternativement quand ils sautent pour le retrouver.

Autant qu'il peut, il essaie de courir maintenant, il passe devant la cathédrale, il tente un crochet sur sa droite pour prendre la rue du Bon-Pasteur, mais les autres sont presque à sa hauteur, heureusement de l'autre côté du flot qui les sépare. Il continue donc, et, dès qu'il peut, tourne sur sa gauche, pendant qu'ils sont empêtrés dans les touristes qui râlent : *« Mein Gott ! O Lord ! Basta cosi ! ¿ Qué pasa ? »*

Il court et traverse la place devant l'Archevêché où tournent les curieux devant les lourdes portes fermées dans l'espoir de saisir une bouffée de musique, d'apercevoir une diva. Ils le regardent passer, l'un d'eux photographie au flash ce figurant qui arrive en retard, ça fait scoop.

Maginus entend les pas des deux autres derrière lui, il a très peur, il se sent comme une boule de nerfs, son cœur cogne dans sa poitrine, il a du mal à respirer. Avec la vivacité d'un chat il se jette dans les petites rues sombres, tourne rue Campra, a un mouvement du côté de la ruelle baptisée Esquicho-Coude mais ce petit boyau obscur l'effraie, il descend la rue Campra (et toujours les pas derrière lui, des cris et des jurons, et une voix haletante — celle du rouquin — qui crie : « On te veut pas de mal ! » Et l'autre, grinçante, qui ajoute, hors d'haleine : « C'est juste un renseignement ! »).

Maginus sait très bien reconnaître les gens qui ne lui veulent pas de mal.

Il tourne sur sa gauche dans une rue qu'il ne connaît pas, embarrassée d'un gros camion, il y a une lumière qui brille au fond, les pas derrière lui ralentissent, les deux autres n'en peuvent plus (le tabac, l'alcool), ils marchent en se tenant au mur, un goût de sang dans la bouche.

Aux trois quarts de la ruelle, Maginus sent ses jambes se dérober sous lui, des larmes lui viennent aux yeux, brouillant tout : c'est une impasse. Contre tout espoir, il avance jusqu'à la porte fermée, en face de lui, une porte métallique sur laquelle est marqué : « Entrée des Artistes. »

Il frappe, il frappe des deux poings, les pas ont repris derrière lui, il ne veut pas se retourner, il ne veut pas les voir. (L'Iroquois tient sa longue lame bien serrée dans son poing.) « S'il vous plaît, chuchote-t-il d'une voix sanglotante, s'il vous plaît, s'il vous plaît ! »

La porte s'ouvre.

Assis sur une chaise, un vieil homme le regarde.

— Ben mon vieux, dit-il, t'es rien en retard ! M'étonnerait que tu sois pas à l'amende.

Il le pousse avec un petit rire complice dans un couloir qui donne sur une vaste pièce où se trouvent rassemblés des hommes en armure comme des coléoptères qui discutent à voix basse avec d'autres en longues robes. Certains lisent, assis sur des marches, d'autres font des mots croisés. Deux femmes tricotent.

Il y a aussi des gens qui vont et viennent, très affairés, marchant sur la pointe des pieds, bras écartés, avec un balancement de tout le corps.

Lorsque la peur quitte un peu Maginus, et qu'il commence à retrouver ses esprits, il entend, un peu étouffée, la divine musique que sa mère aime tant, et des voix comme les anges du ciel qui se répondent, s'enlacent et lui hérissent les cheveux. Il a de nouveau envie de pleurer, mais pas pour la même raison.

Et les deux autres ?

Puisqu'ils sont restés dehors, ils se sont peut-être découragés ?

Hé non, pauvre Maginus, les deux autres, après s'être fait jeter par le vieux gardien, ont flairé la rue comme des saint-hubert, ils ont découvert l'escalier métallique qui monte jusqu'au premier étage du théâtre, sur l'arrière.

La grande porte cochère est fermée mais le mur n'est pas très haut : il y a même un pilier de renfort dont la tête fait saillie, sous le lierre, à deux mètres à peine.

Alex fait la courte échelle à l'Iroquois qui s'agrippe au lierre, rejoint la crête du mur ; Alex grimpe à son tour, trouvant des prises dans la vieille muraille, dissimulé par la masse du camion. Au-dessous d'eux, une cour avec des appentis crasseux, un atelier de peinture éclairé mais vide, et l'amorce de l'escalier.

— I sont tous au spectacle, murmure Alex. Y a qu'à se laisser glisser. On monte en vitesse, la porte est entrouverte, là-haut.

— Si on nous demande quèque chose ? questionne l'Iroquois de sa voix râpeuse.

— On dit qu'on veut des autographes.

— Ça marchera ?

— Plus c'est con, plus c'est bon.

Ils grimpent l'escalier en vitesse, poussent doucement la porte de secours, débouchent sur une série de loges, et une longueur de costumes pas croyable, pendus là, dans cette espèce de grenier. Il fait une chaleur de four.

— Ecoute ! dit l'Iroquois.

Il s'immobilise, en extase : « Ça, c'est du beau », soupire-t-il en balançant la tête au rythme de l'andantino. De son index tendu, il bat la mesure.

— Hé, dit Alex, on n'est pas des touristes. Tiens, regarde, ajoute-t-il en désignant l'amorce d'un escalier, en face d'eux, ça doit aller en bas.

L'Iroquois lui fait les gros yeux : « Chut ! Dans les coulisses, on fait pas de bruit. Pense à ceux qui travaillent ! » Tous deux se dirigent prudemment vers l'escalier qui descend au rez-de-chaussée. Ils aperçoivent des prêtres et des guerriers, dans les tons noir et brun, luisants, et, la tête levée dans leur direction, le fada, tout blanc, avec ses ailes.

Ils descendent avec lenteur tandis qu'en dessous, de l'autre côté de la pièce, Maginus se déplace à l'opposé.

Il suit maintenant sur sa gauche un mur aux fenêtres occultées par du plastique noir, face aux loges. Il entend plus fort le chant et l'orchestre mais il sent dans son dos la présence des deux autres qui l'obligent à continuer jusqu'à un petit escalier très étroit qui monte sur sa droite.

En tournant pour le prendre, il les aperçoit, et leurs visages brutaux lui disent bien qu'ils lui veulent du mal. Il s'élance dans le petit escalier, débouche en trombe dans une salle pleine d'hommes et de femmes en costumes brillants, avec des boléros et des turbans.

— Papageno ? dit une voix.

— Le metteur en scène lui a changé son costume ? demande quelqu'un.

— Ça m'étonnerait, depuis le temps qu'il nous gonfle avec ses miroirs et l'artiste reflet de la contemporanéité, réplique une choriste sans reprendre souffle.

— Ben alors, qu'est-ce qu'il... ?

— Papageno ! s'exclame Sandrine, souriante. Vous êtes venu nous-

— Madame, madame, supplie-t-il d'une voix terrorisée, il faut que je sorte, dites-moi vite, par où ? Vite, vite !

Sandrine lui indique l'escalier à vis, ouvre la bouche pour ajouter quelque chose, mais il est déjà à l'autre bout de la salle. Il a l'air complètement affolé. Drôle de pauvre garçon. Sandrine retourne à sa conversation avec l'Orateur qui lui parle d'un projet d'opéra pour octobre.

Lorsque Maginus arrive en bas de l'escalier à vis, dans le passage sombre, il aperçoit devant lui une porte mal fermée à travers laquelle il entrevoit la salle, une seconde.

Il ne peut pas déboucher au milieu des spectateurs en plein concert, sa mère ne lui pardonnerait pas. Il faut qu'il trouve une cachette, cette petite porte à droite, là ; il entre dans une salle obscure au plafond voûté soutenu par d'énormes piliers, à peine éclairée par une lumière bleue qui pénètre depuis la rue par de petites fenêtres en arc, garnies de gros barreaux.

Il y a là un amoncellement de caisses, de vieux décors et toutes les boîtes à instrument de l'orchestre. Maginus repousse doucement la porte lorsque, soudain, il sent une pression en sens inverse, aussitôt il s'arc-boute en gémissant tout bas : « Je veux pas, maman je veux pas ! » Il tend la main en direction du verrou, il implore : « Maman, maman ! » Une brusque poussée l'envoie dinguer dans les caisses.

Les deux hommes entrent prudemment dans la pièce obscure, du pied l'Iroquois repousse la porte puis il assure sa longue lame dans la main droite.

— Comment on va le sortir de là ? chuchote-t-il.

— C'est pas les caisses qui manquent, répond Alex qui déjà examine un étui à violoncelle.

— Pas con.

Maintenant que leurs yeux sont habitués à la faible lumière qui vient de la rue, ils le distinguent facilement dans son ridicule costume blanc. On dirait un héron empaillé.

— J'ai rien fait ! crie-t-il tout à coup d'une voix étranglée, tandis qu'ils essaient de le prendre en tenaille. Je croyais que c'était un chien !

— Alors, suis-nous gentiment, propose l'Iroquois de sa voix de ferraille.

Ils se jettent sur lui mais la peur décuple son agilité : il escalade la pile de caisses et roule de l'autre côté, entraînant des étuis qui dégringolent à grand fracas.

Mais Alex est plus rapide et se trouve aussitôt entre Maginus et la porte. L'Iroquois le rejoint, se cognant et jurant, et ils avancent de front pour le coincer à l'autre bout de la pièce.

— Non ! crie Maginus, les mains devant le visage comme un enfant. Laissez-moi !

— On veut rien te faire, dit Alex.

— Non ! crie encore Maginus, laissez-moi, laissez-moi, au secours !

Il recule encore, terrorisé par les ombres menaçantes, et tout à coup bascule en arrière dans une sorte de sarcophage qu'on distingue à peine, au ras du sol. On entend sonner son crâne sur la pierre, un bruit sec de coquille qui se brise, ses longues jambes sont agitées de soubresauts comme des pattes de grenouille soumises à l'électricité, puis plus rien.

— Oh merde, c'est pas vrai ! gémit l'Iroquois. Oh, le patron !

— Tu peux dire qu'on a la scoumoune, répond Alex en se signant furtivement.

— C'est quoi, ce truc, un tombeau ? demande l'Iroquois qui se tient prudemment à distance.

Alex se penche pour examiner la construction à la lueur de son briquet : c'est un bassin, avec des margelles inclinées et lisses, polies, deux rigoles d'évacuation creusées à même le dallage, une arrivée d'eau.

— C'est un lavoir ! dit Alex.

— Tu déconnes ? Dans un théâtre ? Au jour d'aujourd'hui ?

— Dis, j'en avais, chez nous, je sais ce que c'est. Un lavoir, oui.

— Il est mort ?

— Il a le cou drôlement tordu. Trouve voir la lumière.

*

Tout en parlant avec l'Orateur, Sandrine a repensé à Papageno. Elle n'a pas eu le temps de lui indiquer la petite porte juste en face de l'escalier à vis, qui ouvre sur l'arrière-cour, près de l'atelier de peinture, et permet de gagner directement la sortie. C'est par là que cheminent la bière, le gros rouge, les liqueurs fortes, et les clandestins.

La gamin si mal dégourdi va se perdre et faire un miracle.

— La Reine, dans huit minutes, dit le haut-parleur.

Sandrine a tout son temps : elle ne reparaît pas avant la fin. Elle décide d'aller voir ce que fabrique ce pauvre garçon dont elle se sent un peu responsable depuis cette histoire de photo vraiment ridicule.

Elle ne trouve personne dans l'escalier, l'accessoiriste, dans son appentis, n'a pas vu passer de costume blanc — il ne voit jamais qui que ce soit, diplomatiquement —, le gamin ne serait tout de même pas allé dans la salle ?

Sandrine entend parler dans le local où l'orchestre entrepose les instruments. Un murmure confus, des chocs, elle approche, pousse doucement la porte au moment précis où la lumière jaillit, éblouissant tout le monde.

Un instant, les personnages restent immobiles, et Sandrine, bouche bée, photographie la scène : un individu, les cheveux droits sur la tête, a la main encore posée sur un interrupteur, contre le mur du fond. Plus près, penché sur une sorte de sarcophage, un type roux regarde la longue silhouette blanche de Papageno, allongée dans l'auge de pierre.

— Il est mort, dit Alex.

Devinant la présence de Sandrine, les deux hommes se tournent vers elle d'un bloc : elle les reconnaît aussitôt. Ils les ont suivis plusieurs fois, Patrice et elle, et chaque fois, Patrice devenait très nerveux.

Durant ces très longues secondes, Sandrine a encore le temps d'enregistrer l'éclair de la longue lame et la violence animale que dégagent les deux silhouettes ramassées.

Elle s'enfuit.

Sans réfléchir, elle se glisse du côté de la scène, les deux hommes sur les talons. Elle voudrait remonter vers les choristes, les figurants, là où il y a du monde, mais elle n'a pas tourné du bon côté, elle est coincée, il n'y a plus d'issue, elle est toute seule, ils vont la...

Elle tourne sur elle-même, affolée, tandis que les deux types s'approchent, prêts à bondir. Elle aperçoit une ouverture entrebâillée, c'est sa seule chance, elle s'y jette à quatre pattes, se cognant douloureusement la hanche, elle se trouve sous la scène, dans un enchevêtrement de poutres, elle entend les craquements du plancher, et surtout, comme s'il s'agissait de redoubler sa terreur, elle se sent comme enlevée par un galop de doubles croches en provenance de l'orchestre, étouffée par le rythme haletant, la trépidation vrillante et le trépignement insupportable qui accompagnent la voix noyée de Monostatos qui gémit son désir près de la vierge endormie.

Derrière une poutre, la Preguntas, dans son costume d'étoiles transparentes, foudroie Sandrine du regard, un doigt sur la bouche. Elle a le pied posé sur le plateau qui va l'élever sur scène dans quelques instants et elle ne supportera pas qu'on vienne la troubler avant cette scène capitale : tout son (tout le) public l'attend.

Comble de l'horreur, la Preguntas voit soudain arriver deux hommes couverts de poussière et de toiles d'araignées : l'un brandit un long couteau, l'autre un revolver et tous deux convergent sur Sandrine avec une férocité résolue.

Celle-ci, malgré une frayeur évidente, leur fait face, comme une proie fascinée, comme ces petites souris qu'elle donne à son cher Antoine.

Le généreux sang andalou de la cantatrice bondit plus vif dans ses veines. Que viennent faire ces individus dans SON théâtre, au moment de SON apparition, la plus belle et la plus difficile aria de toute la pièce ? Se croiraient-ils au music-hall ?

— *¡ Hijos de puta !* rugit-elle à mi-voix, essayant de les frapper avec un morceau de chevron, vous allez bousiller ma scène ! Foutez-moi le camp, *falsettos, bastardos, maricas !*

Alex ne s'est jamais encore laissé intimider par une gonzesse, même de cette taille, il plonge sous la pièce de bois qui le frôle et colle un direct dans l'estomac de la Magnifique qui s'effondre, le souffle coupé, les yeux hors de la tête. L'Iroquois ne perd pas son temps : il marche droit sur la fille, les épaules rentrées, le couteau bien en main, les bras légèrement écartés, et la fixe de ses yeux de serpent. Il sent qu'il la tient, il va la coincer contre la cloison, plus loin, et la lui fermer une fois pour toutes.

La voilà bloquée.

Sandrine, bouche ouverte sur un cri muet, regarde,

terrorisée, incapable de réagir, le couteau qui luit dans la pénombre et avance inexorablement vers elle.

Sollt es dich zu sehr verdriessen
O so mach die Augen zu[1] *!*

chante Monostatos, au-dessus d'elle. Puis, tout bascule. Eclairs et tonnerre. Sous les regards éberlués des deux truands, Sandrine se sent enlevée par le mécanisme : au-dessus de sa tête, la trappe s'ouvre et se referme : elle jaillit éperdue, aveuglée par la lumière des projecteurs, dans son lamentable costume de Première Dame, au beau milieu de la scène.

Devant elle, l'abominable Monostatos est penché, menaçant, sur la pauvre Pamina évanouie. Sans réfléchir, comme emportée par le rôle qu'elle a si souvent travaillé, Sandrine se compose l'attitude hautaine de la Reine de la Nuit, tout en écoutant follement la musique pour bien saisir le tempo. Il y a dans sa tête un tel tourbillon d'émotions que c'est comme si elle ne pensait à rien, sinon à fixer la baguette du chef pour ne pas rater la mesure.

La foule exhale un long « Oh » de surprise ; maître Klingenbeck, ivre de fureur devant ce qu'il prend pour un sabotage, devient absolument hideux mais prévient le moindre flottement de l'orchestre par une incalculable série de regards féroces qui plongent les musiciens, dos à la scène, dans l'agitation.

Zurück[2] *!* lance Sandrine, improvisant un mouvement de scène en direction de Monostatos.

1. *Ou, si cela vous chagrine trop,*
Alors fermez les yeux !
2. *Arrière !*

Ihr Götter[1] ! s'exclame Pamina, sortant de son évanouissement, et le jeu de scène — terreur et surprise — transforme heureusement son désarroi réel en désarroi simulé, de sorte que la bien fade Pamina se trouve soudain du talent.

Monostatos, qui, sur le point d'assouvir sa lubricité, était penché sur la Princesse, bondit en arrière et s'exclame :

Oh weh ! Das ist, wo ich nicht irre, die Göttin der Nacht[2].

La réplique suscite quelques rires de la part de ceux qui connaissent le livret, mais ils sont heureusement bien peu nombreux.

Sandrine a tout oublié. Elle connaît le rôle par cœur, le public ne manifeste pas, ses partenaires, en bons professionnels, continuent imperturbablement à assumer la mise en scène toujours un peu caoutchouteuse propre à l'opéra — où le texte et la musique sont en retard sur l'action. Elle peut donc improviser sans dommages, l'homme au couteau a disparu de son esprit, elle est toute à son immense bonheur, maintenant, la Reine de la Nuit, c'est elle. Elle va chanter l'Aria !

... *Meine Mutter !* chante Pamina en se jetant dans les bras de Sandrine. Puis elle ajoute rapidement à voix basse : « Qu'est-ce qui se passe ? La vieille ? » « Tout va bien », chuchote Sandrine pendant que Monostatos chante sa réplique. « Où je vais ? » ajoute-t-elle. « Vers le praticable », murmure Pamina, qui la pousse doucement. « Et après, tu reviens vers moi. » « O.K. », chuchote Sandrine. C'est comme si

1. *Grands Dieux !*
2. *Malheur à moi ! Si je ne me trompe, c'est la Déesse de la Nuit !*

elle voguait sur un nuage de sons merveilleux et de sensations folles. Fugitivement, elle regrette que Patrice ne soit pas là pour la voir. C'est du délire !

*

Il n'est pourtant pas loin. Enfermé tous ces jours chez son copain Jacky, dans un petit studio sous les toits du quartier Mazarin, il commençait à devenir fou.

L'attitude du flic au commissariat lui a vite fait comprendre que son témoignage allait se perdre dans les affaires sans suite. Le saccage de ses livres, les types — le roux, le hérissé, et un troisième taillé comme une bête et plus effrayant à lui seul que les deux autres réunis — qui surgissaient à l'improviste, de préférence la nuit, le brun maigre avec son couteau de para, le roux et son coup-de-poing américain étaient toujours là pour lui rappeler qu'il pourrait se passer quelque chose de grave.

La petite Fatima elle-même avait peut-être été menacée car elle semblait moins désireuse de « faire la justice ». Tout le monde n'est pas Jeanne d'Arc.

Patrice avait essayé de joindre le procureur, le sous-préfet, mais ces messieurs exigent des rendez-vous impossibles à obtenir. Les copains de différents mouvements n'étaient pas très chauds pour se lancer dans une affaire pas claire, des deux côtés. Un article dans le *Canard acide* ne paraîtrait que dans un mois et d'ici là...

Tournant en rond dans la pièce étouffoir, Patrice se sentait parfaitement inutile et abandonné ; et plutôt coupable d'avoir laissé tomber Sandrine sans un mot d'explication. Il ne voulait pas l'inquiéter, la compromettre, et résultat, il disparaît sans un mot, comme un goujat. Qu'est-ce qu'elle penserait de lui ?

Curieusement, il le découvrait maintenant, ça avait de l'importance.

Sandrine lui manquait.

A y réfléchir — il avait largement le temps — il aurait pu déjà quitter Aix, retrouver ses copains bordelais, recommencer ailleurs autre chose, mais il ne se décidait pas à partir, à cause de Sandrine en fait.

Transpirant et mélancolique, il pensait à elle, à son corps fragile, à sa façon de le regarder en plissant les yeux, à cette voix redoutable qui l'excluait et l'attirait à la fois...

Il se sentait ridicule de continuer à jouer le Don Quichotte et lâche de laisser tomber alors qu'il avait été chassé de Radio-Puce sans que personne ne proteste. Où était son pouvoir ? Il aurait voulu faire un foin terrible, alerter l'opinion... au risque de se faire descendre à un coin de rue obscure ?

Attaquer le Baron via Dentau dans ces conditions, parler de complicités policières sans preuves objectives — l'intime conviction ne joue que dans un sens —, c'est proprement se jeter du haut d'un pont.

Il avait déjà fait l'expérience de la solidarité et vu les bons amis s'évanouir dans des entreprises urgentes après quelques paroles de consolation.

— Ecoute, dit Jacky ce soir-là, ça m'embête mais heu, enfin quoi...

— Quoi ?

—J'ai rendez-vous avec un chouette brun musclé comme un tigre, et imagine qu'il m'aime me suive...

— O.K. O.K., je vais faire un tour...

— Je dirais même, reprend Jacky, les yeux fixés sur ses chaussures jaunes, je dirais même que si tu te trouvais une autre piaule pour cette nuit...

— O.K. O.K. Je m'incruste, hein ? s'excuse Patrice qui commence à bourrer ses affaires dans un sac de sport.

— Puisque tu en parles... C'est pas que tu gênes, remarque. Un vrai zombie. Mais, mon vieux, ajoute Jacky en s'examinant la peau dans le miroir, tu comptes durer longtemps comme ça ? Après quoi tu cours ?

— C'est-à-dire... C'est plutôt les autres qui me courent après, maintenant. Tous ceux qui osent jamais l'ouvrir, tu vois ?

— Freine un peu...

— J'y arrive pas. Une fois qu'on a commencé, c'est l'avalanche.

— Héroïque, quoi ?

Patrice lève les sourcils, étonné :

— Qu'est-ce que tu veux dire ?... Oh non, c'est pas du courage, j'ai la trouille, tu vois bien. Mais je peux pas m'empêcher. Ça me fout en boule, toute cette merde. J'arrive pas à fermer ma grande gueule, je parle, je parle, je m'excite... C'est jouissif, je leur mets le groin dedans.

Il s'interrompt un instant pour regarder sans le voir Jacky, aux prises avec un bouton d'acné qui gonfle sa joue lisse de bébé rose.

« Mais t'as raison, reprend-il, je vais peut-être bien raccrocher. Possible que je perde mon temps. J'ai mieux à faire, maintenant. (Jacky lève un sourcil interrogateur.) Une chouette fille. Je voudrais pas la rater... Allez, tchao, ajoute-t-il en flanquant une bourrade affectueuse à Jacky. Le rate pas, toi non plus.

— Oh moi, tu sais... »

Une fois dans la rue avec son petit balluchon, Patrice réalise qu'il va falloir recommencer à raser les murs, se retourner tous les dix pas sur des jambes en flanelle à la moindre alerte, et se planquer jusqu'à quand ?

Il ne lui reste plus qu'à se tirer. Rien ne le retient dans cette ville pourrie.

Et comme ça, dans les petites rues obscures du quartier Mazarin, entre deux alertes cardiaques, il lui vient une idée qui lui redonne courage : il va se glisser dans le carton à chapeaux de Sandrine et remonter avec elle à Paris. Tout simple.

Et même, s'il le faut, partir en éclaireur, pourvu qu'elle lui passe sa clé pour quelques jours.

Vraiment simple et sympa.

Une petite objection, cependant : est-ce qu'elle lui prêtera sa clé ?

Patrice s'assied un instant sur une borne qui bouche un trottoir, réfléchit tout en surveillant la rue, et pour finir décide que oui.

Il ne peut pas rencontrer Sandrine à son hôtel avec ces types toujours sur ses talons, mais il peut essayer de la voir où ils n'oseront pas se traîner : dans le beau monde, là où il y a plein de fric et de flics, dans le labyrinthe de l'ancien Palais de l'Archevêché.

A l'entrée des artistes, un petit vieux bourgeonnant hoche la tête depuis sa chaise :

— Pas possible, mon garçon, pas possible.

— Mais j'ai rendez-vous ! Avec Sandrine Pereire.

— Après le spectacle. J'ai des ordres, moi.

— C'est pour une interview. Je suis journaliste. Je dois m'en aller dans une demi-heure. Elle m'a dit : Entre deux scènes.

— Ah mon garçon, on m'a rien dit. Après j'ai les régisseurs sur le dos, ils aiment pas voir traîner des... ça mon vieux vous comprenez moi je...

Le petit vieux jette un regard par-dessus son épaule, attrape le billet que Patrice lui tend discrètement, puis ferme les yeux comme s'il était endormi.

Patrice entre sur la pointe des pieds.

— Posez votre sac, dit l'huissier sans ouvrir les paupières, je veux pas de bombe, hein ?

Patrice, docile, pose son sac, tourne le coin, se trouve dans la pièce côté cour qui jouxte à la fois les loges des vedettes et la scène.

— Vous connaissez Sandrine Pereire ? demande-t-il tout bas à un type vêtu d'une cuirasse de bousier.

— Tout le monde la connaît. Elle est en scène.

— Ah, merci.

— Et elle devrait pas y être, ajoute le soldat d'opéra comme s'il s'agissait d'un événement.

— Elle est visible ?

— De là-bas, dit-il en montrant une fenêtre entrouverte, dans le mur face aux loges. Mais si vous vous faites choper, c'est la lapidation.

— C'est qu'il y a urgence.

— J'espère.

Il se replonge dans la lecture d'un journal de courses.

Patrice se glisse jusqu'à la fenêtre entrouverte qui doit servir d'entrée pour la mise en scène. Il s'accroupit, avance la tête doucement et se trouve soudain face à Sandrine.

Et tout d'un coup : sa voix. Cette chose qu'il ne connaît pas, qu'il déteste, et puis le regard de Sandrine qui lui dit qu'elle l'a vu, qu'elle est heureuse de le voir, et bien qu'il haïsse cette voix magnifique, chaude et glaciale comme du cuivre, éclatante et subtile qui monte entre eux comme un mur chatoyant, il se sent pris d'un bonheur paisible avec la certitude qu'elle chante pour lui.

Et soudain, à la fin de l'aria, le public est debout, hurle, trépigne, crie Bravo ! Bravo ! C'est du délire. Les gens sont subjugués à la fois par la réussite vocale et la prouesse de cet impromptu dont ils ne comprennent pas le sens mais qui les stupéfie. Maître Klingenbeck est obligé d'arrêter l'orchestre, les musiciens se lèvent et tendent le cou pour essayer de voir ce qui se passe sur scène, et maître Klingenbeck, le plus horrible et le meilleur interprète de Mozart, applaudit, baguette sous le bras. C'est du délire, du jamais vu !

Chacun s'exalte à l'idée qu'il participe à l'événement de la saison, quel qu'il soit. On pourra dire : j'y étais ! On tape des pieds, on bat des mains ; Sandrine, sur scène, tremble si fort que c'est visible jusqu'au dernier gradin. Elle partage ses regards entre la salle en folie et Patrice qui saute en l'air et applaudit, lui aussi, radieux, et articule de ses lèvres muettes : « Je t'aime ! » Une carte postale romantique...

Sandrine fond en larmes, les dames du public sortent leur mouchoir, quelques messieurs reniflent, alors maître Klingenbeck réalise qu'il est temps de rétablir l'ordre lorsqu'il voit Pamina prendre la Reine de la Nuit dans ses bras pour la consoler.

— Alors mon gars, dit une voix dans le dos de Patrice, fouille-merde un jour, merde toujours.

Patrice se retourne. Sur son visage, la joie s'efface comme on tire un rideau devant une vitre. Alex le dévisage de ses yeux de métal, le menace d'un revolver et l'Iroquois, de son éternel couteau.

Patrice regarde autour de lui, à la recherche d'une issue : il est coincé ; à la recherche de secours : tout le monde se presse autour de la scène pour assister à l'événement, commenter, poser des questions, personne ne les regarde.

— Le patron, dit l'Iroquois de sa voix odieuse, i veut juste te causer.

— Et moi, ajoute Alex, depuis le temps que tu fais chier, j'aimerais bien te crever direct. Choisis.

Sandrine va sortir de scène, elle va les voir, elle va vouloir l'aider, ils risquent de...

— Allons-y, dit Patrice.

Alex glisse son pistolet dans la poche de son blouson bariolé et enfonce le canon dans les côtes de Patrice, à travers le tissu.

— J' te jure qu' ça m' démange, répète-t-il en le poussant vers la sortie.

— Déjà fini ? demande le petit vieux.

Patrice s'arrête, malgré l'arme qui lui vrille le dos :

— Je l'ai ratée... Dites-lui que je lui téléphonerai. Vous voulez bien ? C'est grave. Sandrine Pereire. Pereire. Patrice lui téléphonera.

— Partez tranquille, répond l'huissier qui déjà ferme les yeux sur son faux sommeil.

C'est comme jeter une bouteille à la mer.

Lorsque enfin Sandrine épuisée peut quitter la scène et que la représentation reprend son cours normal, elle n'a pas le temps de se mettre en quête de Patrice. Elle est aussitôt entourée d'une foule curieuse de figurants, de choristes, et doit affronter le régisseur furieux :

— Qu'est-ce qui vous a pris ? La Preguntas s'est

enfermée dans sa loge ! gémit le pauvre homme éperdu. Elle refuse de sortir. Et le directeur est introuvable ! Qu'est-ce que vous lui avez fait ?

— Moi ? Ah ben ça, c'est un comble ! J'ai failli me faire tuer, s'exclame Sandrine, et vous venez me reprocher les caprices de cette...

— Du calme ! Du calme ! Ne restons pas là.

Ils s'éloignent un peu des curieux et Sandrine raconte son aventure, les deux assassins, et le cadavre, là-bas, dans le lavoir.

— Dans le lavoir ! Mais il ne sert plus depuis... Vous n'allez pas me faire croire...

— Puisque je vous le dis !

— Bon. Allons-y en vitesse.

Sandrine préfère attendre le régisseur devant la porte pendant qu'il se rend compte par lui-même. Il revient vers elle, plutôt pâle.

— C'est pourtant vrai, dit-il d'une voix faible. Il est bien mort.

— Il faut prévenir la police.

— A un quart d'heure de la fin ? Avec la Preguntas qui refuse de sortir ? Et ce qui vient de se passer ? Vous voyez débarquer les cars de flics avec leurs gros pieds ? Ils vont tout nous démolir, cette fois. Ecoutez, je vais fermer la porte à clé et la faire garder. Je téléphonerai à la police après le baisser de rideau. Ça suffit pour ce soir ! D'accord ?

— Vous allez avoir des ennuis.

— J'AI des ennuis ! Jusque-là ! Le vrai problème, maintenant, c'est de faire sortir la Preguntas.

— Je vais lui expliquer ce qui...

— Surtout pas ! Elle ne veut pas vous voir. Elle croit que c'est un coup monté. Elle veut vous défigurer.

— Charmant ! Comme si elle n'avait pas vu ces deux types essayer de me tuer ! La garce ! Ecoutez, ajoute-t-elle devant l'air traqué du régisseur, dites-lui que si elle ne veut pas sortir, je chanterai le finale à sa place. Y en a marre, à la fin ! Excusez-moi, mais il faut que je trouve quelqu'un.

Mais Patrice longe en silence les petites rues, encadré par les deux truands qui râlent : la voiture est place de la Mairie, pas moyen de garer plus près, ça devient impossible, la circulation.

Patrice ne croit plus qu'il est conduit à une simple entrevue. Il sait trop de choses maintenant, et ils ont une façon de ne pas le regarder qui en dit long. C'est ce qui le retient de courir. Il y a pourtant un peu de monde dans les rues, même à cette heure de la nuit. Mais il est sûr d'être aux prises avec ce genre de cinglés capables de faire sauter un train pour embêter un contrôleur.

Lorsqu'ils arrivent sur la place, l'Iroquois fouille ses poches à la recherche des clés de la voiture.

— C'est pas toi qui les as ? demande-t-il à Alex tout en palpant ses poches de jean et de blouson.

— Mais non, puisque c'est toi qui...

Alex cesse brusquement de se fouiller et reste immobile, en alerte : ils sont pris tous trois dans le faisceau des phares d'une voiture de police, une R 18 blanche avec une batterie de lumières sur le toit.

— Vous voulez un coup de main ? grogne une voix soupçonneuse derrière la lumière jaune.

— Ça va chef ! Je les ai ! crie l'Iroquois en essayant d'adoucir sa voix.

Il agite victorieusement le trousseau de clés à l'intention des flics, un sourire crispé sur son visage de furet.

— Si tu dis un mot, t'y passes tout de suite, chuchote Alex à Patrice du coin de la bouche.

L'Iroquois s'installe, lance le moteur, et se penche pour débloquer les portes. Les flics sont toujours là.

— On voudrait un renseignement, crie Patrice en se déplaçant latéralement.

Il se place de l'autre côté de la voiture de sorte qu'Alex ne puisse pas le tirer à travers sa poche tout en espérant que l'Iroquois n'a pas d'autre arme que son couteau.

Personne ne bouge.

Comme s'il s'arrachait d'une plaque de glu, Patrice avance une jambe puis l'autre en direction des flics. Il est soudain couvert de sueur, la bouche sèche, les muscles raidis pour s'empêcher de courir, fouaillé par un point douloureux entre les omoplates comme une brûlure.

— Les mains sur la tête ! crie de là-bas la voix méfiante.

Patrice obéit et se sent encore plus vulnérable avec le regard d'Alex qui lui vrille le dos. Il fixe farouchement la voiture de police comme pour l'empêcher de démarrer.

— Arrête de déconner, on rentre ! lance Alex d'une voix faussement joviale.

Un des flics se décide enfin à sortir de la voiture et se tient prudemment abrité derrière la portière ouverte. Derrière les phares, Patrice devine deux silhouettes à l'avant, un peu penchées.

Tout d'un coup, il entend rugir le moteur de la voiture des truands. D'instinct, il se jette par terre au moment même où claque une détonation. Il est projeté en avant dans sa chute par un coup qui le frappe avec la violence douloureuse d'un poids de fonte.

L'auto démarre dans un hurlement de pneus. Le flic court vers la fontaine contre laquelle il s'abrite pour canarder la voiture qui fait le tour de la place avec des couinements de gomme arrachée.

— Coupe ! coupe ! crie le chef de patrouille au chauffeur en lui indiquant de traverser la place directement.

— Je passe pas ! crie le chauffeur en emballant le moteur.

— Coupe, bordel !

Le chauffeur fonce droit entre deux des piquets qui bordent la place, il y a un bruit aigu de tôle déchirée, la voiture écarte en force les piquets, le moteur est au maximum mais le bond est amorti comme par un élastique, les roues patinent follement, le chauffeur pousse sur le volant, le chef sur le tableau de bord, mais rien n'y fait : à hauteur des roues arrière la voiture se bloque avec un couinement atroce ; après un dernier soubresaut le moteur cale, il y a une odeur de caoutchouc brûlé et d'acier en fusion. Le chef regarde disparaître les feux des fuyards et se tourne, encore rouge, vers le chauffeur :

— Tu veux que je te dise ? lâche-t-il d'une voix frisant l'hystérie, avec leurs piquets, i passent les bornes.

Les deux hommes s'extraient lentement de la voiture. Maintenant, il y a des gens aux fenêtres.

— Chef, il y a le type, par terre. J'appelle le Samu ?

— C'est ça. Appelle le Samu, dit le chef en posant le bras sur le toit de la voiture, sa tête sur son bras et en fermant les yeux.

*

La Preguntas a fini par sortir de sa loge quelques secondes avant sa dernière apparition en scène. Jamais Reine de la Nuit ne fut plus altière et pathétique que la Magnifique en cette fin de soirée.

Sandrine, bien qu'à l'abri de ses voiles, n'osait pas la regarder. Sur scène, dans les coulisses, tout le monde se demandait comment allait réagir le public, après son incroyable accès de délire : allait-il renouveler son engouement ou au contraire marquer son indignation par un chahut monstre ?

Tout le monde craignait le salut final, et le salut final fut vite là.

Les chanteurs, les musiciens se regardaient, dissimulant mal leur déception : aucune chaleur dans les applaudissements, aucun bravo, pas le moindre enthousiasme : des gens polis saluaient poliment avant de quitter la salle, pressés de retrouver leur souper.

La Preguntas n'était pas femme à supporter pareil affront. Lâchant la main de Pamina et de Tamino, au beau milieu d'un salut morne et convenu, la Magnifique se dirige alors vers Sandrine penchée sur la droite, presque dissimulée par les deux autres dames.

D'abord, la diva ôte le voile disgracieux de l'inélégant costume pour révéler le visage de Sandrine, ensuite elle lui tend la main pour la conduire au centre du plateau, et, la prenant dans ses bras, elle l'étreint et l'embrasse, puis l'oblige à saluer, seule.

Nouvelle explosion d'enthousiasme ! Le public, qui avait peut-être craint d'être dupe, s'emballe à nouveau ;

ravi de cet hommage, il y associe ses cris, ses applaudissements, ses battements de pieds. Les programmes volent en l'air, et des chapeaux, des fleurs, comme au bon vieux temps ; toute cette assemblée compassée est saisie d'une agitation démente, on n'en peut plus, on étouffe, on s'embrasse, on pleure, on se conspue, on s'agresse, on rit, on déchire ses vêtements, c'est fantastique, inoubliable, proprement génial.

— Vous êtes merveilleux ! crie la Preguntas d'une voix qui couvre le tumulte. On vous expliquera !

De nouveau, elle embrasse Sandrine sous les applaudissements qui roulent comme mitraille, elle embrasse LA Pereire, et, discrètement, férocement, lui pince un bras jusqu'au sang en lui murmurant à l'oreille : « Petite salope. Jamais personne m'a baisée. »

19

A quatre heures du matin, l'Iroquois et Alex sont à la boulangerie Poulain en train de se bourrer tristement de croissants chauds sortis du four.

Ils n'arrivent pas à prendre une décision et mâchonnent dans un coin du magasin, bousculés par les noctambules.

— Vaut mieux se tirer, dit enfin l'Iroquois. Je crois qu'on a fait des conneries.

— Se tirer où ? objecte Alex. Si c'est pas m'sieur Prosper, c'est le Baron qui nous rattrape. Bonjour la java.

— Faut tenter le coup. C'est pourri pour nous, c'te fois.

— M'sieur Prosper veut plus qu'on lui raconte des salades. Faut jouer franc-jeu. Après tout, c'est un accident. Il avait qu'à pas courir, ce con.

— On a manqué le contrat, j'te dis, insiste l'Iroquois, la bouche pleine.

— Peut-être que m'sieur Prosper sera content d'en être débarrassé ? M'est avis que ça rend service.

— Il voulait le faire parler, avant.

— Il est peut-être pas mort, dit Alex en poussant l'Iroquois vers la sortie.

Ils marchent dans les rues enfin vides, mains aux poches, déprimés.

— Ecoute, reprend-il, on tente le coup. Tu connais m'sieur Prosper, si i nous paye à boire, c'est qu'i passe l'éponge. Si on voit qu'il est furax, on se casse vite vite.

— Il est pourri, ton plan.

— Peut-être. Seulement si on a les copains au cul, qui c'est qui nous gare des flics ?

— Ah merde ! J'y avais pas pensé. Bon d'accord, on tente la combine, dit l'Iroquois, résigné. Mais au moindre pet, on se casse.

— O.K. A c' t' heure, on le trouvera au cercle.

Cercle est peut-être un bien grand mot pour désigner un sous-sol aménagé en tripot clandestin, mais monsieur Prosper tenait à l'appellation pour rassurer la clientèle. Il y avait tout de même du faux bois et du faux cuir.

Après que ses hommes de main lui ont raconté leur nuit avec quelques omissions, monsieur Prosper garde un silence inquiétant. Le cigare éteint va et vient le long des lèvres épaisses. L'Iroquois se rapproche discrètement de la sortie, prêt à détaler au moindre froncement de sourcils. La tension circule entre les trois hommes comme une charge électrique. Le cigare s'immobilise, les traits du visage s'affaissent un peu, les paupières se plissent pour ce qui pourrait être un sourire :

— Si on buvait un coup ? suggère monsieur Prosper.

Les deux hommes lâchent un soupir de soulagement, Alex se laisse aller dans son fauteuil avec un bref regard à l'Iroquois qui regagne sa place, épanoui.

— C'est pas de refus, dit-il, les croissants, ça étouffe !

— Allez ! Fais le service, demande monsieur Prosper, le temps que je réfléchisse. La chanteuse vous a reconnus ?

Les deux hommes secouent négativement la tête, avec un bel ensemble, sans avoir besoin de se consulter. « Supposons que le fouille-merde est pas cané ?... » continue monsieur Prosper comme pour lui-même.

« Ça fait beaucoup trop de monde », pourrait-il ajouter pour aller au bout de sa pensée. Mais il se contente de soupirer et poursuit : « Je vous vois mal barrés. Il vous faudrait des vacances... »

Alex et l'Iroquois approuvent joyeusement de la tête. Des vacances, des vacances ! Pas toujours les autres !

— En attendant que je vous arrange ça, vous allez vous planquer à Cabriès. Il y a des provisions et tout ce qu'il faut. Et puis je vous trouverai un passage, quand ce sera plus calme. Je vous emmène.

— Pas la peine, patron, on a la voiture.

— Justement. La voiture, je la ramène, dit-il, soudain tranchant. Je veux être sûr que vous resterez planqués le temps qu'il faut. Assez déconné. Vous me prenez pour une gonzesse ? Si vous vous en tirez cette fois, c'est grâce au Baron. Alors basta. Allez m'attendre dehors, je laisse les consignes. Allez, allez.

— Qu'est-ce que t'en dis ? demande l'Iroquois, inquiet, à Alex, une fois qu'ils sont dans la voiture.

— C'est tout bon. Tu vois bien qu'il a la trouille du Baron.

— Ça s'pourrait, soupire l'Iroquois de sa voix brisée.

— Croyez pas que j'ai que ça à faire, grogne monsieur Prosper en s'installant à l'arrière. Allez, roule, et doucement, hein ?

Alex démarre en souplesse et conduit bourgeois. S'il osait, il siffloterait.

Ils roulent en silence sur la route déserte, la campagne pelée défile sous une lune pâle, les pneus chuintent sur les plaques de goudron ramolli.

— La nuit, dit Alex, tout est peinard.

Il ralentit pour prendre à gauche le chemin de la villa qui s'enfonce dans une pinède.

— Non, continue, dit monsieur Prosper. Encore trois cents mètres.

— Y a une embrouille ? demande l'Iroquois, toujours inquiet.

— Je veux pas qu'on se fasse repérer, c'est tout. On va prendre par-derrière. Quand on sera arrivés, allez pas m'allumer l'électricité. Après celle-là, tu tournes à gauche. Là. Ici. Vas-y mollo, c'est plein de trous.

La voiture cahote sous les arbres le long d'un chemin pourri bordé de dépôts d'ordures clandestins : frigos rouillés, matelas crevés, carcasses de mobs.

— Arrête-toi là, dit monsieur Prosper, on va continuer à pied. Faut pas attirer l'attention.

— Vous pensez à tout, patron, dit Alex, obséquieux.

— C'est comme ça qu'on devient patron. Allons-y.

Les trois hommes marchent en trébuchant dans l'obscurité blafarde à la lueur froide de la lune. Les pins sombres grésillent doucement. Monsieur Prosper se trouve entre Alex et l'Iroquois, il s'appuie des deux mains sur leurs épaules.

— Ça va, patron ? demande Alex de sa voix servile.

— Ça ira mieux quand j'aurai pissé.

Monsieur Prosper recule un peu dans l'obscurité. Ils l'entendent se soulager contre un arbre, soupirer d'aise.

Et puis tout d'un coup, il est de nouveau près d'eux. Il a un revolver dans chacune de ses mains gantées, deux revolvers différents : 11.43 et 6.35.

— Le Baron est de mon avis. Vous avez salopé le travail, par deux fois. Vous êtes des minables.

— Mais patron, crie Alex, vous avez dit que-

Il n'a pas le temps de finir, monsieur Prosper a tiré des deux mains en même temps. L'Iroquois et Alex sautent en arrière comme des pantins puis s'écroulent. Monsieur Prosper les achève posément d'une balle dans le cœur, puis il installe le 11.43 dans la main encore tiède de l'Iroquois et dans celle un peu moite d'Alex, le 6.35, dispose les corps de manière à peu près crédible. Et voilà. Tout va très vite.

Il rejoint rapidement la voiture et regagne la route en marche arrière.

Des chiens aboient dans le silence de la nuit.

*

Lorsque Sandrine se réveille, ce matin-là, elle reste les yeux ouverts et la nuit dingue qu'elle vient de passer défile devant elle en accéléré. Simone Vassot, qui était dans le public, lui a dit qu'à la sortie il n'était question que d'elle et du beau geste de la Preguntas — Sandrine a sur le bras un bleu comme une pièce de cinq francs.

Après le spectacle, il a fallu répondre aux questions des policiers, raconter l'histoire de ce pauvre Papageno — du moins ce qu'elle en savait : pas grand-chose — pendant qu'on entraînait sa mère qui hurlait : « Je l'ai tué ! Je l'ai tué ! »

Il a fallu répondre aux questions de la presse parisienne et internationale, et Simone qui ne cessait de répéter, ivre de joie : « Tu es lancée, ma petite, tu es lancée ! »

Elle aurait aimé parler de sa carrière, de ses projets, de son avenir, de son exploit même, on lui demandait si elle avait eu peur, elle, une femme, s'il y avait beaucoup de toiles d'araignées sous la scène, s'il y faisait vraiment très sombre, à quoi ressemblaient les tueurs, s'ils lui en voulaient personnellement, et madame Preguntas, sa réaction ?

Entre deux questions idiotes, elle laissait s'installer le silence malgré les coups de coude de Simone. Elle songeait à Patrice, son visage entrevu, et quelque chose se nouait en elle. Elle revoyait son visage radieux entr'aperçu dans les coulisses au moment de sa plus belle gloire, et maintenant, ce silence qui épaississait. Il avait pourtant promis de téléphoner.

Et ce matin non plus, il n'a pas téléphoné ; elle est morte de fatigue après cette nuit démente et dans trois quarts d'heure elle doit être au cloître de la Cathédrale, pour une émission de France-Musique. C'est Simone qui a accepté le rendez-vous. Chacun maintenant semble trouver naturel de s'approprier Sandrine pour des choses d'une telle importance qu'on ne lui demande pas son avis.

— Tu es prête, Sandrine ? crie Simone à travers la porte. Nous allons être en retard !

Sandrine regarde le téléphone comme pour donner à Patrice encore une chance. Elle a vraiment très peur pour lui, il lui semble que le lien fragile qui les unissait vient de se rompre. Une sourde angoisse la tenaille.

Pourquoi ne téléphone-t-il pas ?

Au cloître, Sandrine a la surprise de retrouver la Preguntas qui se lève pour l'embrasser ostensiblement.

Jacques Lemaire prévient ses auditeurs que pour une fois — et avec ses excuses — il allait devoir verser dans le fait divers, en même temps tragédie et conte de fées. Mais quoi d'étonnant ? *La Flûte enchantée* n'est-elle pas les deux ? Affrontement de l'ombre et de la lumière, duel ténébreux, lutte de principes antagonistes, fable merveilleuse, n'allie-t-elle pas le sublime au trivial ?...

« Une jeune cantatrice, Sandrine Pereire, que nous avons le bonheur d'accueillir, a révélé hier soir, au Festival, non seulement un remarquable talent dont nous parlerons plus tard, mais aussi un courage peu commun, puisqu'elle a réussi à échapper à une tentative d'assassinat. Avec l'aide, il faut le préciser, de madame Preguntas-Rescate qui nous fait l'honneur de participer à notre émission.

« En fait, les assassins voulaient faire disparaître le témoin de leur crime, car il y a bien eu crime, hélas, hier soir, au Festival d'Aix, crime sordide, un pauvre jeune homme tué dans des circonstances encore bien obscures. Et vous, Sandrine Pereire, vous avez surpris les assassins penchés sur leur victime ? »

Sandrine aimerait mieux parler de sa voix, de son art, mais il lui faut recommencer à raconter par le menu comment, où, pourquoi. Et la trappe. Et les toiles d'araignée. La longueur du couteau, la surprise de Pamina.

La Preguntas, dans une robe chatoyante, toise majestueusement le public qui se presse à l'émission, sous les fines colonnades du cloître. Elle laisse la petite péronnelle s'empêtrer dans ses histoires de poussière et de lame de couteau. Ce n'est pas de la sorte qu'elle lui ravira la vedette.

La veille, la Magnifique avait presque décidé de faire ses bagages malgré les protestations désespérées de son hôte et de les laisser tous en plan béer d'admiration devant « l'exploit » de la petite garce. Mais on ne devient pas la Rescate par hasard : il faut savoir se battre et mordre au bon moment.

Quelques instants de recueillement à contempler le repas d'Antoine et la solution était là, toute simple : laisser cette Pereire se noyer dans l'anecdote fumeuse de cadavre et de lavoir, de poursuite et de trappe, de vrai et de faux Papageno qui dans le fond n'intéresse personne et placer une banderille : ce Festival sera ma dernière apparition sur scène.

— Comment, sursaute Jacques Lemaire, vous voulez dire, madame, que vous songez à abandonner la représentation ? Chers auditeurs, ce Festival sera le Festival des coups de théâtre ! Le temps d'approcher un micro de la merveilleuse Preguntas-Rescate, et nous allons essayer d'en savoir plus. Je dois dire que cette décision me paraît absolument im-pen-sable. Ainsi...

Ainsi, la Preguntas retrouve la place qui lui est due, la première, pendant que la petite se morfond sur sa chaise, se ronge les ongles en public, et que cette grosse professeur-gendarme foudroie la diva du regard. Dans dix minutes, l'émission est terminée et on ne parlera que de cela : la Preguntas s'arrête ! Le voilà, l'événement du Festival, l'authentique, celui qui va remplir les journaux, bouleverser le public : les Adieux-Surprise de la Preguntas ! Quant à assurer qu'ils sont définitifs... la Preguntas se sent toujours jeune.

*

Le substitut se penche sur les cadavres, puis se recule pour laisser au photographe la possibilité d'opérer.

— Donc, reprend-il à l'adresse de l'inspecteur-chef Durbé, ils se sont entre-tués ?

— Selon toute apparence, monsieur le substitut.

— Et vous pensez que ce sont les assassins du jeune type d'hier soir, et les ravisseurs supposés de ce jeune... Maghrébin, du moins, sa sœur les a-t-elle reconnus ?

— Exactement, monsieur.

— Qu'est-ce que vous savez à leur sujet ?

— Des petits voyous sans envergure. Fichés pour vol de voiture, bagarres de colleurs d'affiches, rien d'important.

— C'est aussi bien. Voilà donc deux affaires pratiquement classées. Si nous avons confirmation. Félicitations, Durbé, du beau travail. Rapide !

— Un peu de chance, monsieur le substitut, un peu de chance... Tenez, la voilà.

Sandrine, très pâle, sort d'une voiture banalisée. Le substitut s'empresse :

— Mademoiselle Pereire, j'étais au théâtre hier soir ! Quel exploit ! Vous avez subjugué la salle. Mais, outre l'exploit, permettez de dire à un modeste amateur que vous avez une voix merveilleuse. Une chaleur, une puissance, un moelleux ! Si j'osais...

— Oui ? demande faiblement Sandrine.

Elle est visiblement à bout de forces, elle abrite ses yeux de la lumière violente derrière de grosses lunettes noires.

—Je vous demanderai un autographe. Vous êtes

notre future Diva. Notre première Française ! Nous en manquons cruellement, n'est-ce pas ? J'ai justement gardé mon programme...

Sous le regard attendri des flics, pâle et un peu tremblante, Sandrine Pereire signe son premier autographe de diva.

— Merci infiniment. Ma femme sera enchantée. Et maintenant, si vous voulez bien vous donner la peine.

On dirait que le substitut introduit la cantatrice dans son salon. Il lui tend le bras, légèrement penché, avec beaucoup d'élégance, pour la soutenir le long du chemin pierreux qui paraît noir après le soleil brûlant qui cogne sur la route.

Sandrine s'appuie lourdement : elle est épuisée par cette nuit presque blanche, ces interrogatoires, ces interviews qui ressemblent à des interrogatoires, et maintenant...

— Ne vous inquiétez pas, dit le substitut, paternel, ce sera bref. Il n'ont pas été... abîmés.

Les deux corps sont tombés de chaque côté du chemin, dans les broussailles épineuses. Il y a des mouches noires. Sandrine effleure les deux visages d'un regard craintif.

— Ce sont eux, dit-elle à peine audible, et elle se détourne aussitôt.

— Qui étaient penchés sur la victime, au théâtre, qui vous ont ensuite poursuivie sous la scène, vous menaçant d'une arme et d'un couteau ?

— Oui...

— Parfait.

Il l'aide à faire demi-tour, galant et attentionné.

— Mais comment avez-vous fait, reprend-il tout à

son admiration, pour jaillir ainsi par cette trappe, entrer si vite, si bien dans ce rôle tellement difficile ?

— Merci, répond Sandrine d'une voix plus ferme. Ça va mieux, maintenant. Seulement, je dois vous dire, ajoute-t-elle après une hésitation, j'ai peur que ces deux individus ne s'en soient pris aussi à un... à un ami. Un journaliste. Nous sortions ensemble et ils...

— Vous voulez dire... ce... Patrice ?

— Vous le connaissez ?

— Vous le connaissez aussi ? demande le substitut sur un ton de déception indignée. Vous n'allez pas me dire que...

— Où est-il ?

— A l'hôpital. Ils l'ont attaqué cette nuit.

— Il est en danger ? crie Sandrine.

— Son état est grave, répond le substitut dont le goût des prévenances a subitement disparu.

— Ah mon Dieu ! Je crois que je... je crois que je...

Les hommes ont juste le temps de l'attraper avant qu'elle ne tombe. Ils la portent sur la banquette du panier à salade. Un gardien l'évente avec son képi. Il n'y pas d'eau.

Le substitut hoche la tête, profondément déçu, puis il se tourne vers l'inspecteur-chef :

— Il va falloir l'interroger plus avant. En attendant, encore bravo. Elle les a identifiés. Mais dites-moi, Durbé... ajoute le substitut en tirant le policier par la manche.

— Monsieur le substitut ?

— Quand vous parlerez à la presse, conseille-t-il en baissant la voix, ne dites pas qu'ils ont été trouvés par un ramasseur de champignons, ici, au mois de juillet... tout le monde se foutra de vous.

— Merci, monsieur le substitut.

— Il faut penser à tout, Durbé, à tout.

A tout, ça fait beaucoup de choses. En tout cas, il ne faut pas négliger d'informer le premier adjoint de l'heureuse issue. Une piscine ne se construit pas en un jour...

La jeune chanteuse semble un peu remise, malgré ses yeux gonflés et sa mise en plis fatiguée.

— Est-ce que vous pouvez me conduire à l'hôpital ? demande-t-elle faiblement on ne sait trop à qui.

— Navré, dit le substitut du ton sec qu'il emploie avec les suspects, je dois aller à Marseille. Je suis même en retard, ajoute-t-il, les yeux sur sa montre. Durbé ?

— Monsieur le substitut, je vais à Marseille aussi, répond le policier sans essayer de paraître crédible.

— J'ai peur qu'il ne vous reste que le fourgon, dit le substitut sur un vague ton d'excuse. Ce n'est pas tellement inconfortable. C'est une sorte d'expérience. Restez à notre disposition, malgré tout.

Sandrine est bien trop épuisée pour être sensible aux sarcasmes.

— Ce sera la première fois, dit-elle distraitement.

— Il y a un commencement à tout, réplique Durbé en lui jetant un inexplicable regard féroce. Un commencement à tout.

Les deux hommes la saluent d'une raide inclinaison de buste et les voitures démarrent. Il ne reste que l'ambulance pour les cadavres et le panier à salade.

— Ben nous, on a fini, dit le chef de car. On y va, la p'tite dame ?

Le fourgon cahote sur le bas-côté, tout le monde se cramponne en silence dans le brinquebalement de la tôle surchauffée, puis le car prend de la vitesse dans un vacarme d'enfer. Les flics regardent par les vitres sales la garrigue bouffée par les lotissements. La radio crache des paroles incompréhensibles.

— Ma foi, dit le chauffeur, ça en fait toujours deux de moins.

Personne n'ouvre plus la bouche jusqu'à l'hôpital.

— Merci, dit Sandrine en descendant de la fourgonnette.

— A votre service, répond le brigadier en touchant sa visière de l'index.

Ils regardent la silhouette menue monter les marches comme une vieillarde.

Dans le hall, Sandrine achète une brassée de journaux ; Simone a bien travaillé : une photo de Sandrine en Chérubin fait la une presque partout.

« La Cantatrice chauffe ! » titre *Libération*. « Cocorico, poursuit l'article, enfin une diva Qualité France et quelle qualité ! Ajoutons-y un talent certain pour le rocambolesque... » Suit le résumé de la terrible soirée et le détail des péripéties comme si le journaliste s'était tenu, hilare, sous la scène.

« Defferre envahit Aix-en-Provence avec sa pègre », titre le *Méridional*. « Malgré cette grotesque tentative de sabotage du Festival, la soirée d'hier a connu un succès sans précédent grâce à l'éclat fulgurant d'une divine cantatrice : Sandrine Pereire, Française de bonne souche. »

« Le Festival au firmament », dit le *Provençal* qui fait le portrait le plus détaillé de Sandrine, rappelant qu'elle avait été remarquée en 1979 à Lyon, dans le rôle de Chérubin, et que son exploit d'hier entrerait dans les annales de l'opéra mozartien.

Et ainsi de suite.

Sandrine contemple rêveusement la pile de journaux, puis lève la tête et regarde soudain autour d'elle comme si elle se réveillait. Une angoisse horrible l'envahit. Mais je suis folle ! Patrice !

Elle part en courant presque dans la direction qu'on lui a indiquée, Patrice, Patrice, elle secoue la tête, incrédule, suivant les longs couloirs. Elle croise les pyjamas froissés, les robes de chambre déteintes, les béquilles, les gros pansements rougis, les chariots couverts de fioles inquiétantes qui roulent dans un fracas de ferraille. Une main étreint sa poitrine et serre, serre, à mesure qu'elle avance.

Il y a cette odeur collante, ces cheveux ternes et ces teints blêmes, cette économie de gestes et de regards.

Patrice, Patrice !

Dès qu'elle entre dans la chambre étouffante malgré les volets tirés elle sent ses muscles se bloquer dans une rigidité de pierre.

Le visage de Patrice est d'une couleur bleutée, moite d'une transpiration épaisse, les yeux cernés de bistre presque noir, amaigri d'un coup, les canines repoussent les lèvres en un rictus sinistre, les os pointent à travers la peau, les cheveux sont plaqués par touffes pâles. Il ne reste plus rien du visage rose et lunaire qu'elle a connu. Reste-t-il seulement quelque chose de lui ?

— Patrice ! appelle-t-elle doucement, penchée vers la forme immobile. Elle ne perçoit même pas son souffle et pour se convaincre qu'il est encore en vie, elle doit consulter du regard les appareils auxquels il est relié par des tuyaux et des fils : c'est là qu'il dure encore un peu, dans le va-et-vient des aiguilles sur les cadrans, le saut d'un point vert qui traverse les écrans, les oscillations désordonnées d'un index sur un tambour.

Sandrine ne sait bientôt plus ce qu'elle doit guetter : le corps décharné et inerte ou l'assemblage des machines qui semble contenir — s'approprier — le peu de vie qui subsiste.

— Patrice ! implore-t-elle doucement, Patrice, c'est moi, c'est Sandrine, Patrice, s'il te plaît, me laisse pas, Patrice, tu m'entends ?

Il semblerait que les machines aient entendu : les oscillations, les va-et-vient donnent comme une réponse, accélèrent, deviennent désordonnés ; sur l'écran, la petite puce verte saute plus et plus fort, revient plus vite à son point de départ. Sandrine essaie désespérément de comprendre ce qu'elle lui dit.

Les paupières frémissent, tremblent, donnent l'impression d'un gigantesque travail pour soulever un poids considérable, s'ouvrent enfin : elle voit les yeux bleus de Patrice qui la contemplent fixement, immenses et rigides, elle peut y lire un appel comme un gouffre où elle voudrait se jeter, le rejoindre, ils partiraient ensemble et tout serait dit...

— Patrice ! Oh mon Patrice...

La lueur brille une seconde encore puis quelque chose casse et elle faiblit, Sandrine voudrait saisir Patrice aux épaules, le secouer, l'arracher à tous ces fils et ces tuyaux, prolonger par ses seules forces l'existence de cette petite étincelle mais elle n'ose pas et tout s'éteint : les yeux qui la regardent fixement ne la voient plus, ne voient plus rien, pâlissent, ternissent, s'absentent pour toujours.

Les machines, elles aussi, sont inertes.

Sandrine regarde Patrice longtemps, puis elle se

redresse lentement sans le quitter des yeux, piétinant les journaux répandus, et pour finir elle va ouvrir les volets sur le soleil radieux.

— Qui vous a permis d'entrer ? dit une voix sévère dans son dos. Vous n'avez pas le droit de... Oh mon Dieu !

Les pas s'éloignent précipitamment. Sandrine regarde la grande pelouse jaune sous le soleil d'acier, l'alignement des voitures qui tremble dans l'air chaud, deux arbres à moitié desséchés dont les feuilles pendent, l'arrivée d'une ambulance blanche et puis tout se brouille et les larmes lui coulent dans la bouche, se mêlent à la salive pendant qu'elle répète à voix basse comme une litanie :

— Qu'est-ce que je vais faire ? Mais qu'est-ce que je vais faire ? Qu'est-ce que je vais faire ?

Insupportable comme une ultime indécence lui revient sans cesse l'exclamation de Tosca « *E morto !* », la voix rauque et le cri. Elle voudrait chasser le cri, penser à elle, s'apitoyer, penser à Patrice, — mais la voix rauque toujours : *e morto !* — sortir de cette stupeur qui la cloue devant la fenêtre comme si elle n'avait plus de pensée que cette voix. « Qu'est-ce que je vais faire ? Qu'est-ce que je... »

« Eh bien, chantez maintenant... » reprend la voix, grinçante et voilée.

DU MÊME AUTEUR

Aux Éditions Gallimard

LE FILS DU VENT, 1984, Série Noire
L'AMOUR EN MIETTES, 1984, Série Noire
LA BELLE DAME DANS UN VIOLON, 1986, Série Noire
AIX ABRUPTO, Grand Prix de la Littérature policière, 1987, Série Noire
DÉCOUPE SOMBRE, 1988, Série Noire

Chez d'autres éditeurs

LE MANUEL, 1977, P.J. Oswald
RAZZIA SUR LA PAROISSE, 1983, Fleuve Noir
L'EMBROUILLE, 1992, Fleuve Noir
PETITES CHRONIQUES DE NUIT *(nouvelles)*, 1989, Éditions de l'Aube
LA CONCERNADE *(roman)*, 1992, Éditions Denoël
MÉMÉ PAPOUCHE, Éditions Syros/Souris Noire
MÉMÉ PAPOUCHE PIÈGE LE DIABLE, Éditions Syros/Souris Noire
MÉMÉ PAPOUCHE MARCHE AU SUPER, Éditions Syros/Souris Noire

Composition Pure Tech Corporation
et impression B.C.I.
à Saint-Amand (Cher), le 25 avril 1995.
Dépôt légal : avril 1995.
Numéro d'imprimeur : 1/1142.
ISBN 2-07-039297-X. / Imprimé en France.

70466